もうひとつの世界

――アイヒとヒルデスハイマー

青地伯水

松籟社

もうひとつの世界——目次

2

現実性の創出（一九七五～一九八一）

序章――戦後社会におけるアイヒとヒルデスハイマー

序章　戦後社会におけるアイヒとヒルデスハイマー

1──ラジオドラマ『フィリドール防御陣』をめぐって

ギュンター・アイヒ（一九〇七〜一九七二）とヴォルフガング・ヒルデスハイマー（一九一六〜一九九一）は、多少知名度に差こそあれ、戦後のドイツ文学を代表する作家である。アイヒは、多くの自然詩をものした抒情詩人として有名であり、また戦後の一時期に重要な娯楽として隆盛を極めたラジオドラマの書き手としても、つとに知られていた。ヒルデスハイマーを何より有名にしたのは、晩年の大作、伝記的エッセイ『モーツァルト』（一九七七）であった。しかしアイヒに比べると、ヒルデスハイマーはグロテスクなブラックユーモアとともに文壇に現れたこともあって、一般的に受容されにくい作家であった。彼の作品系譜の大半が不条理作品のイメージで捉えられていたことも、大衆の受容に繋がらなかった要因であろう。もちろん二人は、ともに「四十七年グループ」に属する作家であった。しかしラジオドラマというジャンルを除けば、抒情詩人アイヒと、小説・伝記・芝居を活躍の場としたヒルデスハイマーとのあいだに、接点があったことはあまり知られていない。

アイヒは、一九五八年一月から二月にかけて、ラジオドラマ『フィリドール防御陣』を書き上げた。この作品タイトルは、一八世紀フランスの作曲家でありチェスの名人でもあったフランソワ・アンドレ・フィリドールの編み出したチェスの陣形にちなむものである。ハンブルクの北ドイツ放送がこの作品の初演を決めて予告していた頃、アイヒは妻であるイルゼ・アイヒンガーとヒルデスハイマーをはじめとする数人の友人にこの作品の初稿を見せ、評価を求めていた。アイヒが珍しく放送前に他者の意見に耳を傾けようとした理由は、『フィリドール防御陣』がチェス好きの一七歳の少年が犯す行きずりの殺人という非常にショッキングな事件を描いていたからであろう。

アイヒは、スイスの田舎町ポスキアーヴォに住むヒルデスハイマーから、その年の一二月八日付けの手紙を受け取る。その手紙の冒頭にはこう書かれていた。「私はあなたの『フィリドール』を最近もう一度落ち着いて読み直しました。初めて読んだときから私が感じていた違和感は、こういうことです。この作品ではパラノイア〔偏執病〕が問題になっているのか、そうでないのかが、とりわけリスナーに、そしてまた読者にも明白ではないということです[★1]」。チェスを始めて四週間になる高校生（ギムナジウム生）アレクサンダーは、大学入学資格試験を目指している。誰かに迫害されているという妄想を持つ彼は、父母のことを迫害者が送り込んだスパイと呼び、普段は両親とほとんど口をきくこともない。彼が心を開くのは、姉のレベッカだけである。そんなある日、彼は一瞬の思いつきからあるアパートの建物に入り込み、たまたまニコデミという男の部屋を訪ねる。二人はしばらくのあいだ会話を交わすが、別の来訪者があるためにアレクサンダーは出ていくように促される。そしてドアのベルが鳴ったとき、アレクサンダーはその場にあったはさみでニコデミを刺し殺してしまう。

ヒルデスハイマーは、アイヒに宛てた同じ手紙において、もし自分が放送局の文芸部員であればという前提のもとに、こう指摘している。「絶望と最後の尊大な独白から窺われる考えとが、冒頭に来なければなりません。そうすればリスナーは、このドラマの主人公はパラノイア患者ではなく、神と世界に絶望したのだとわかるでしょう」★2。確かに最後の独白の中に含まれる「私は玉座と接客の間を持っている」★3〔E III 448〕というせりふは、自分が王であると思いこんでいる誇大妄想の表現であるし、「彼が手先を送ってくるじゃまをしてやる」〔E III 449〕というせりふは被害妄想を表現していると、ヒルデスハイマーは考えたのであろう。こうした推測からヒルデスハイマーは、アレクサンダーをパラノイア患者ではなく、絶望の果ての狂人であると察したのであろう。

しかし、ヒルデスハイマーは、『フィリドール防御陣』における事件の原因を、絶望の果ての狂気に帰することにも抵抗を覚えている。「もちろんこの妄想は絶望の病的昂進でありえるでしょうけど、しかしそれなら結末のようにこの病的昂進から回復することはありえないでしょうし、しかも必ずや錯乱に終わらなければならないでしょう」★4。

つまりヒルデスハイマーは『フィリドール防御陣』の主人公の症例を、論理的に構成された架空の計画殺人の捏造を根拠にパラノイアと見なすにせよ、絶望の果ての狂気ととらえるにせよ、いずれにせよ整合性がない旨を書簡の中で伝えているのである。もちろんヒルデスハイマーにとって、アイヒは尊敬措く能わざる先輩であり、大切な友人でもあるので、手厳しい批評のあとに「私の書いたことはみんな支離滅裂で[★5]」、「私の異議はそもそも本質的とは言いかねます[★6]」などと中和剤をばらまくことを忘れてはいない。ただヒルデスハイマーが「イルゼの異論がどのような種類のものであったのか、私は知りませんが[★7]」と述べていることからわかるように、アイヒの妻であるイルゼ・アイヒンガーもこの作品を是認していなかったようである。同じ仕事にたずさわる妻や信頼を置いている友人から否定的な見解を受け取ったアイヒは、結局ラジオ放送の直前になってこの作品を撤回する。

その後、六四年にラジオドラマ集『別の言語で』を公刊する際に、アイヒは『フィリドール防御陣』をこの作品集に組み入れることを考慮する。しかしちょうどそのときに完成した『ベルをお鳴らしください』に差し替えられ、結局『フィリドール防御陣』はお蔵入りとなる。一〇年以上日の目を見なかったこの作品は、アイヒの遺稿の中から手稿とタイプ原稿として発見される。初めてラジオで放送されたのは、すでにドラマを大衆に伝える媒体がラジオからテレビに移って久しくなっていた一九七三年一二月一二日のことであり、八日後にはアイヒの一周忌を控えていたのであった。

さて、ヒルデスハイマーの言葉がアイヒに大きな影響を及ぼしたケースとして、ここに二人の交友上の接点の一例を挙げた。友人として、一作品に関するこのような遣り取りのみならず、作家アイヒと作家ヒルデスハイマーとのあいだには、創作上の原理にかかわる繋がりがあった。それは二人の世界観と言っても、あるいは二人の求めた世界像と言ってもよいであろう。そこで彼らの求めた「世界像」を、ここで仮に「もうひとつの世界」と呼ぶことにしよう。それぞれの創作過程において、時期を異にしていながらも、二人の「もうひとつの世界」は極めて接近することがある。しかし最終的には、アイヒとヒルデスハイマーの目指すところは対極となり、二人の「もうひとつの世界」は離反して、異なる相貌を示すのである。

2――戦前のヒルデスハイマーとアイヒ

ヴォルフガング・ヒルデスハイマーは、一九一六年一二月九日、化学者アルノルト・ヒルデスハイマーの息子としてハンブルクで生まれた。少年時代をベルリン、ナイメーヘン、マンハイムで過ごした後、二九年から三三年まではオーデンヴァルトの学校で学んだ。ユダヤ人家系であるがゆえに、ナチスの迫害に先駆けて、三三年に家族とともにイギリスのサリー州に移り住んでいる。さらにこの同じ年に両親とともにイエルサレムに移住し、そこで指物師としての、また設計や家具内装の職業教育を受けている。そして三七年にはロンドンに舞い戻り、絵画の模写をも含めた様々な美術教育を受ける。三九年に数ヶ月を過ごしたコーンウォールでの体験は、四六年におけるコーンウォール再訪と併せて、後にヒルデスハイマー自身による挿絵を加えた自伝作品『コーンウォールの時代』（一九七一）に結実する。三九年の九月、第二次世界大戦の勃発とともにパレスチナに居を求め、画家やグラフィカーとして活躍する傍ら、四〇年から四二年までのあいだ、テルアヴィヴのブリティッシュ協会において英語の授業を受け持つ。またその後、四三年から四六年まで、イエルサレムにおけるイギリスの委任統治政府の情報将校として活動している。

戦争の六年間、ヒルデスハイマーはパレスチナの地に縛られていたとはいえ、比較的平穏な日々を送っている。ユダヤ人の大虐殺や東部戦線で祖国ドイツの軍隊が犯した戦争犯罪を、もちろん噂としては聞き知っていたはずである。しかし自らの生命を危機にさらすこともなく、委任政府の新聞に文芸作品を掲載したり、スケッチやテンペラ画の展覧会を催したりしていた。祖国ドイツと第二の故郷イギリスを巻き込んだ戦争を遠巻きにしていたこのときの体験が、後にヒルデスハイマーの心の中に強い罪責感を生むことになる。そして六〇年代にこの罪責感をヒルデスハイマーの主人公たちが受け継いでいく。未完の小説『ハムレット』や内省的独白小説『テュンセット』の主人公は、殺された父親の敵討ちはおろか、するべきことを怠って、何もしないで逃避的生活に沈潜している。それゆえ彼らは、何かをしなければならないという強迫観念にさいなまれているのである。

戦争が終わって四六年にロンドンへと戻り、そこで知人を介して聞き知ったニュルンベルク裁判の同時通訳者の試験に、少しでも罪の意識を抑圧するために応募する。ナチスドイツの戦争犯罪裁判に同時通訳者として採用されたヒルデスハイマーは、戦後二年が過ぎてから祖国に戻ったのである。そこで彼は、人間の脂肪を成分とする石鹼や人間の皮膚で作られ、はっきりと乳首が認められるランプの傘を目の当たりにして、大いに衝撃を受けるのであった。

一方、ギュンター・アイヒは、一九〇七年二月一日、オーダー河畔のレーブスで農場主兼農場管理人オットー・アイヒの息子として生まれている。ヒルデスハイマーよりも九歳年長ということになる。「オーダー左岸の丘の上から、大河を隔てて今日のポーランド領内に私の生家を見ることができます」〔E IV 464〕と戦後になってアイヒが述懐しているように、第二次世界大戦後には彼の生まれ故郷は、東ドイツの東の国境のさらに東になってしまったのである。読書を覚えたアイヒは、父の蔵書の中で最も重要な本であった『マイアー百科事典』を読み始めたことをユーモラスに語っている。「世界が絢爛錯綜としたものであることを、私はこの書物から想像することができました。しかし残念ながらRからZの巻が欠けていたのです。この箇所が私の教養の今日なお手痛い欠陥であります」〔E IV 464〕。

父親の農場管理人としての仕事の都合で数度引っ越しを繰り返し、一八年にベルリンに移り住むが、この年に母が亡くなる。ライプツィヒで大学入学資格試験に合格し、二六年にはベルリンで中国学を専攻する。二八年パリに留学をし、このころからドラマ、詩、エッセイ、翻訳などを試みるようになる。二九年からマルティン・ラシュケとアドルフ・アルトゥール・クーネルトがドレスデンで創刊した『縦隊』の同人として、三二年まで執筆する。その後ベルリンに居を定め、三九年までラジオドラマを中心に活躍するが、この年の八月一〇日、空軍の運転手兼無線通信士として召集される。その後ライプツィヒに転属され、ベルリンの家は空爆に見舞われ、ほとんどすべての草稿は焼失してしまう。四四年、空軍から出撃を命じられ、バイエルンに続いてルール地域に赴く。そして戦争の終結を一ヶ月後に控えた四五年四月、捕縛されたアイヒは、レマゲンのアメリカ軍収容所において捕虜生活を送ることになる。このときの捕虜体験に基づく詩『共同便所』や『在庫品調査』は、後に詩集『辺地の農場』(一九四八)に収められ、彼の詩の中でも特に有名になった。

両親とともに高校生のときにドイツを逃れ、祖国の戦争を遠巻きにして、戦後処理裁判のためにようやく帰国したヒルデスハイマーと、すでにナチス時代にも作品を発表し、従軍生活のみならず捕虜生活までも強いられたアイヒ。二人は人種の違いと九歳の年齢的懸隔とのために、それぞれに異なったナチス体験、戦争体験を経て敗戦を迎えることになる。

3——一九四五年

敗戦を経験し、空襲で崩れ落ちた瓦礫の山を目の当たりにしたドイツ社会においては、「ほとんど全ドイツ国民にとって、一九四五年は意識の歴史の鋭い断絶を意味したのであり、支配的な社会体制の悲惨な終焉からの再生を彼らは要求する」[★8]のである。ドイツ国民は、それ以前の時代と明確な一線を画したいという欲求に基づき、一九四五年を「ドイツ零年」や「零点からのスタート」と表現したのである。しかし政治的には、ドイツが「零点」からスタートすることは許されはしなかった。ソ連が占領地域を自国内と同じ体制に作りかえる「民主化」を断行しようとしたからであった。その過程で「労働運動のメンバーや社会主義・共産主義組織のメンバーや左翼インテリたちは、一九四五年の中頃にようやく彼らの資本主義批判が、社会主義的社会秩序の建設のための出発点となる可能性が開かれたことを悟った」[★9]のであった。

しかし、もちろん占領四ヶ国のうちのアメリカ、イギリス、フランスがソ連の専横を許しはしなかった。その結果、西側占領地域は反全体主義・反ナチズムから反共産主義・反ソ連へとイデオロギーを右傾化させてゆく。共産主義ソ連との決別の過程で、西側占領地域に選択された政治的方向性が、現実には「零点」を否定し、社会を硬直させていったのである。具体的には、一九四五年に無条件降伏によって敗戦を迎えたときには、ドイツは非武装中立となるはずであったが、アデナウアー政権下では再軍備政策が採られ、五四年には西側の軍事同盟NATOへの加盟をも果たす。非ナチス化はおざなりになり、ナチスの時代に指導的地位についていたものたちが、党や政府の中にいて、新たに権力を握り直すのであった。当然、生産手段の所有関係や労使関係に大いなる変転がもたらされるには至らなかった。

そのような政治的情勢下の「西ドイツ社会は第二次世界大戦後、概して「文化生活」全般に、特に文学に奇妙な役割を押しつけてきた」[★10]ことをエンツェンスベルガーは指摘している。つまり「変化」というキーワードのもとに、様々なことが国の内外に誇示されてきたのであったが、しかしそれらが現実の「変化」を伴っていたかといえば、別問題であった。政治システムと深くかかわっている下部構造としての経済体制の変革を、西ドイツ政府は共産化を恐れるあまり自ら拒絶した。その結果、社会構造の変化は放棄され、「現実社会の変化、権力関係と所有関係との大転換が顧慮されなくなるにつれて、西ドイツ社会には上部構造における言い訳めいたアリバイづくりがいっそう必要になったのである」[★11]。西ドイツ政府は思想、文学などの上部構造における変化を喧伝することによって、社会全体が「変化」を遂げたかのような偽装を目指したのである。エンツェンスベルガーの言う「アリバイづくり」とは、このような偽装を指しているのである。

エンツェンスベルガーはこの「アリバイづくり」の動機を様々に指摘しているが、そのうちの一つは「集団的な大犯罪にもかかわらず、以前と同じようにまたもや「文化国民」として通用したいという明らかに差し迫った欲求であり、〔……〕ナチスによって「頽廃芸術」と名付けられたものを——実のところ意味あることが何も認識されていない絵や何も書かれていない詩であったのに——ナチスよりはセンスがいいということに満足を見出して、買い漁ることによって、民主的志操を明らかにしようとする反ファシズム」[★12]という動機であったと述べている。

これらの動機は結局のところ、一つの点へと向かっていた。つまり戦後のドイツ社会は戦前・戦中のドイツ国家、つまりナチス国家が行なった犯罪の「免責機能と代用機能と」[★13]を文学に課したのである。「免責機能」とは、ドイツ国民は本当は芸術を理解する国民であるのに、ナチスによって無理矢理に生気のない無味乾燥な「芸術作品」を押しつけられていたという主張のように、この一二年間に起こった戦争犯罪のすべての責任をナチスに帰すことである。そして「代用機能」とは「詩学における大転換が、行なわれなかった社会構造の革命を肩代わりし、アヴァンギャルド芸術が政治における後退を覆い隠す」[★14]はずであるという発想である。

4――戦後のアイヒ

アイヒは、イデオロギーに振り回されるこの戦後の混乱期には、概ね超然とした詩人であり、四八年には三〇年代の詩に捕虜体験詩を加えた詩集『辺地の農場』を上梓する。彼は戦後『デア・ルーフ〔叫び〕』等の雑誌に詩を発表していたが、占領軍によりこの雑誌は発禁に処せられる。アイヒは、そこで『デア・ルーフ』発行の中心人物の一人、ハンス・ヴェルナー・リヒターが新たな朗読会「四十七年グループ」を発足させると、当初からこのグループに名を連ねた。四九年三月、次の「四十七年グループ」の会合の会場となるマルクトブライトを下見する際に、列車でアイヒに同道したリヒターは、四〇年に結婚したアイヒの妻エルゼ・ブルクが、数日前にモルヒネ中毒から命を落としてしまったことを知る。悲嘆に打ちひしがれたアイヒは訥々と妻のことを語るのであった。モルヒネを取り上げられるくらいなら死んだほうがましだと彼女は言い、その度ごとにアイヒは処方箋を求めて彷徨い歩かねばならなかった。「妻がかわいそうだった。痙攣を起こし、全く度を失ってしまうのを見ていることができなかった。でも今になって時々僕は自分に問いかけるんだ、僕がそもそも妻を愛していたかどうかって」。[★15] リヒターは、戦中から戦後のあいだに人格が崩壊した女性とその夫の労苦と苦悩とを、アイヒの訥弁の中に見たのであった。

五〇年、アイヒは「四十七年グループ」の第一回賞を受賞し、翌年のバート・デュルクハイムの会合で、後に妻となり長男クレメンスと長女ミリアムを産むイルゼ・アイヒンガーと知己を得る。五月には「バイエルン文芸アカデミー文学大賞」を受賞する。そして五二年、「四十七年グループ」賞をアイヒンガーが受けたニーンドルフの会合で、ヒルデスハイマーとアイヒの親交が始まる。五三年にはラジオドラマ『もうひとりのわたし』に「戦争失明者のための文学賞」が与えられる。その傍ら、同年アイヒンガーと結婚をしていることからも、公私ともにアイヒの充実ぶりが窺われる。

このころのアイヒの創作は量質ともに豊かであり、特にラジオドラマを一年につき四作品ものしたこの数年間には、後に「ラジオドラマ古典時代」の名が与えられる。しかし『夢』(一九五〇)、『ザベト』(一九五一)、『もうひとりのわたし』(一九五二)、『ラツェルティスの年』

意なことであったであろう。

（一九五三）などの高い水準のラジオドラマが「政治における後退を覆い隠し」、ドイツ国民を「文化国民」であると世界に喧伝することに寄与したとしたら、それはアイヒにとっては不本意なことであったであろう。

五九年、アイヒは「ゲオルク・ビュヒナー賞」を受賞するが、その際の受賞記念講演がセンセーションを巻き起こす。「ゲオルク・ビュヒナー賞」受賞講演を毎年掲載していた『フランクフルター・アルゲマイネ』紙は、アイヒの社会批判の尖鋭さゆえに、この受賞講演の掲載を拒絶する。この講演でアイヒは、権力によって「統制された言語」と「文学の言語」との対立図式のもと、権力側に取り込まれて権力の維持、拡大の道具に利用されることのない言語、すなわち「文学の言語」の必要性を説くのである。

この時期にはアイヒの作風にも変容が見られる。五六年の講演『現実世界の前に立つ作家』で述べた創作原理を破棄するのである。この講演においてアイヒは「私は作家であり、それは単なる職業ではなく、世界を言語であると見なす決意である」〔E IV 613〕と述べている。世界と呼ぶ万有がそもそも持っている彼にとっての「本来的な言語」とは、その中で言葉と事物が未分化に融合しあっている言語である。そしてこの万有の持つ「言語」を、本来の人間言語に翻訳するのが詩人の使命である。必然的にそれは「原テクストをもたない翻訳」〔E IV 613〕となる。最高の「翻訳」とはこの「原テクスト」に最も近づくことであり、そのとき最高の「現実性」（Wirklichkeit）を達成する（「現実性」については本書1、2、4章で詳しく論じる）。つまり「書くことによって初めて事物は現実性を達成するのである。現実性は私の前提ではなく、私の目的である。私はまずは現実性を作り出さなければならない」〔E IV 613〕というのが、この当時のアイヒの創作原理である。

「原テクスト」と「テクスト」との関係はプラトン的なイデア世界と現実世界に対応している。そしてアイヒの「ラジオドラマ古典時代」の作品は、「原テクスト」と「テクスト」との関係に見られるような二元世界観に立脚していた。『ザベト』に見られるプラトン的なイデア世界・形而上世界と現実世界との交感はその代表であろう。ところがアイヒは、このような形而上世界、神の世界を描くことを、権力によって利用されうる「統制された言語」に陥る危険性を孕んだものとして拒絶するのである。「原テクスト」からの翻訳は、あくまで原テクストに最も近づくにすぎないのであって、決して「原テクスト」に到達することはない不条理性を孕んでいるのである。つまり「現実性」を表現したと考えうるすべての「テクスト」は、本来の回答ではない代用回答でしかないのだ。この代用回答こそが、まさに権力が利用したがるものである。

それゆえにアイヒは、五八年にはラジオドラマ『フキタンポポの時代』〔一九五六〕を権力に利用されない言語を用いた不条理劇に改作していく。そしてアイヒのその後の文学営為は、文学活動の根底に不条理認識を据えた後に、何が可能であるかを模索することであったのだ。その後のアイヒは、「アナーキー〔無政府的〕なもの」〔E IV 510〕を特に重んじ、「アナーキズムの言語」とも呼ぶべき訥々とした散文詩のような言語を多用するようになる（このことは本書5章で詳しく論じる）。ラジオドラマ『ベルをお鳴らしください』（一九六四）や散文詩『もぐら』にその言語は顕著である。

5――ヒルデスハイマーの戦後ドイツ批判

ニュルンベルク裁判の後、シュタルンベルガー湖畔に居を定めたヒルデスハイマーは、五〇年に『南ドイツ新聞』に初めて短編『ねずみ取り人』を発表し、作家としてのスタートを切る。また翌年バート・デュルクハイムで行なわれた「四十七年グループ」の会合に参加している。これが後に親交を結ぶアイヒとの出会いのきっかけとなる。五二年には一歳年下の画家ジルヴィア・ディルマンを二度目の妻に迎え、生涯の伴侶とする一方で、それまで新聞、雑誌、ラジオに発表してきたグロテスクで皮肉と揶揄とに満ちた短編を一冊の本にまとめ、『愛情のない伝説』（一九五二）として発表する。

この当時のドイツ社会に対するヒルデスハイマーの持って回った皮肉と揶揄は、例えばこの短編集に収められている『明るい灰色のスプリングコート』において巧みに表現されている。ヒルデスハイマーはまず冒頭で読者の不意をつく。「二ヶ月前、ちょうど私たちが朝食をいただいているおり、私のいとこのエドゥアルトから一通の手紙が来た。私のいとこのエドゥアルトは一二年前の春の宵、手紙をポストに入れに行くと言って家を出たきり戻ってこなかったのであった★16」［HI 15］。語り手パウル・ホレは、行方知らずのいとこからのシドニー発の手紙を受け取るのだが、一二年間の不在とはいかにも唐突である。そしてその手紙の内容は不意打ちの二の矢、三の矢となる。「私の明るい灰色のスプリングコートを送っていただけませんか。こちらは特に夜にはひどく寒いことがあるので、それが必要になると思われます。左のポケットには『きのこ狩りハンドブック』がはいっています。それを出してとっておいてください。つまり当地には食べられるきのこがないのです。前もってお礼申し上げます。エドゥアルト」［HI 15］。

　このいとこエドゥアルトは一二年間ものあいだ、どうやって寒さをしのいでいたのであろうか。彼はどうして一二年前のポケットの内容物を覚えているのであろうか。そして語り手パウルは妻に淡々と「オーストラリアに居るいとこエドゥアルトから手紙を一通受け取ったよ」［HI 15］と報告するのである。なぜ一二年間の空白の後にパウルは何の驚きも表明しないのであろうか。

　パウルは、そのとき家に来ていたピアノ調律師コールハースのコートを、妻がいち早く準備してくれたと勘違いして、誤ってエドゥアルトに郵送してしまい、代わりに調律師にエドゥアルトのコートを持って帰ってもらう。後日、調律師から大量のきのことコートの中から発見された一二年前の『タンホイザー』の招待券を入れた手紙とが返送されてくる。調律師はちゃっかりきのこ狩りをしていたのであった。一方いとこのエドゥアルトからは、ブロック・フルートを送ってくれという手紙が来る。彼は調律師のコートであることに気づくこともなく、オーストラリアにない楽器を演奏したいのだという。それに対して語り手の妻であるホレ夫人は「ほかの楽器を演奏すればいいじゃない」〔HI 17〕と冷淡かつ無関心である。

　登場人物の音楽好きときのこ狩りに代表される自然愛好とが、この短編のなかでひときわ注意を引くであろう。音楽好き、とりわけヴァーグナー好きと自然への愛はドイツ人の特徴であり、ここではそれらが滑稽に描かれ、揶揄の対象になっている。そして意味深長なのが登場人物であるドイツ人の名前である。エドゥアルト、コールハース、ホレといった名前は、それぞれゲーテの『親和力』、クライストの『ミヒャエル・コールハース』、グリムの『ホレおばさん』の登場人物を連想させせないではおかない。それならいとこのエドゥアルトがヴァーグナーのチケットを入れた手紙を宛てていたベルンハルト・ハーゼ〔Haase〕という人物の名前にも、読者の連想を生むことを期待して、作者は含意を込めているであろう。

　aが一つ少なくはあるが、ハーゼ〔Hase〕という名前を聞けば多くのドイツ人は、成句辞典にある「私の名前はハーゼ〔Hase〕です。私は何も知りません」[★17]という表現を連想するそうである。一八五五年、ハイデルベルクである男を決闘で射殺した学生が、友人のヴィクトール・ハーゼから身分証明書を借りて、国境を越えて逃れたのであった。逃亡の成功後、捨てられた身分証明書がハイデルベルク大学に送り届けられ、若き法律家となっていたハーゼは審理において「私の名前はハーゼです。人定質問を否認します。私は何も知りません」と答えたとハーゼの兄弟により伝えられている。「この言い回しはすぐに学生のあいだに広まり、一般に用いられるようになったのである」[★18]。

『明るい灰色のスプリングコート』における一二年間は、ナチス支配の「千年王国」の一二年間と符合する。ドイツ人の精神における空白の一二年間であり、ドイツ人はその一二年間に行なわれた蛮行について、できるだけ「私は何も知らなかった」という態度を取りたがったのであった。中産階級とおぼしきホレ夫妻のように、一二年間の出来事がまるで何事でもなかったかのような態度を取り、「私は何も知りません」という振りをして戦後を暮らすグロテスクなドイツ人に対する揶揄、嘲笑が、この短編から読みとれるのである。

その後のヒルデスハイマーの作家活動は概ね順調で、五三年には最初の長編小説『詐欺師の楽園』が刊行される。五〇年代には主にラジオドラマを活躍の舞台とし、五五年には『王女トゥーランドット』で「戦争失明者のための文学賞」を受賞する。五七年にイタリア国境に近いスイスの町ポスキアーヴォに移り住み、五八年には三つの不条理劇集『闇へと向かう芝居』をものする。六〇年代には『むなしい手記』（一九六二）をはじめとする内省的独白作品を創作の中心に据えるようになり、六六年には眠れぬ男の独白『テュンセット』で「ゲオルク・ビュヒナー賞」を受賞する。

6──『フランクフルト詩学講義』

アイヒがそれまでの自らの詩学を否定し、『フキタンポポの時代』を不条理劇へと改作した一九五八年は、ヒルデスハイマーも不条理劇集を上梓していることからわかるように、フランスからやってきた不条理の嵐が吹き荒れた時代であった。その一方で「経済の奇跡」といわれる経済発展を遂げた連邦共和国で、株価は五八年に最初の暴落を経験する。この時期が西ドイツ戦後社会の最初の曲がり角であることを、二人の作家は敏感に察知していたのであろうか。

しかし、その特徴から戦後の一時期と画することのできる時代の終焉は、六〇年代半ばである。この時期に国民総生産の増加率にかげりを来したこともさることながら、資本投資と収益率が問題にされ始めるようになった。六〇年代に入って資本主義生産は、規模の拡大から合理化へと向かう。工業生産におけるこのような転換の原因は、五〇年代後半からの相対的な労働力不足と、それに基因する賃金の高騰にある。生産の技術的進歩に伴って「労働の現場の大部分はいっそう高い適性を求め、その一方で他の部分では労働適性の水準は低下する」[★19]。労働市場が両極化するこのような状況下において、既存の労働力のかなりの部分が役に立たなくなり、外国から労働力を集め始めることになる。

戦後の一時期がこのように経済的変化を被る中で、同時に政治の世界にも転換が起こった。

一九六三年に戦後の復興と復古主義を支えたアデナウアーが、自らの意に反して退陣をし、「アデナウアー時代」は終わりを迎える。後継者のエアハルトは、「アデナウアー時代」の継承を試みるが、それも六六年には断念せざるを得なくなる。その後の右派キリスト教民主同盟と左派社会民主党の大連立という政権のあり方は、社会全体に広がった時代の危機意識を表現していたのであろう。この時期に激化した学生運動に対する反動において、「暴動を起こしたものに対する中心的な問責の一つは、彼らが「一九四五年以来大いなる苦難の中で築いてきたすべてのものを破壊しようとした」という内容であった」[★20]。

六七年を経て、「社会発展の様々な過程で、その後の数年間のうちに明らかになったことは、若い世代の革命的な気分の高揚が、連邦共和国においてもっと以前に起こっているべき「体制と一致した」近代化を、事実、推し進めたことである」[★21]。急進的な転換を望んで暴動を率いた者らの希望は砕け、階級闘争は生じなかったけれども、六七年が「社会史と意識の歴史の溝」[★22]を刻んだことは確かである。「文学史的一時期の終点として、社会史と意識の歴史の溝の深さに関しては、一九六七年と近似的にでも比較できる年はない。連邦共和国の政治上のシステムはいかなる構造上の変化をも被らなかった」[★23]にもかかわらずである。明確にこの年を歴史における断絶の年と言うことはできないけれども、学生運動の担い手、「シンパ」、仲間であった若い作家やジャーナリストは、この当時、前世代との断絶、深い社会的危機、待望された革命といった言葉を口にした。彼らは一九四五年に始まった戦後ドイツの発展の終局を見ていたのであった。

このような時代状況のなかでヒルデスハイマーは、一九六七年六月二八日からフランクフルト大学の夏学期に三週連続で『フランクフルト詩学講義』を行なっている。「これら三回の講義においては文学テクストを手がかりに、ギュンター・アイヒが彼の短い講演『現実世界の前に立つ作家』（一九五六）において表現し、また同時に問題視した「現実性」（Wirklichkeit）という概念の真意をくみ取ることが私のテーマになっています」［H VII 759］とヒルデスハイマーは述べている。ヒルデスハイマーは実際に第一回目の講義において、アイヒの講演『現実世界の前に立つ作家』の全文を引用して、自説の展開の基礎に据え、自作を理論的に裏付けるのである。

ヒルデスハイマーはこの第一回目の講義において、小説の表現に関してこのように述べる。「私は不条理の表現を支持します。私が支持するのは、一方が問いかけをして他方が答えるというような人間の描写ではなく、問いかける人間と、沈黙するあるいはこの沈黙を覆い隠すべく様々な形で欺くための代用回答を与える世界との描写です」［H VII 54］。ヒルデスハイマーの言う不条理の表現とは、問いかける人間が答えを得ることができない、あるいは偽りの回答しか得られない、そのような状況の描写である。

表現を試みる人間がそのような状況に置かれている理由を、ヒルデスハイマーはアイヒの詩学から説明しようとする。「アイヒは「私たちの周りにありながら同時に存在しない言語」という言葉を用いています。その言語から「原テクストを持たずに」翻訳することが重要であるというのです。すでに「不条理散文」という概念が存在するかどうかは知りません。もし存在しないのなら、その語をここで私が新たに作りましょう。それは原テクストの欠如を扱う散文なのです」[H VII 54]。

不条理散文とは「アイヒの使っている意味での翻訳が、「オリジナルに接近する」ような作家の散文である」[H VII 59]と、ヒルデスハイマーは述べている。ここで彼は、この「オリジナル」や「私たちが手にすることはできないが、そこから翻訳することはできる「原テクスト」」[H VII 59]が何であるかを説明するために、あえてこれらが何であるかを問う。「原テクスト」とはもちろんそこから小説が作り上げられるような「出来合いの現実（Realität）」[H VII 59]ではない。またもし「原テクスト」が「アイヒの言うような聞いたこともない音を聞いたり、見たこともない色彩を見たりする目的地であるなら」[H VII 60]、この目的地への到達は文学の死滅を意味することになる。「原テクストが見出されれば、文学は終焉を迎えることになるでしょう」[H VII 60]とヒルデスハイマーが言うように、それでは文学は自然科学の実験と変わらないのである。つまり目的に到達すれば終わりになる自然科学の実験とは異なり、「原テクスト」は決して見出されないという前提のもとに詩人は詩を書いているのである。「不条理散文の出発点は原テクストを見出すことではなく、原テクストが見出されないことに甘んじていることに気付くことである」[H VII 60]。

「原テクスト」を持たないがゆえに、最高の翻訳であってもそれは「原テクスト」に近づくにすぎないのであり、決して「原テクスト」に到達することはない。この事態は不条理なことであるがゆえに、そこに欺瞞的な代用回答を持ち込んで、本来的な問いかけを無にしようとする人々がいる、とヒルデスハイマーは考える。つまり詩人の問いかけには「代用回答」[H VII 60]が与えられているにすぎないのだということに気づくことにより、不条理散文の創作は始まる。問いかけをしても世界は沈黙しており、与えられるのは「代用回答」でしかないことに気づき、他者がこの状態に順応していることに、作家は驚きと抵抗とを感じ続けなければならない。それゆえ「不条理散文は、代用回答の悲喜劇を記述することによって、つまり自分自身を世界の代理人と見なして代用回答を与える人々をやり玉に挙げ、代用回答に順応する人々をあざけることによって、世界の沈黙を指摘するのです」[H VII 54]。

また、「原テクスト」からの翻訳というような「アイヒが主に詩に適用したがる彼の根本原理」[H VII 59]は、ベケットやカフカのような幾人かの散文にも適用できると、ヒルデスハイマーは考える。アイヒは「現実の中に自分の位置確認をするために詩を書くのであり、詩を未知の平面にコースを記してくれる三角点やブイのようなものであると見なしている」[E IV 613]。この講演の途中からアイヒは、このような三角点やブイを置くことを「定義」[E IV 614]という言葉で置き換える。現実の中に根を下ろした、自己の位置確認ができる言葉を詩の中に生み出すことを、彼は「定義」するというのである。アイヒによれば詩というものは、元来そのような「定義」を作り出すものである。そしてそのような「定義」がたとえわずかであっても見出される小説をアイヒは詩に数える。ベケットの「『モーリー』はアイヒが詩に数える小説である」〔H VII 56〕が、「ベケットの一貫した語り口は、現実性（Wirklichkeit）を前提にするのではなく、現実性を作り出しているのです。彼は小説の在庫品を利用するのではなく、新たな空間をうち立てるのである」〔H VII 57〕。ヒルデスハイマーはベケットをすでに使い古された「出来合いの現実（Realität）」から言葉を紡ぎ出すような作家ではないと見なしている。

さて、このようにアイヒの詩学とヒルデスハイマーの詩学が共鳴するなかで、「現実性」（Wirklichkeit）という概念が用いられている。アイヒは、他の文脈においては類義語と「現実性」（Wirklichkeit）とを弁別しているわけではなく、文脈によっては日常的な「現実」（Realität）の意味でも用いてはいる。しかしアイヒの詩学において、この「現実性」は「原テクスト」からの「翻訳」の際に生み出されるものであり、最高の「現実性」は「原テクスト」に限りなく近づいたときに達成されるものである。

ヒルデスハイマーが、詩人の作り出すこの「現実性」を一般的な「現実」（Realität）と峻別していることは、すでに「現実性」（Wirklichkeit）を「出来合いの現実（Realität）」と対置していることからも明白であろう。「現実性（Wirklichkeit）は現実（Realität）と同じ意味ではありません。ほかの西洋言語には現実性を表す表現がありません。ドイツ語では、現実性はありうることをも含んでいるのです」[★24]。つまり「現実性」は日常的な現実とは明確に一線を画する「詩によって創出しうる世界」を表現する概念なのである。

ヒルデスハイマーは『フランクフルト詩学講義』の一回目を以下のように締めくくっている。「文学がいかなる影響を与え続けなければならないかという問いには、アイヒも私も答えることはできません。もし文学が、時代の出来事をフィクションの出来事によって補完する代わりに、受容能力を高め、文学の言語とともにその対象を受け入れるまでに意識を先鋭化するために存在するのなら、文学は少なくとも無益ではないでしょう。世界の沈黙を、鳴り響かせないまでも、聞こえるようにするような問いかけに、人間はすがることができるでしょう」［H VII 61］。文学は、「現実」の中に「現実性」をうち立てることによって、世界が沈黙している不条理な状況を人々に気づかせ、人々の意識を先鋭化していくことに仕えるのである。

I

ヴォルフガング・ヒルデスハイマー

1　沈黙する世界（一九五八～一九七三）

1――モーツァルトの謎

一九六六年に上梓されたヒルデスハイマーの書物は、収録作品の三つのタイトル『モーツァルトは誰だったのか』、『ベケットの「演劇」』、『不条理劇について』が背表紙を飾っていた。この書物の作品配列に関して、ゲルナーはこのように述べている。「当然気にはなるが、しかし私の知る限りでは今まで誰も問うてはいない疑問がある。すなわち、なぜヒルデスハイマーはモーツァルトについての論述〔『モーツァルトは誰だったのか』〕を、不条理についての試論のすぐ隣に並べてみせたのだろうか」[★1]。この書物を手にすれば、音楽愛好家ならモーツァルト論だけを読んで、残りの二編には手をつけないかもしれない。演劇好きならその逆となる。ところがヒルデスハイマー作品を読み解こうとするものならば、音楽家の評伝を不条理劇についての理論と並べて出版することに奇異の念を抱かずにはおれない。そこには一般読者の与り知らぬ作者の何らかの意図が、三つの作品に通底する何かがあるはずである。

ヒルデスハイマーは、一九五六年に『モーツァルトについての手記』を雑誌『メルクーア』に発表して以来、モーツァルトに関して様々に言及していた。六六年の『モーツァルトは誰だったのか』は五六年のヒルデスハイマーの見解に増補を施し、新しいモーツァルト像を示した作品であった。さらにヒルデスハイマーは、七七年には集大成となる『モーツァルト』を発表する。ゲルナーは、最終的に成立した伝記作品『モーツァルト』が持つ特殊な性格から、六六年に不条理劇理論のそばにモーツァルト論を配していた謎を解き明かそうとする。『モーツァルト』は偉人の生涯を年代順に追う伝記ではなく、過去のモーツァルト伝に挑戦するかのような箴言《アフォリズム》を積み重ねていく形式を持っている。しかしこれは、先達の伝記の手法を逆手に取ろうとしているのではなく、むしろモーツァルトを描くことの困難さを主張する形式なのである。ゲルナーはこう解釈する。「彼の『モーツァルト』は警鐘として読むこともできる。ヒルデスハイマー自身が異議を唱えている表現である徹底的な「反伝記作品」としてではなく、伝記作者が偉人の伝記を書くことを抑止する伝記と解釈できよう。つまり『モーツァルト』は、伝記作者が不条理な状況に明らかに置かれていることを証明している。伝記作者が置かれているこの状況は、実存主義的不条理についてのカミュの理解を思い出させる。「人間(芸術家)は企てが挫折することはわかっていても計画を実行する」[★2]。モーツァルトのような、神秘に包まれた量りがたい人物を前にしては、伝記作者は必ずやその対象を描ききることに失敗することになる。そこでゲルナーは、ヒルデスハイマーが、モーツァルトについてのエッセイを、ベケットと不条理劇についての理論とともに一冊の本にまとめた理由をこう結論付ける。「［ヒルデスハイマーは］全く答えを見出せないという理由からモーツァルトのような不世出の存在に対する問いかけを、不条理である問いかけの例と見なしたのであろう」[★3]。シジフォスが山の頂まで岩を運び上げるように、後世の多くの人がモーツァルトという山の頂に近づこうと問いかけを重ねてきた。しかし彼らの問いかけは、みなモーツァルトを完全につかみきれないままに、麓にまではね返されていたのである。ヒルデスハイマーも、一九五六年に最初のモーツァルト・エッセイを発表して以来一〇年で、この事態を認識するに至り、『モーツァルトは誰だったのか』を書いた。大著『モーツァルト』を発表するまで、二〇年以上にも及ぶ彼のモーツァルト研究の底流には、問いかけても問いかけても答えが得られない不条理感覚が流れていたというのが、ゲルナーの議論の帰結するところである。

さてブランベルガーによると[★4]、五〇年代の終わりから六〇年代の初頭にかけて、ドイツ語圏の文学においても、マックス・フリッシュ、ギュンター・グラス、ハンス・ギュンター・ミッヒェルセンらの手によって、不条理文学作品が生み出され、もちろんその一員にヒルデスハイマーも名を連ねていた。ヒルデスハイマーは作品を書く傍ら、特に不条理哲学にも強い関心を示し、後に『モーツァルトは誰だったのか』とともに書物に収録される『不条理劇について』[★5]（一九六〇）と題する講演まで行なった。それはヒルデスハイマーが一九六〇年八月四日、エアランゲンの学生国際演劇週間において行なった講演である。ここで彼は、一般に「不条理劇」と呼ばれている数ある芝居の中で、特に人気を博し、興行的にも成功した作品として、ベケットの『ゴドーを待ちながら』とイヨネスコの『犀』を挙げている。『ゴドーを待ちながら』は、現在のように不条理劇の傑作としての誉れを確立するまでは、賛否両論にさらされてきた。当時もおよそ五分の一の観客が退屈のあまり幕間に劇場をあとにしたので、その時間を狙ってロンドンのフェニックス劇場前に空車のタクシーの列ができたというエピソードをヒルデスハイマーは紹介している。一方、イヨネスコの『犀』は『聖書』の「放蕩息子」の寓話のごときわかりやすいアレゴリーのために、『ゴドーを待ちながら』以上の人気を博したのであった。しかし、ヒルデスハイマーによると『犀』の成功はその不条理性とは関係がない。それどころか、『犀』は一般の見解とは異なり、不条理劇ですらないというのである。

ヒルデスハイマーは五〇年代に『愛情のない伝説』とともに諷刺作家として文壇に登場し、『詐欺師の楽園』によっては娯楽作家と扱われ、ラジオドラマによってせいぜいのところ諧謔的放送劇作家と見なされていた。その彼の五〇年代後半の不条理劇による試みは、社会変革にアンガージュしようとする働きかけだったのだろうか。そして六〇年代になって一人称小説家として自己の内面に沈潜する変容を見せたのは、アンガージュマンの挫折によるものだったのだろうか。この変容の本質は彼の文学理論と作品から明らかにされねばならない。そのためにはヒルデスハイマーの主張する「不条理」を、「不条理劇ではない」イヨネスコの『犀』についての彼の解釈に鑑みて、確認することから始めることにする。そしてそこから導き出されたヒルデスハイマーの不条理劇理論に基づく作品を考察して、その後の彼の文学作品への展開を跡づけてみよう。

2――不条理劇理論

『犀』は一九五八年に発表され、五九年秋にドイツ語の翻訳でデュッセルドルフで初演された。およそ二ヶ月後の六〇年一月二二日に、パリで原典のフランス語で上演されている。そしてロンドンではオーソン・ウェルズが演出を担当し、ローレンス・オリビエが主演したという事実からも、この作品に対する世間の注目度の高さは窺い知れる。この数年間はちょうどヒルデスハイマーが不条理作家として過ごした中心的な時期にあたる。ヒルデスハイマーがことさらにこの作品を取り上げて論じているのは、『犀』に対する世間の注目度と、当時の彼の不条理劇理論への関心の高さとに基づくのである。

『犀』の舞台となるのはフランスのとある田舎町である。夏の日曜の昼近い朝、カフェにいる主人公ベランジュの目の前を一頭の犀が駆け抜けていく。犀の数が増えるにしたがって、犀たちは人間が変身したものであると判明する。ベランジュの周りの人々も次々に犀になっていく。職場の同僚も、友人も、恋人も。そして最後には、ベランジュまでもが犀になるかどうか切迫した状況が演じられる。しかし結末は不明のままである。「僕は最後の人間だ、僕は最後まで人間でいる、負けないぞ、絶対に……」[★6]という言葉を残して幕が下ろされる。

『ゴドーを待ちながら』やイヨネスコの他の作品に比べて、わかりやすい寓意性がこの作品の大ヒットの要因である。つまりこのフランスの田舎町が、理性に反する不条理世界であり、犀になっていくことは大衆化、痴呆化の比喩である。あるいはもっと具体的、政治的にファシスト化、コミュニスト化の喩えかもしれない。イヨネスコの故郷ルーマニアは、大戦中ファシズムに支配されており、彼の留学の地パリもナチスドイツに占領されていることから、ファシスト化ととらえるのが一般的だが、この場の議論においてはそれは問題ではない。

以下は、この作品に対するヒルデスハイマーの見解である。犀化を免れているベランジュだけが、ただ一人「この作品のポジティヴな原理を体現している」〔VII 20〕ことは明白である。ポジティヴな原理とはすなわち「汝、犀になるなかれ」〔20〕である。しかし犀にならないための方法は明らかではない。そして「この変身が意志による行為か、静かな服従か、運命か、罰か」〔20〕も明確にはなっていない。さらに結末がオープンエンドであるために、この判断を下すことはできずじまいになる。もしベランジュが変身せずに終わるなら、「古典派の芝居のような運命に対する一個人の勝利」〔20〕を表現していることになるし、主人公が犀化してしまうなら、「高次の意志に対する人間の無力」〔20〕を表現していることになり、「ギリシアの模範にしたがった悲劇」〔20〕ということになるだろう。とはいえオープンエンドを用いて「伝統的な作劇法に反すること」〔21〕が不条理劇であることにはならない。人間がことごとく犀になるという設定は不条理かもしれないが、変身自体は「不条理の要素ではなく、メルヘンの要素である」[21]。そして犀化を拒む主人公も、他者の変身を妨げることはできない。「物語の進行に介入する可能性が登場人物には与えられていないのである」[21]。したがってヒルデスハイマーは、この作品を「子供のメルヘンのように明快であり、アレゴリーのように解釈可能である」[21]と見なす。

さて『犀』の不条理性の有無について決定的な断を下す前に、ここで「不条理」（absurd）という語について改めて整理しておこう。語源的、通時的理解は措くとして、この語は、二〇世紀以降に限っては、通常、以下の三通りの場合に用いられる。一番目は、論理の要求に一致しない陳述、二番目は、理性を持ってしては理解しがたい事態、最後に、総体としての人間存在の無意味さについて書かれた文学テキスト、この三つである[★7]。

「論理の要求に一致しない陳述」とは、例えば、イヨネスコの『禿の女歌手』における以下のせりふであろう。スミス氏はボビーの妻について、自分の妻にこう語る。「整った目鼻立ちだが、美人とは言いかねる。とても大柄で、がんじょうな女だ。目鼻立ちは整っていないが、まれにみる美人と言えるだろう。とても小柄で、きゃしゃな女だ[★8]」。

「理性を持ってしては理解しがたい事態」については、文学作品の例を持ち出すまでもなく、現実にその例を求めることができる。第二次世界大戦中にナチスドイツが作り出したアウシュヴィッツをはじめとする強制収容所における殺人工場。幼い子供やその母親を含めて、多くの人間を裸にして一室に押し込み、毒ガスを撒いて数分のうちに命を奪う。これこそ「理性を持ってしては理解しがたい事態」であり、「不条理」と呼ぶに値する最たるものである。

「総体としての人間存在の無意味さについて書かれた文学テキスト」が、言うまでもなく不条理文学作品である。ところが不条理劇と呼ばれる作品の中には、すでに例として挙げた『禿の女性歌手』に見られるような「論理の要求に一致しない陳述」が挿入されたり、イヨネスコの『犀』において主人公の眼前を次々と犀が駆け抜けるといったような「理性を持ってしては理解しがたい事態」が設定されたりすることがままある。さらに事情を複雑にしているのは、「総体としての人間存在の無意味さ」を描いている訳ではないのに、「論理の要求に一致しない陳述」や「理性を持ってしては理解しがたい事態」がちりばめられている作品が存在することである。このような作品は厳密には第三の意味での不条理文学作品とは呼べず、不条理の要素が挿入されているにすぎない作品なのであるが、往々にしてこのジャンルに数えられている。

それではヒルデスハイマーにとって、いかなる作品が不条理劇と本来呼びうる作品なのであろうか。彼は『不条理劇について』の冒頭で「不条理劇は観客の置かれている世界の不条理さを観客自身の眼前に呈示することによって、観客を不条理に対峙させることに仕える」[VII 13] と述べている。さらにヒルデスハイマーはこの講演のみならず、『フランクフルト詩学講義』(一九六七)においてもカミュの『シーシュポスの神話』の一文、「不条理なものは、理性に反して沈黙する世界に問いかける人間を対峙させることから生まれる」★9を引用している。理人間は自らの存在の意味を問いかける、そしてそのとき初めて、自身の存在の無意味さに対する不安におそわれる。その不安を吹き払ってくれるような回答は、どこからも与えられない。世界は沈黙している。そこに生まれるのが不条理の感覚であり、不条理な感覚を生む事態を描くのが本来の不条理文学である。「しかるに不条理劇はあたかも象徴的儀式の場のごとくになり、観客は問いかける人間の役割を引き受け、作品は理性に反して沈黙する世界を表現する。つまりこの場合、世界は不条理な代用回答を与えるだけで、拘束力のある真の回答はそもそも存在しないという事実を、不条理劇は物語っていることに他ならない」[VII 17f.]。

観客が劇場から一歩外へ踏み出せば、そこでは反理性的な人々の支配のもとに、人間の理性は社会的、政治的に無力である。ところが神あるいは絶対者は、不合理な惨状を目の当たりにしているはずなのに、相変わらず沈黙を続けている。その一方で人間自身によって人道的、宗教的、哲学的な指針を与えようという試みは繰り返しなされてきた。しかしそれらは、どれも現実から目を背けさせるための回答でしかなく、沈黙する世界を前にして、現実における生の意味を知らしめることはおろか、現実を変革する手だてになることすらないのである。人間が現実において与える回答は、すなわち代用回答でしかないのである。

不条理劇は、観客を理性に反するものが支配する領域へ、絶対的なものを希求しても無益である世界へと連れて行くことを意図する。そして観客が、このような作者の意図に基づく表現を滑稽なものとして拒絶することさえなければ、この劇場で置かれた状況に順応して、舞台上でのきわめて不合理な出来事にも動揺を起こさなくなる。このとき、不条理劇の教育目的の半分は遂げられたことになる。「不条理作品は観客を人生の不可解さやいかがわしさに直面させます。人生の不可解さは答えを得ようという試みによっては表現されえません。それができるようなら、不可解さは解釈可能で、人生はつまり理解できるものということになるでしょう。人生の不可解さは、それを丸ごと情け容赦なくあらわにして、いわば修辞疑問として未解決のままにしておくことによってのみ表現されうるのです。つまり解釈を待つものは、むなしく待ち続けることになります」[VII 17]。

ヒルデスハイマーのこの陳述が、彼の言う不条理劇の本質を示していよう。不条理劇を体験した観客は現実を新しい目で再認識し、必然的に現実の事態に対する新たな態度を決定しなければならない。しかしこれだけでは、ヒルデスハイマーの主張する不条理劇の定義としては不十分である。彼の講演『不条理劇について』において、不条理劇ではないとみなされる『犀』もこの条件を満たしていると主張できなくもないからである。ヒルデスハイマーの主張する不条理劇を定義するために必要なのは、不条理という概念に関するさらなる本質論ではなく、演劇論上の問題であろう。『犀』はすでに紹介したようにオープンエンドの結末を迎える。しかしオープンエンドは決して不条理劇に固有の特徴ではない。そしてこの点を除けば、『犀』においては伝統的な演出に則ったストーリーが展開される。つまり観客は終局に至るまで結末におけるカタルシスを、――主人公ベランジュが意志によって犀化を克服する、あるいはファシストからの解放といった外的要素によって犀化をまぬがれるという結末を――期待することになる。

ところがヒルデスハイマーによると、「不条理劇は、ストーリーの論理的な流れの中で明らかになることを表現するのではない」〔VII 16〕。非論理性が支配する世界の中で、不条理な状況で行なわれる不条理な行為、これらの総体が生み出すイメージこそが、不条理劇に本質的な表現である。またストーリーの論理的な展開のみならず、カタルシスをも不条理劇は拒絶している。「不条理劇が意図するものは、演劇は人間を浄化することができないという告白であり、この演劇の無力さを演劇を行なう理由付けとして利用することである。無力と懐疑、世界のよそよそしさがあらゆる不条理作品の意味と意図である。したがって不条理作品は人間の置かれている状況を明らかにする」〔VII 22〕。『犀』は「理性を持ってしては理解しがたい事態」を描いていながら、カタルシスに向かって論理的に展開されている。ちょうどそれは「無意識の点描画は偉大な芸術作品でありえる。しかしその上に写実的な花束が描かれているとしたら、それは間違いなく芸術作品ではない」〔22〕のと同じである。つまりヒルデスハイマーは、不条理劇の装いをもちつつカタルシスへ向かうという二つの異なる水準で効果を発揮しようとしている作品であるとして『犀』を不条理劇と見なさないのである。

ヒルデスハイマーが『犀』を不条理劇と認めなかった要因は、ストーリーの論理の要求にかなう展開にある。芝居の筋書きが論理的に展開されるということは、フィクションであるにせよ歴史上の一事件であるにせよ、舞台の上では現実の一部のみが切り取られて、観客に呈示されているということである。「リアリズム演劇と呼ばれているものは私にとっては逸話であり、挿話であり、魅力的な（喜劇）あるいは悲しげな（悲劇）個々の事例である。多数のドラマになりうる素材からのドラマになった一例である」［VI 827］。不条理劇はこのような現実（Realität）を表現する演劇ではない。「劇場においては現実（Realität）のごく一部を表現できるにすぎないからである。その一部は決して現実の総体を表現しているわけではないし、世界における人間の立場とも関係がない」［VII 22］のである。「世界における人間の立場」とは、人間が置かれている、問いかけても答えが得られない状況であり、「越えがたい溝を持つ、途方もない偉大な人生」にかかわる「人間存在の非論理性」［827］である。これを描く芝居が不条理劇である。

したがって不条理劇は、「現実性（Wirklichkeit）を慎重に徐々に変化させることによって、現実性から非現実なもの、超現実、グロテスクへの架け橋をかけて、観客に道を開いてやる」［VII 21］ような手法はとらない。この手法は、『犀』のようなフィクションの筋書きの中に、不条理な要素をちりばめるやり方である。しかしこの手法で表現されるのは、現実（Realität）の断片でしかない。むしろ「観客を開幕すぐさま不条理の領域へと連れて行き、そこに順応させる」［21］のが不条理劇の技法である。

そして観客が順応させられる領域とは、「［不条理劇の］作者の見解によれば、観客はすでに知らず知らずのうちに順応している領域である」［21］。劇場で芝居を見る観客は、現実世界では一市民である。彼らは、現実世界において、自己存在のこの世界における意義を問うことによって、世界の不条理と対峙する本来的な存在のあり方を志向しようともせず、不条理に満ちた日常世界に埋没している。彼らはこの日常世界が不条理であることをも全く気にかけないほど、現実世界に「順応している」のである。不条理劇は、そのような市民を観客とし、演劇によって不条理世界を目の当たりにさせ、それに「順応させる」のである。何も語りかけてはくれない「人生の疑わしさ」〔21〕に「順応させる」のである。そして「一旦開幕の状況を受け入れた観客は、最も不条理な要素に対してすら度を失ったりはしないのである」〔21f.〕。彼らは、今受け入れている演劇世界が、日常順応している自分たちの世界と同じ根を持つものであり、現実世界が演劇で表現されていることに気づいてゆく。

こうして成立する芝居は、現実の不条理世界の「象徴的儀式の場」〔18〕となる。観客は眼前の不条理世界に疑問を持ち、心の中で問いかける。しかしこの演劇にはカタルシスはないので、疑問が氷解して観客の魂が浄化されて心が晴れることは決してない。問いかけに対する回答は与えられない。もし何らかの回答があったとしても、それは代用回答である。舞台はただ理性に反して沈黙を続けるのである。観客は人間の本来性を取り戻して問いかける人間となり、舞台は沈黙する世界の役割を担う。ここにカミュのテーゼ「不条理なものは、理性に反して沈黙する世界に問いかける人間を対峙させることから生まれる」の図式が完成するのである。ヒルデスハイマーのいう「象徴的儀式の場」とは、このような演劇空間を意味する。

3――三つの不条理劇『闇へと向かう芝居』

「人間存在の無意味さについて書かれた文学テクスト」のなかでも、ストーリー性を排除しカタルシスを拒絶した作品は、問いかけても答えを得ることができない人間存在の非論理性を表現するのに適しており、それゆえこれらの作品こそが観客に現実の不条理さを認識させる「象徴的な儀式の場」になりうるというのが、ヒルデスハイマーの不条理劇理論であることがわかった。それではこの理論が彼の作品にどのように反映しているのだろうか。

「ヒルデスハイマーの不条理劇」という場合、人間存在の無意味を表現している作品すべてにまでこの語の解釈を拡大して、豊かな筋の展開を持つ『遅刻』（一九六一）のような作品をもそれに含むこともある。しかしヒルデスハイマーの『不条理劇について』に基づけば、「観客を開幕すぐさま不条理の領域へ連れて行く」作品のみが考察の対象となるべきであり、一九五八年に発表された『闇へと向かう芝居』所収の三作品『パストラーレ』、『時計』、『人物のいる風景』が、後の理論と多くの点で合致した作品群である。もちろん文学作品は、作家の持つ理論を厳密に反映しているとは言い難い場合もある。この三作品それぞれのあいだにも理論との齟齬が見られるが、この三つの不条理劇を議論の対象とすることで、二年後の『不条理劇について』の講演を行なうに至ったヒルデスハイマーの変容の足跡をたどることができよう。

『パストラーレ』は、ヒルデスハイマーの不条理劇理論に適合する部分を持ちながらも、この三作品のなかで理論との齟齬が最も大きい。この題名は、西洋文学の伝統の中にある牧人劇を表している。元来の牧人劇ならば、詩的、牧歌的風景が展開するはずなのだが、ここではそれがパロディ化されている。牧人の歌声が響き渡る放牧地で、四重唱のリハーサルが計画される。歌うのは産業界の大物で七〇歳のグリンケ会長、四〇歳代半ばの女性フレーベル博士、領事アーベルと炭鉱経営者で重病のディートリヒとからなるアスバッハ兄弟であり、グリンケの下男フィリップが指揮をする。外見上の文化的、芸術的営みとは裏腹に、彼らは仕事上の敵を音楽の興奮によって抹殺することを狙っている。しかしこの作品には、ほとんど演劇的なストーリーはない。あるのは合唱の練習とそれに対する各人の態度、その背後の人間関係である。「私はストーリーと言わずに出来事と言います。この芝居はストーリーや「素材」を伝統的な意味ではもっていません。「素材」は「状況」によって取って代わられており、「状況」は出来事が起こるにつれて尖鋭化します」[VI 815]。

歌によってディートリヒを殺そうとしたグリンケが逆に心筋梗塞で死ぬ。ディートリヒも衰弱して死ぬ。出世欲に駆られたフィリップがグリンケのあとを襲う。そこで次第に風景は闇と寒さに覆われてくる。アスバッハ兄弟の看護婦ゼルマがやってきたときには、フィリップは車椅子を要するほど衰弱している。経済にのみ通じた小児的なアスバッハ老兄弟や、芸術を陰謀に用いるグリンケらの俗物性が揶揄の対象であることは言うまでもない。このような産業社会が生み出した俗物のみならず、彼らとは対立する階級であったはずのフィリップも批判にさらされている。彼には社会制度に対する抵抗を試みる意思はない。すすんで隷従する者は、支配体制を是認している者である。彼は会長の死後、隷従と支配とのスイッチを切り替えるだけである。そしてグリンケの服を奪い、会長の姿になると、「新しい風が吹く、あるいは吹くのは古い風、船乗りだけが新しい」［VI 647］と歌う。社会を変革する意図と彼は無縁である。支配階級に回ることだけがフィリップの願望なのだ。したがって彼もまた衰弱していく運命にある。

ストーリー展開が否定されている点では、確かにこの芝居はヒルデスハイマーの不条理劇理論と合致している。しかし出来事が起こる「状況」の中に理論との不整合が潜んでいるのではないだろうか。このような展開の中で問題にされている「状況」は、人間存在の普遍的な状況とは言い難い。★10 登場人物の織りなす状況は現実（Realität）の一部であるにすぎない。特定の社会的体制や秩序、そこから生み出される人間性が批判されているのであって、ヒルデスハイマーの不条理劇理論において目的とする現実（Realität）の総体や「世界における人間」の立場を描いているわけではない。ゆえにこの作品はヒルデスハイマーが二年後に発表する不条理劇理論には整合しないものである。

『時計』は、発表当初からイヨネスコの影響を強く受けすぎているとの指摘があった。★11 舞台は長年二人きりで暮らしている老夫婦の家である。この設定がすでにイヨネスコの『椅子』を連想させる。数日来、雨が降り続くある日、夫婦はいつものように昔日の思い出に耽っている。そこにガラス職人がやってくる。彼は勝手に仕事を始める。ガラス職人は窓の外の様子を二人に告げながら仕事を進める。外に若いカップルが歩いていることを彼が告げると、夫婦は若い二人の会話を空想して演じてみせる。一方、ガラスは次々と黒色に変えられて、部屋は次第に闇に覆われていく。二人を外部世界と結びつけているガラス職人が、黒いガラスで外部世界から室内を遮断していくのである。そこへさらに時計のセールスマンが現れる。夫に腕時計を売りつけるのに成功すると、彼は夫人にも取り入り、キッチン時計、置き時計、カッコウ時計と次々に売りつけてしまう。完全に部屋が闇に覆われてしまうと、ガラス職人はセールスマンとともに手探りでこの家をあとにする。部屋の中は大小の時計で埋め尽くされ、それぞれが好き勝手に時を告げるようになっている。過剰な事物に埋め尽くされて、それが主人公夫婦の精神の不在を表している結末もまたイヨネスコの影響下にあると言わざるを得ない。ヒルデスハイマーに独自の不条理世界として論じるには、作品に物足りなさを感じる。

『人物のいる風景』は、ガラス職人の登場、室内が次第に闇へと向かうことなど、多くの点で『時計』と共通点を持っているが、『パストラーレ』、『時計』の二作品とは異なり、紛うことなくヒルデスハイマーに独自の不条理世界を描き出している。この作品の舞台は大きな窓を持つ広く明るいアトリエである。このドラマで、ネガティヴな現実世界に対して、ポジティヴな原理を体現しているのは、画家である主人公アードリアーンと夢遊病者のようにふるまう若く美しいその妻ベティーナである。そして芸術家の世界に外部から侵入してくるのが、肖像画の依頼にやってくる三人の人物と、ガラス職人、それに美術蒐集家である。

このアトリエにおいて、闖入してきた不条理世界を代表している三人の人物と画家夫婦は対決することになる。肖像画の依頼者であるザートーリウス夫人、夫人の恋人で若い洒落者のコーリン、コーリンの父でザートーリウス夫人のかつての恋人ルーア氏のそれぞれは、ルイ一六世様式の椅子や花の咲いているサボテンなど様々な小道具を要求するが、不思議なことにアードリアーンはすべてその要求に応えることができる。しかし彼らはなかなかポーズを取ろうとしない。それどころか魅力的なベティーナに言い寄ろうとするコーリンはザートーリウス夫人の怒りを買い、騒ぎのあげくアードリアーンによって鞭で檻の中へと追い込まれる。三人は泣くやらわめくやらの騒ぎを起こし、困惑したアードリアーンが妻に助けを求めると、ベティーナは鞭を取りこれを静まらせる。アードリアーンはポーズを取らないモデルに向かって言う。「芸術を守るのが私の仕事だ」〔194〕。このアトリエの壁には、大小さまざまな大きさの額に入ったどれもべた一面紫色に塗られた絵が飾られていたが、このときガラス職人が「明るい紫色のガラスを嵌める。光が変わる」〔210〕。ガラス職人は窓ガラスを色ガラスと取り替えることによって、このアトリエ全体を明るい紫色に染めていく。アトリエが紫色のガラスの色に染まり始めると、三人のモデルたちはポーズのまま硬直していく。この三人の群像に付けられた表題が「人物のいる風景」である。

『時計』においては、取り替えられるガラスの色は黒であった。黒は死の色であり、死は永遠の安らぎを保証する。ガラス職人は老夫婦の部屋を死の眠りの場所、棺桶あるいは墓穴に変えていった。一方、明るい紫色は「儀式」の色である。[★12] 観客が舞台を前にするように、アードリアーン夫妻のアトリエは彼らにとって「象徴的儀式の場」となる。ガラス職人はこの場合、儀式を執り行なう僧侶の役割を担っている。第二幕では、「今や窓のほとんどが紫色のガラスに替えられている」[213]。第一幕で持ち込まれた家具や道具などでアトリエは満たされている。しかしここでは『時計』とは異なり、過剰な事物の存在が中心的なテーマにはなっていない。問題なのはむしろ時間である。

このドラマの受容者は読者であれ、観客であれ、時間の流れの不合理さに戸惑うはずである。第一幕でベティーナは目覚めて寝室からアトリエに出てくるたびに夫に時間を尋ねる。しかし彼の答えにもガラス職人の答えにも前後の時間的な整合性がない。どうやらこのアトリエでは時間は一様には流れていない。このアトリエには時間に支配されているものと、そうでないものとが併存している。老いてゆくものもあれば、時間から自由であるかのように変わらないものもいる。芸術に奉仕する祭司と巫女であるアードリアーンとベティーナは、避難所のなかでは時間の経過から護られており、彼らの外貌は、第二幕を迎えても少しも変わっていない。しかし不条理「世界」からの侵入者には、非常に長い時間が彼らの容貌に爪痕を残していくのである。ガラス職人は年老いてしまう。ポーズを取って記念像になってしまったコーリン、ルーア氏、ザートーリウス夫人らもずいぶん年を取ってしまっている。このアトリエが日常空間ではないのか、日常空間といかなる形で結合しているのか、もちろん各人の多様な解釈は可能である。しかしこの疑問をドラマの終局まで持ち続けても、決して合理的な解決を得ることはできない。

　最後に美術蒐集家がやって来る。彼の黒い服は悪魔または擬人化された死を連想させる。[★13] あたりが暗くなっていくなかで、蒐集家の前でベティーナがオルゴールを回すと、三人は動き出す。蒐集家は称賛と驚嘆の声を挙げ、彼らをそれぞれ棺桶のような箱に詰めて、買い取ることを宣言して去る。時間の支配から自由である芸術家夫妻には、悪魔あるいは死の力も及ばない。悪魔は通り過ぎていく。窓ガラスはすべて明るい紫色になり、仕事を終えて、ガラス職人が立ち去ると、窓ガラスは次々に割れ始める。紫色の窓ガラスの崩壊は儀式の終焉を告げているのである。外部の人間を排除し、不条理「世界」を閉め出したとき、芸術家のアトリエは儀式の場ではなくなる。アードリアーンとベティーナの二人だけの空間が回復される。すなわちそれは芸術世界である。

『人物のいる風景』に表現されている世界は、空間的孤立、時間的混乱のために、現実の一部では決してない。そこではアトリエで行なわれた、不条理世界と理性ある人間との対決が描かれているのである。アトリエは不条理世界と理性ある人間とが対峙する儀式の場であり、また理性ある人間が不条理から逃れた上で、芸術を創造するための避難所である。そして同時にこの演劇は、観客にも不条理世界を目の当たりにさせる「象徴的儀式の場」となっている。

問いかける人間が沈黙する世界に対峙するかのように観客を舞台に直面させて、不条理な感覚を観客の心の中に生み出すという点で、『人物のいる風景』は「象徴的儀式の場」である不条理劇である。それゆえにこの作品は、ヒルデスハイマーの不条理劇理論に適合する作品であると見なすことができる。

4――「抵抗」と「逃避」

それではこの作品で展開された不条理世界と理性的人間の対立図式を次に考察しよう。この問題を「不条理なものは、理性に反して沈黙する世界に問いかける人間を対峙させることから生まれる」というカミュのテーゼを手がかりとして論じる前に、「理性に反して沈黙する世界」の「世界」とは何であるかを定義しておく必要があろう。カミュの用語である以上、フランス実存主義の無神論哲学に基づいていることは言うまでもない。人間はそれぞれ自らの営みを持っている。それゆえ各人それぞれが異なる「世界」を持っていることになる。この「世界」と呼ばれる環境は動物に与えられているような生物学的な環境ではなく、人間存在各々が自ら働きかけることができる環境であり、人間存在が理性の働きによって変更することのできる環境である。ところがこの「世界」の中で、人間存在がいかに働きかけようとも不変であり、人間理性の力によっては変更不可能な事態がある。例えばそれは、虐殺を伴う暴虐の限りを尽くして占領地を広げていく外国の軍隊を前にして無力に立ち尽くす人々を想像してみればよい。すなわち、人間の生に意味を与えてくれるはずの神の不在のために引き起こされる事態である。これにより無意味な存在となった人間の置かれている環境が、カミュがここで言う「世界」なのである。ここに生まれるのが不条理という感覚である。つまりカミュの「世界」は、「理性世界」と、理性の働きかけが無益であるために不条理を感じる「反理性世界」とから成立しているのである。そして不条理という感覚を抱いた人間存在が、この変更不可能な世界に対して取らなければならない戦略は「抵抗（反抗）」である。カミュやサルトルといったフランス実存主義者の不条理の感覚が、第二次世界大戦時の対独レジスタンスやパルチザンの活動体験から生まれたことを考慮すれば、この「抵抗」という戦略も宜なるかなである。

一方、「世界」についてのヒルデスハイマーの解釈は、カミュのそれとは図らずも異なっている。彼はカミュのテーゼ「不条理なものは、理性に反して沈黙する世界に問いかける人間を対峙させることから生まれる」を再考する。ヒルデスハイマーは「世界の沈黙がなぜ理性に反しているのか」、「誰の理性なのか、世界の理性か、人間の理性か」[VII 50] を問い直して再定義を試みる。その結果ヒルデスハイマーは、カミュの定義を「世界が人間の問いかけに対する答えを拒んでいる、そのために不条理とは世界の非合理性のことである」[50] とパラフレーズした。ヒルデスハイマーの解釈の前半部を読めば、世界は問いかけに決して答えることはなく、理性に反して必ず沈黙していることになる。この解釈に対して、ブランベアガーはこう述べている。「ヒルデスハイマーのこの解釈によると、世界の不条理性と存在の非論理性が人間の現実の全体である。この現実を表現しているのが不条理文学である。カミュのテーゼでは世界という概念をこれ以上詳述することなく用いているため、ヒルデスハイマーの解釈を助長することになったのかもしれないが、ヒルデスハイマーの解釈ではカミュの引用のコンテクストにおける理性世界と反理性世界との重要な差異が隠蔽されてしまっている」[★14]。確かにカミュのコンテクストでは、すべての世界が理性の近づきがたいものから構成されているわけではない。「反理性世界」は「理性世界」と対立して存在しているのである。つまり「世界」の中には「理性世界」と「反理性世界」と、言い換えるなら、「変更可能な世界」と「変更不可能な世界」とが併存している。ところがヒルデスハイマーの解釈においては、「理性世界」の存在が認められない。世界全体が沈黙しているのである。したがってブランベアガーはそこにヒルデスハイマーの「誤読」を指摘している。

しかしこの「誤読」によって、全体が反理性に支配されている現実がヒルデスハイマーの「世界」であることが明らかになる。なるほどカミュの定義をパラフレーズした定義としては、ヒルデスハイマーの解釈は「誤読」であるかもしれない。しかし世界は完全に反理性的なものに支配された現実の総体であるというのが、ヒルデスハイマーの世界についての解釈である。そして当然、世界に対する解釈のこの差異は、現実世界に直面した人間存在が持つべき戦略にもかかわってくるのである。

ヒルデスハイマーの「世界」とは、すなわちすべてが不条理に支配された世界である。このような世界解釈、世界像をブランベアガーは「抵抗」の視点から批判する。「それゆえにヒルデスハイマーの不条理理論にはカミュの概念「抵抗」が欠落している。抵抗は理性を超越したものを手に入れることを拒絶しているだけではなく、より重要なのはその肯定的な意義つまり、世界に理性と合致した秩序を作る可能性のために戦うことである」[★15]。「理性世界」と「反理性世界」が対立しているカミュの構図においては、理性による反理性の克服のために「抵抗」というダイナミズムが生まれる。しかしヒルデスハイマーの世界には、理性的な世界が存在せず、世界全体が反理性に支配されている。たとえ一握の人々が理性に基づいた行動を試みたとしても、その勢力は反理性に支配された世界に決して対抗しうるものではないのである。

世界のすべてが不条理であると認識したとき、その人は世界から疎外された状況へ追い込まれる。その疎外状況にあっては、不条理世界を変更するための個人の抵抗は不可能である。疎外された存在は、世界の外へと排除されるしかないのである。それならば、せめて排除を逃れて安息するために、世界の中に逃避場所を求める。理性を持って世界を認識する一握の人々は、諦念とともに自らの避難所に逃げ込もうとする。そのために理性ある人は「理性世界」に代わる「代用世界」を生み出し[★16]、その「代用世界」の中で自らの営みに沈潜していく。これがヒルデスハイマーの作品の主人公に特徴的な、不条理世界を前にした存在の取るべき方策なのである。

ヒルデスハイマーの不条理劇のなかで最も彼の理論を反映していると考えられる『人物のいる風景』に見て取れるように、アードリアーンとベティーナが示すポジティヴな原理は「汝、芸術世界へと逃避せよ」である。ヒルデスハイマーの作品の不条理に直面した存在は、社会変革にアンガージュすることはありえない。ヒルデスハイマーの不条理文学は、フランス実存主義の不条理文学とは本質的に方向性が異なる。抵抗が生まれるための世界の対立が存在しないからである。不条理感覚を持つものは、「抵抗」するかわりに「代用故郷」とも言うべき芸術世界へ逃避するのである。芸術家が外部の世界の人々にどんなに鞭をふるおうとも、それは彼らにとっては不条理世界に対する抵抗ではなく、不条理世界を排除することによる芸術世界への逃避である。これにより、ヒルデスハイマーの世界像においては、不条理世界に対立するのは理性世界ではなく「芸術世界」であることがわかる。しかし芸術世界の中へ逃避したところで、それは「飛び領地」[★17]への逃亡である。その周りを取り囲んでいるのは、あいかわらず不条理に「沈黙する世界」である。

一九五〇年代に隆盛を極めたストーリー性を離れた不条理劇の運動は、その後急速に終息へと向かい、不条理劇をものした作家たちもそれぞれ異なる道を歩むこととなる。ヒルデスハイマーももちろん例外ではない。しかし彼の不条理劇作家としての創作の底流をなしていたこの抵抗なき逃避は、彼の作品系譜において六〇年代半ばに誕生する、独白する内省的主人公に受け継がれていくのである。

5——傘をさすハムレット

一九七三年にようやく『マザンテ』が上梓されるに至ったことで、『むなしい手記』（一九六二）に始まるヒルデスハイマーの「『テュンセット』（一九六五）、『マザンテ』作品群」と呼ばれる一連の内省的独白作品が完結を見ることになった。ヒルデスハイマーは、五〇年代後半から六〇年代初頭にかけて不条理作品を発表した後、作風を転換して内省的な主人公の独白からなる散文作品群へと向かっていた。

『マザンテ』は、実際に上梓される四年前の一九六九年に『メオーナ』というタイトルで出版されるはずであったが、素材を処理して形式を整えるのにヒルデスハイマーは思いのほか困難を感じていた。そのため友人であるD・ローデヴァルト、P・H・ノイマン、W・イエンスらに通読してもらって、それぞれから意見を求めている。特にローデヴァルトから、自伝的な部分を削除してはどうかと促され、その結果『マザンテ』に先立って自伝『コーンウォールの時代』（一九七一）が成立した。『マザンテ』の中には、『テュンセット』の補遺として出版されれた挿話も含まれているので、ヒルデスハイマーは『テュンセット』の後、八年間の長きにわたって『マザンテ』と取り組んでいたことになる。

砂漠では「いつ雨が降るのだろうか」[II 178]。砂漠に境を接する町メオーナの宿屋兼酒場「最後のチャンス」にやって来た『マザンテ』（一九七三）の一人称の語り手は、酒場の隅の傘立てに数本の雨傘を見つけてこう思う。酒場の女主人マクシーネはアルコール中毒にかかっており、酩酊のあまりこの客を一人残して、その場で眠りに落ちる。するとタイプライター、帽子、傘といった事物が、女主人の留守に、客に取り入ろうとするかのように、語り手に話しかけてくる。傘はこう言う。「私たちの一つを広げて、一番美しいのをよ、そして砂の中へ、太陽の中へ歩み出るの。私たちがあなたを守ってあげるわ」[II 267]。

この語り手は、戦後も続く反ユダヤ主義の迫害を逃れて、メオーナへ逃げ延びてきたのであった。しかしここにもすでに迫害の手が及んでいることに気が付き、この宿屋をあとにして砂漠へと旅立つ。「風に逆らって傘をさし」[II 363]、彼は砂塵の中へと分け入っていく。途中「あたかも春雨にあったかのように、傘の下で腰を下ろして」[II 365f.] 休みながら、また前へと進む。「自分の時が終わりを告げた」[II 366] ことを悟り、「雨傘を持って砂漠のまっただ中へと、身をゆだねる」[II 366] のである。

これがヒルデスハイマーの『マザンテ』の結末であり、すなわち一人称の語り手による長大な「『テュンセット』、『マザンテ』作品群」の結末である。語り手が砂漠に消えるこの終局において、不可解に思えるのは、一本の傘の存在である。砂漠の酒場に雨傘が置いてあることは奇異には映ろうが、日傘として使うことは傘自身の勧めるところであるし、また女主人が奇妙なコレクターであることを考慮すれば不自然とは言えまい。しかし死を覚悟した人物が日よけ、砂よけの傘を持って砂漠へ旅立つというのは不可解である。生存の可能性に賭けるなら、持ち物が一本の傘だけであるはずがない。一本の傘を持った砂漠への覚悟の旅立ち。それならこの傘には、何かしら特別の意味があると考えるべきだろう。

「誰がいったいそれを発明したのだろうか、雨傘を」[II 268]。『マザンテ』の語り手自身がこの作品のちょうど中程で、こんな問いかけを発している。そして自ら作ったフィクションによってこの問いに答えるのである。小侯爵領時代の末期、アンスバッハのある日曜日、雷雨の中、一人の男が馬鍬の歯と皮と豆の支柱とからできたキノコ型の物を持って、軒や窓辺で雨宿りをする人々のあいだに現れた。彼は風采のあがらない小柄なやせた仕立屋ゴットリープ・ヒッケルであった。たちまちこの発明品はプロテスタントの牧師によって「自然の猛威に対する、人間精神の神によって支えられた勝利」[II 269]として讃えられ、アンスバッハ辺境伯より注文を受けることになる。多大の報奨金を受けたヒッケルは今の地位に満足せず、トロイヒトリンゲンに移住して自ら貴族を僭称する。しかしこれは貴族のみならず市民の反発をも買い、孤立した彼は酒におぼれる。一七六九年八月一五日、ある酒蔵の前の小路で「彼が雨傘の下に横たわっているのが発見された、雨にもかかわらず確かに濡れてはいなかった、骨のようにも、砂のようにも乾いていたが[knochentrocken, sandtrocken]、しかし死んでいた」[II 271]のである。この挿話にある傘の下での死は、明らかに語り手の最後を先取りしている。さらにヒッケルの濡れていない様を形容する言葉が、骨[Knochen]となって砂[Sand]に還える砂漠における死を連想させる。主人公の語る物語は、傘を介して自らの死を暗示する寓話であったのだ。したがって、最後に語り手が持っている一本の傘は、まず第一に死の象徴物である。

ところで雨傘の発明に対する問いかけは、この作品群においてこれが初めてではなかった。ヒッケルの物語を展開した『マザンテ』に先立つこと八年、すでに『テュンセット』（一九六五）の終局において、モーツァルトの埋葬に言及した後、「傘はいつ発明されたのか」［II 151］という問いかけがなされている。しかしそこでは「答えうる、答えるべき、問い」［II 151］であると言うにとどめており、雨傘のモティーフは『テュンセット』においては、別の形で展開されている。語り手は、以前「現代衣装による『ハムレット』の上演」［II 151］を見たことに言及する。オフィーリアの埋葬の場面で、クローディアス、ガートルード、墓堀人たちの皆が雨傘を広げていた。「それはとても効果的で、天候さえも考慮に入れた真に迫ったものであった」［II 151］。

さてその上演において「ある箇所でハムレットがくしゃみをしたに違いなかった。客席の闇を謎解きの衝動が波打った。風邪をひいているのは役者なのか、ハムレットなのか。俳優の不運か、監督の意図か。だが後にもう一度ハムレットはくしゃみをして、それに続いて仰々しく見紛うことのない意図的な行動でポケットからハンカチを引っ張り出して、大きな音を立てて鼻をかんだので、人々は監督の着想であったことがわかった」［II 151］と言うのである。それでは『テュンセット』の終局になぜ語り手はこのようにハムレットの上演について語ったのであろうか。すでにドゥアツァークが指摘していることではあるが、★18 このハムレットのくしゃみを介して、作者の持つ作品全体への支配力の強さが語られているのである。『テュンセット』と続編『マザンテ』とは、どちらも構成に脈絡がない作品のように思えるが、作者の心の中で鎖のようにつながる連想を単に羅列して成立したわけではない。意識の流れの中から生み出されたように思える挿話も、ちょうどハムレットのくしゃみが監督の差し金であったように、作者が意図している緊密な構成に支配されているのである。したがって雨傘を介して、作品の枠を越えて、ヒルデスハイマーが意図していたもう一つの連関を見出すことは不自然なことではない。『テュンセット』における現代衣装を用いた傘をさしてのオフィーリアの埋葬と、『マザンテ』の結末の傘を持った旅立ちのあいだにも、意図的な仕掛けがあると考えられる。

『マザンテ』の結末が主人公の死につながることは、雨傘を発明したヒッケルのフィクションとの連関で述べたとおりである。それに加えて第二の推測がこの『テュンセット』と『マザンテ』の二作品の結末から可能である。それは酒場の女主人マクシーネの死である。この主人公は、砂漠に近接する酒場に迷い込む。そこで主人アランを交えて、語り手と対話する人物がマクシーネである。彼女は、自ら語る真実と虚偽の入り乱れた物語の中で、自己同一性を失っている。そして最後にはアルコール中毒のために正気を失って、「ほとんど死んだような重みを掛けて」[II 353] ベッドへと運ばれて行く。マクシーネが倒れた次の朝、語り手が砂漠でさす傘は、自らの死を示唆するだけではなく、マクシーネの死をも暗示していると考えられる。狂気のうちに自滅するヒロインは、岸辺に花咲く小川にではなく、アルコールに溺れるオフィーリアである。語り手の傘はオフィーリアの埋葬に立ち会っている人々がさす傘となる。なぜなら語り手である主人公はハムレットであるのだから。

ヒルデスハイマーの内省的作品群の語り手をハムレットと見なすことは、斬新な見解ではない。[★19]ヒルデスハイマーは、一九六一年に『ハムレット』と題するデンマーク王国の王子を一人称の語り手に据えた伝統的形式の小説に着手しているが、これは一章だけで頓挫している。そしてその後の作品に現れる内省的な一人称の語り手は、諦念のため行動することを躊躇し続けるハムレットと呼ぶにふさわしい人物である。また『テュンセット』において、この語り手が何度も、階段に現れるハムレットの父の亡霊と対面していることも、この見解を決定的に裏付けている。

ヒルデスハイマーは内省的作品群のすべてにおいて、ハムレットの心性を持つ一人称の語り手を用いている。そして彼自身がこの語り手と同化してゆく。そこでハムレットの心性を持つ語り手にヒルデスハイマーが同化していく、ヒルデスハイマー＝ハムレットの成立過程を、主に『遅刻』（一九六二）、『ハムレット』（一九六二）、『むなしい手記』（一九六二）の三作品とその時代状況から解明することを試みよう。

6――『遅刻』とメランコリー

ヒルデスハイマーのライフワークとも言うべき内省的作品群の萌芽として『ハムレット』(一九六二)という未完の断章がある。その『ハムレット』とほぼ同じ時期に執筆された演劇作品『遅刻』(一九六一)において、彼が決定的な転換点を示していることは、多くの批評家が指摘しているところである。[★20] 一例を挙げるなら、ケプナーによると「一晩を描いた二幕のドラマ『遅刻』が転換点であると見なしうる」のであり、「ここからヒルデスハイマー作品ではメランコリックな要素が諷刺的な要素を押しのけ、モノローグが非人称的な表現に取って代わる」[★21]のである。この指摘は、簡にして要を得た表現でヒルデスハイマー作品の変容を表している。つまり五〇年代の『愛情のない伝説』やラジオドラマにおいては、戦後ドイツ社会の硬直に対する痛烈な諷刺や、その社会で活躍する俗物に対する戯評が作品の中心にあった。彼の代表的な不条理劇である『パストラーレ』、『時計』、『人物のいる風景』の三編からなる『闇へと向かう芝居』(一九五八)も、人間世界の不条理性の表現によって、社会に対する批判を行なっていたと位置づけることができる。しかしこの『遅刻』を転機として、これら諷刺や戯評、批判の要素は次第に陰を薄くして、それに取って代わって社会に適合できないインテリの鬱々としたモノローグが作品を構成するようになる。『遅刻』は変容の起点であり、そして『ハムレット』を経て『むなしい手記』に至って、そのモノローグの語り手が多くの点で作者自身を想起させるようになり、ハムレットの心性を持ち、作者と同定できる一人称の語り手が誕生するのである。

『遅刻』の主人公は、「およそ六〇歳ぐらい」で「ひどい近視」で「かなり小男」の「全体として哀れな風采」［VI 498］をした精神に錯乱を来していると思われる自称「教授」ショルツ・バーベルハウスである。彼は人里から隔絶された村ドーレンモースの宿屋の食堂にたどり着く。電話ボックスは撤去され、郵便局もすでに閉鎖されており、この宿屋も壁に大きな亀裂が走り、崩壊の危機に瀕している。それでもそこにはなお、生徒の提出物を添削する女教師、編み物をする女主人、新聞を読む村長、ビールジョッキを前にして眠る棺桶職人がいる。「教授」は到着するやいなや、その身なりを根拠に村人から教授であることに疑いの目を向けられる。しかし彼は「私はショルツ・バーベルハウス教授だ」［VI 503,504］というせりふを金科玉条、権威的に振りかざして、村人の猜疑と嘲笑を寄せ付けない。そして、自分ででっち上げた学問上の敵対者メレンドルフの陰謀でこの寒村に迷い込んでしまったのだ、と主張する。さらに「敵対者を究極的に打ち負かす」［VI 517］発見をここで披露するという。それが「教授」の空想上の鳥グリヒトである。彼は「この鳥が人類の祖先である」［VI 517］と強弁する。この夢想家によると、人間は氷河期中期に、翼を広げると一メートル九〇センチもあるグリヒトが退化して誕生したのである。しかしグリヒトを呼び寄せるために窓から叫び声をあげている「教授」を見て、他の人々は「ノーマルじゃない、それどころか錯乱している」［VI 519］ことを確信する。

ここではもちろん教授の誇大妄想、尊大さ、傲慢さが揶揄され諷刺の対象になっている。この点ではこの作品は、ヒルデスハイマーの六〇年代以前の作品と比べて、際だって異なる様相を呈しているわけではない。しかし女主人と二人きりになったとき、教授は自らの仮面を脱ぎ捨て、自分は偽物の教授であり、「百貨店のサンタクロース」か「サーカスのロバの後ろ足」の役割を担う人間であり、宿敵であるはずの「彼〔メレンドルフ〕をも捏造した」〔VI 528〕と告白する。今まで様々な発見や発明をしたと称して、学会の門を叩いた教授は自分が学問の世界でスタートするのが遅すぎたことを嘆くのである。「『私は何も探求しませんでしたし、何も発見しませんでした。すべては最も大きい物から最も小さい物まで探求され、発見されていたのです。そこで私は発見を考え出し、捏造しました。そして学会の門を叩きました。〔……〕どうなったと思いますか」。「笑い物にされ、牢に入れられたでしょう」。「もっと悪いのです。私が幾晩も眠らずに考え出したしろ物は、すべてすでに存在していたのです」」〔VI 528f.〕。人生に「遅刻」してきた男、個人の独自性がもはや認められないほどに文化的に膨張した市民社会に生を受けた生まれながらの挫折者は、「最も極端なものに手を出さざるを得ない。それがグリヒト」〔VI 529〕なのである。すでに自らを挫折者と断じているこの男は、人類の祖先である鳥グリヒトを発見することに最後の希望を託すことになる。

次の日になって一人の訪問者が車でやってくる。この謎めいた男はこの村から脱出することを皆に勧めるが、教授はそれに応じようとしない。そのとき、初対面のはずのこの訪問者が、教授に向かってあろうことか「あなたはカール・ヴィルヘルム・アレキサンダー・フリードリッヒ・フォン・ショルツ・バーベルハウス男爵教授でしょう」〔VI 549〕と言い出す。すると、昨日この教授の仮面の内側を見透かした人々までもが、彼を本物の教授だと言い張りだす。さらにこの訪問者は、この教授こそが「斯界の人々を驚嘆の渦に巻き込み、有為な同僚を深い羨望に陥れた」〔VI 549〕人物だと強弁する。そして自らが教授の学問上の敵対者で、教授に「誰よりもねたみを抱いているメレンドルフ」〔VI 549〕であると名乗るのである。

メレンドルフの実在によって、教授はもう一度現実に対して失望を味わわされることになる。ここでも「眠れぬ夜の苦しみの中ででっち上げたものはすべて、すでに存在していたのであった」〔VI 529〕。しかしこの事実を改めて告げられて、驚愕するべきは教授だけではない。観客も「でっち上げたもの」が「すでに存在している」事態を教授の妄想としてではなく、この演劇内の現実として突きつけられているのである。ここに至って受容者は、誰かが真実の語り手であるなどとはもはや考えずに、この作品世界の異様さに気付き始めるはずである。

ヒルデスハイマーやイヨネスコの本来的な不条理劇においては、作品世界が人生観を語っているのではなく、一つの世界像を提示しているにすぎない。その像は日常の視点では不可解に思える。それは不条理劇の作品世界が、人生そのものの不可解さを表現しており、作者が意図的に作中人物に何かを語らせようとしないことによって、人生そのものの寓話になっているからである。個々の人生は、意図的な何かを語ってはいない。それゆえ不条理劇がもつ不合理さは解釈を寄せ付けない。『遅刻』は、この作品が過渡期にあることの現れとして、いくつかの寓意的な要素を含んでいる。『遅刻』は、この寓話にも似たストーリー性を持っているという点においては、不条理劇ではない。しかし主人公と観客とに不可解な現実を突きつけるという限りでは、不条理劇の要素を持ち合わせてはいる。

さて、この不条理に直面した状況下で『遅刻』の「教授」のとる態度が、この作品の寓意性を明らかにする。オリジナリティー不毛の社会に生を受けた主人公は、自らの捏造した人物メレンドルフに遭遇し衝撃を受ける。彼に残されたものは、孤独の中で夢想したグリヒトしかない。そこで彼は、再び現実世界に戻って、グリヒトを発見できるような荒れ地を求める。そして寒村ドーレンモースが「荒れ地となるようもくろんで」［VI 552］、彼は「計り知れない財産を犠牲にして」、「信頼できる郡長を御し」、「郵便局に袖の下を渡し、鉄道管理局を買収し、気象観測所を襲い、電話局をいいなりにして」［VI 551］この地を掌中に収め、廃墟となるべく仕向けたのであった。現実にこの村の人々は立ち去り、無人化していく。鉄道は取り払われ、早い冬がやってきて雪が舞い始める。メレンドルフもまた三人の村人とともにこの地を去っていく。メレンドルフは教授にもこの地を立ち去るよう説得を試みるが無駄である。「なぜなら私は一人になりたいのだ。私にとっては無人の家だって役に立つだろう」［VI 538］と教授はうそぶくのである。眠っている棺桶職人を除いては誰もいないこの荒れ地こそが、グリヒトを発見するべき場所である。★22

そしてグリヒトは群れとなって現れる。メレンドルフの登場によって、オリジナリティーの不毛を再確認させられた教授は、彼の非現実への跳躍とも言うべきグリヒトの出現によって、これまで味わった辛酸と失望とを補って余りある凱歌をあげるはずであった。しかしこの現実とも幻視ともわからない鳥は、彼の想像を裏切っていたのである。「すべては想像していたものと全然違って」[VI 558] いた。夢想家が架空の鳥に与えた性質を少しも体現していないのであるから、この鳥をグリヒトと呼ぶことは論理的に矛盾している。しかし彼はそれをグリヒトと呼ばねばならない。なぜなら寒村ドーレンモースに現れる鳥に、教授は死を賭しており、白鳥が死を前にして最後に美しい歌を奏でるといわれているように、彼にとってこの鳥の存在は「挫折者の白鳥の歌」[VI 529] なのである。ところが用意周到に準備した廃墟の村で、最後の希望に賭けた男の前に現れたものの外見は、貧素でみすぼらしく哀れを誘う鳥であった。グリヒトは「巨大ではなく」、彼は「過大評価していた」[VI 558] ことを思い知る。「鳥の王」[VI 557] は「叫びや鳴き声をあげるでもない」[VI 557]、「押し黙って」[VI 557]「闊歩すると言うより、よちよち歩いてくる」[VI 557]。「舞い飛ぶというよりは、ぱたぱた羽ばたく」[VI 557]。そして、「万物の存在と繁栄との根を食べて身を養っている」[VI 559] はずもなく、落ち穂や虫をついばんでいるのである。「教授」は絶望に打ちひしがれる。教授が最後の幻としてとらえたものは、偉大な鳥の王ではなく、自身の姿だったのである。★23 そしてこの男は、絶望のメランコリーの淵で、「今やどんな名称も思いつかない。名前は用いられており、特徴は与えられている」［VI 560］、「私は納得ができない」［VI 560］という文化の過剰さに対する恨みの言葉を残して死ぬ。ドッペルゲンガーに対峙した者が死に帰するは文学史上の習いであるが、あたかもそのような最後である。★24

さて、ここで教授を僭称するバーベルハウスの心性とその表れをもう一度跡づけてみよう。彼は自らのオリジナリティーを社会の中に確立することに失敗した。世界はすでに探求し尽くされて、「遅刻」してきた男のつけ入る隙がなかったのだ。このような不条理な世界に直面して、彼は決してこの世界に抵抗を試みはしない。その不条理を築いた社会に矛先を向けて、諷刺することもしないのである。むしろ彼は、挫折者であることを潔く認め、八方塞がりのメランコリーの中で、自らの内面世界に沈潜していく。教授の心の中では、今まで外界を目指していたベクトルの向きが、反対方向の内面世界へ向け変えられている。社会への働きかけをあきらめて、内面世界の中に誰にも手をつけられていない自分だけの空間を築いていこうとするのである。★25その結果、バーベルハウスの夢想の中から、人類の祖先である鳥の王グリヒトが生まれ出たのである。

しかしこの男の特異性とその不幸とは、このメランコリカーの夢想世界と、一旦は背を向けた現実世界とを再度結合させようとしたことにある。夢想家は、夢を実現するために手つかずの世界を必要とする。この文化過剰の現実世界に、自分の幻想を描出するのだ。そのためには何も描かれていないキャンヴァスを準備しなければならない。そこで彼が白羽の矢を立てたのが寒村ドーレンモースであった。彼はこの村のインフラストラクチャーを根こそぎ台無しにして、村人たちが絶望の中で立ち去るとき、夢の実現へと希望に胸を膨らませるのである。

この教授の企てに、一九四五年時点の西ドイツ国民の心情に対する寓意を見ることが可能である。「カタストロフの後の破壊されつくした世界においてのみ、新しいものや刷新の可能性の条件がある。このような期待を人々もまた一九四五年には抱いていたのであった」[★26]。建築物は破壊され、政治・経済・文化活動は停止し、数日前までの価値観が通用しなくなった状態を零点と称して、すべてが新たに築かれる幻想の中に、人々はいた。グリヒトは教授の前に姿を現したが、教授自身のようなささえない鳥であった。零点を乗り越えて、「経済の奇跡」が起こった後に、そこに実際に立たされているのは、やはり昨日までのドイツ人であった。廃墟の跡に、グリヒトのように群れをなして建築物が現れたときにも、ドイツ人は本質的には少しも変わっていなかったのである。

7——疎外、迫害、罪責感

市民社会が危機にさらされた第二次世界大戦後のドイツの状況は、トーマス・ケプナーによると、疎外された人間を生み出す類型的な状況のうちの一つであった[★27]。零点からのスタートとは名ばかりで、ドイツは米ソの大波に弄ばれる小舟となって、浮かぶも沈むも両大国次第という立場に置かれていた。ドイツ連邦共和国はアメリカ主導の政策のもと、国家の緊急の要請に応えて、戦後も生き延びているナチスの犯罪者を能吏として受け入れることになる。かくの如き欺瞞に満ちた名ばかりの新しい社会は、文化状況において疎外された人間を生み出す。本質を変えられなかった西ドイツ社会に対して、多くの作家たちは不満や抵抗を感じていたのである。確かにベルやグラスに代表される「四十七年グループ」の作家たちは、ナチスの時代や、経済の奇跡を支えた政治的に無節操な復古主義の時代を批判し、議論の俎上には載せた。しかしその結果が政治や社会に直接の影響をもたらすまでには至らなかった。彼ら自身にもたらされたものは、ただ無力感だけであった。こうして文化にかかわることを生業としている作家たちのあいだで、疎外感は明白となる。彼らは「もっぱら美的視座で世界をとらえ、それによって非常に不安定な崩壊の危機に瀕している文化を生み出す[★28]」ことになる。不安定さの中で崩壊へと向かうかのように見える世界を距離を置いて眺めるペシミズムに、彼らの疎外文学は彩られることになる。それゆえ疎外文学は、作家が置かれている状況からの出口を提示できない。確かに東側のイデオローグは、このような文学を「西側デカダンスの落とし子」として貶めている。資本主義社会に対する疎遠、辟易といった態度がある種のインテリ、つまり非追従主義者《ノンコンフォルミスト》とひとくくりにして呼ばれる人たちに流布してしまったことは真実である。それでも彼らの文学作品も現実の変化を目の当たりにした上での表現なのだから、リアリズムの要請に応えていると言えば言えなくもない。しかし、かつては多くの問題を提起した非追従主義者《ノンコンフォルミスト》からなる「四十七年グループ」の作家たちも、六〇年代半ばには社会に対する批判力を失ってしまう。このような社会の変化、作家たちの態度の変貌の脈絡に置くと、一九六一年に発表された『遅刻』の「教授」が抵抗や諷刺から離れてメランコリーの淵に沈んでいったことも頷けるのである。「教授」の中にはヒルデスハイマー自身の心性が投影されていることが読みとれる。そして『ハムレット』の主人公及びその後の作品の内省的独白者に、この心性は受け継がれていく。★29

未完の小説『ハムレット』は僅々一〇頁余りの断章である。より正確に言うなら、六一年に執筆を放棄されてしまった小説『ハムレット』の第一章であり、主人公ハムレットが語る一人称小説である。ここには時代を反映した希望のないメランコリックな非追従主義者《ノンコンフォルミスト》の姿が投影されている。したがってこの主人公は、シェークスピアのハムレットのように、勇敢な戦士の一面を持ち合わせてはいない。彼は父の死に直面する以前から、自分を「王位継承者から抹消する」［I 263］心の準備をしており、自分よりもむしろ廷臣であるオズリクの方が後継者にふさわしいと考えている。父王が毒殺されるこの晩も、海岸で掘り当てた巨人の大腿骨を自室に据え、ハムレットがその中でまどろんでいると、国王から謁見するべく呼び出しがかかる。父は宮廷で噂となっている息子の乱心の真偽を確認したいのだ。

謁見の間で、王は「官房の中で、巨人に見えるほどに尻の下に厚いクッションを敷き、肘掛けいすに座っている」［I 262］。一方ハムレットは対照的に高さの違う「足乗せ台の上に座る」

のである［I 262f.］。父の王とのあいだにかなりの距離が保たれている。この距離が二人の疎遠な親子関係を象徴的に表現している。そしてこのハムレット父子の疎遠な親子関係は、作者自身の父との関係を示唆している。[★30] ヒルデスハイマーの父は化学者ではあったが、父の家系は代々ユダヤ教の神官ラビを勤めていたため、その思想を色濃く引きずっていた。父は政治的には民族主義を主張し、シオニストとして積極的に政治にかかわっていた。そのような父に対して少年ヴォルフガングは共感を寄せることはなかった。「父は私のことを決して理解していないし、私も父のことはわからない、わかろうとも思わない。無理解こそが二人の関係を養う素材なのだ」［I 263］というハムレットの陳述は、作者の内面からの吐露でもあるように聞こえる。息子はシオニズムに反対であり、ユダヤの伝統へのこだわりを持っていなかった。ナチスドイツの戦争を経験するまでは、そもそも彼には自分がユダヤ人であるという意識も希薄であった。[★31]「息子は父の仕事を引き継がないものなのだ」［I 272］というハムレットの言葉は、迷いの中での決断の言葉であるとともに、ヒルデスハイマー自身の告白でもある。早くもここに語り手である主人公と作者との同一化が見られる。

ハムレットはこの謁見を機会に「玉座の周りを巡って、王子の品位を保ちながら、ゆっくりとそれにふさわしく成長すること」［I 266］は自分の意図ではないと告げる。そして王子の位からの廃位とともに、以前学んだパリにおいて、まだ頭蓋骨は発見されていないけれども巨人の骨について、学会で報告することを願い出る。しかし王は話を聞きながら飲んでいたワインに含まれていた毒のために、この申し出が語られていたときには幸か不幸かすでにこの世の人ではない。

王の死の知らせを受けて、パドゥア出身のユダヤ人医師イザークが呼ばれる。彼は王を診察し、杯のにおいをかいで、王はベラドンナで毒殺されたのだと診断を下す。もちろん暗殺の首謀者は、王の屍を前にして卒倒する振りをしている后なのである。夫を殺した理由が「彼女の息子に道を開くためではなく、彼女の愛人を自分の隣の玉座に着けるためである」〔I 272〕ことを、ハムレットも感づいている。「僕にはもはやすることがない、僕は必要ともされていないし、指図を与える気もない。今やあるがままの世界を受け入れて、それに適応しようという気がないことを示し、あらゆる責任を逃れる時が来た」〔I 272〕のである。そしてハムレットは自室に引きこもり、巨人の骨の中に身を横たえ、まどろみを求めるのである。

ハムレットが『遅刻』の教授と近しい人物であることは、この梗概から見て取れるであろう。ハムレットもまた、周りの人物の反応から判断すれば、妄想の中から生み出されたとしか考えられない巨人の骨の発掘に心を砕いている。そして教授が多くの発見、発明で学会の門を叩いたのと同じように、それを学会で報告することを彼もまた目論んでいるのである。教授は、作者がこれまでの作品の中で初めて、かなりの程度心情をともにしていた登場人物である。そして同様に、ハムレットも作者が同一化を試みている人物であることは、この近しい志向から看取できる。

そればかりか作者と主人公との心情の共有性は、『遅刻』から『ハムレット』への作品系譜の中で高まっていることが確認できる。つまりこの『ハムレット』の中に、自伝的要素を交えて語るヒルデスハイマーの、六〇年代の内省的作品の中心的な二つのテーマが萌芽として現れているのである。そしてこの二つのテーマが『テュンセット』、『マザンテ』を中核とする内省的作品群において、ロンドの主題のように繰り返されるのである。そのうちの一つは、ナチス及びその残党によるユダヤ人迫害に対する恐怖である。これは『テュンセット』においては戦後も能吏としてとどまっているカバスタに電話をかけるエピソードや、戦中に起こった父親の虐殺についての断章、あるいは『マザンテ』においては、リュディッヒ氏への電話での呼び出しやサロニキの町でのネズミのエピソードに現れている。いやそれらの挿話のみならず『マザンテ』全体が、ユダヤ人迫害に対する恐怖をテーマにしているのである。

そして『ハムレット』においてはこのテーマは、まだ萌芽的にしか現れていないとはいえ、パドゥア出身のユダヤ人医師イザークに関する表現に認められる。彼は、ハムレットが生まれる以前に、父ハムレットが「まるで貴重で稀少な動物のように、買って連れてきた」［I 268］人物であった。彼は神の賜である肉体に傷を付けることを許されていないキリスト教徒ではなく、ユダヤ人医師であるがゆえに、死因の究明のために王の遺体の解剖を后に打診する。しかし、この申し出に彼女はこの上なく青ざめる。イザークは諍いに巻き込まれることを恐れて、后の前では真実を告げずに、王の死因を病死であることにして、この日から二日後に身に危険を感じながらデンマークを去る。キリスト教徒には人体の解剖が禁じられていた時代に、遺体の解剖ができるユダヤ教徒、ユダヤ人であるがために、彼はこの国を去らねばならない。ハムレットは宮廷において数少ない共感を覚える人物を失うことになる。イザークは亡命ユダヤ人として、「パドゥアかヴェネチアに居を定め、私たちの宮廷での彼の体験を執筆している」［I 272］と思われる。ここには単に超歴史的なユダヤ人迫害のテーマが持ち込まれているのではなく、寓意を読みとるべきであろう。この設定は、第二次世界大戦中に他国へと逃れたユダヤ人作家たちを想起させずにはおかない。

そしてもう一つのテーマは、移住によって戦時中のユダヤ人迫害を逃れた作者の持つ複雑な感情、すなわち罪責感である。ナチスの政権奪取直後にドイツを離れたヒルデスハイマーは、イギリス情報部将校として生命の危機に晒されることなく、戦争中をテルアヴィヴで過ごした。戦後は以前教育を受けたロンドンへと戻って絵を描いていたのだが、そこで大きな転機に出くわす。ニュルンベルク裁判におけるアメリカの通訳主任が同時通訳者を求めているというので、通訳主任の知己である友人の薦めに従って、彼はアメリカ大使館で試験を受けてみることになる。祖国の戦争に立ち会わなかった亡命者には、戦争裁判の経験を積みたいという強い思いがあったのだ。この志願者は、試験会場でヘッドホンから流れてくるヒトラーの演説を、マイクに向かって英語へと同時通訳し続けた。結果、四六年から四九年までの三年間を彼はニュルンベルクで過ごすことになった。

当時彼の同僚であったレーアの報告によると、「彼は、一般市民の大量虐殺を扱う出撃隊の審理に割り当てられていた」[★32]のであった。ヒルデスハイマーは体力と集中力を要する同時通訳の仕事と、審理で明らかにされる想像を絶する事実とによって心身ともに疲弊する。「実際にことが起こっていた年月には、ニュースや噂でしか知らなかった出来事が、ここでは体系的かつ図解的に明かされていくのでした」［VII 163］。二日続けて午前、午後に一時間半ずつ通訳の仕事をして、ようやく次の日は休日となる。しかしその日にもテープを起こして、誤りを訂正する仕事があった。それでもかなり自由時間があったので、彼はホテルの部屋で絵を描いたり、銅版画を作成したりできた。芸術家としての活動によって「自由時間にリラックスして、審理で耳にしたことを抑圧する」[★33]ことなしには、耐え難いほど神経をすり減らす仕事であった。彼が「人間の脂肪で作った石鹸を実際に手にしたり、はっきりと乳首が認められる人間の皮膚で作ったランプの傘を見た」[★34]のもこのときの体験である。このような大量虐殺や人間性に対する犯罪を知らずに過ごしたことが、彼の心の中でしだいに罪の意識を形成していく。彼は、怯懦であるがために事実を知ろうとしなかった自分と、何らかの形で決着を付けなければならないのである。[★35]

だが事実を知ることによる衝撃の強度のために、この体験とそこから生まれた罪責感は、決して五〇年代の諷刺的な作品の中に現れてはこなかった。この罪の意識は一〇年の時を経てようやく、『ハムレット』において父と息子との問題とからまりあって現れてくる。このままでよいのか、いけないのかを迷いながら、父の跡を継ごうとはしないハムレットと、第二次世界大戦の現実を薄々は知りながら、遠巻きにし続けた自分とが共振しあっていることにヒルデスハイマーは気が付く。そしてこの共振は、国家社会主義者に惨殺された父の復讐を拒絶し続ける『テュンセット』の主人公に受け継がれている。「ハムレットにおいては彼の現実への関係がとりわけ私を魅了しました。現実に対する彼のひどく壊れてしまった関係、躊躇、ためらい。ハムレットはまさに私にとっては優柔不断の人の典型なのです。ことを思い描くけど、実行には移さない、私にもまたそんなところがあります。そんなわけで、私自身少しばかりいつもある種の罪責感に支配されています。つまり私が積極的に介入していないということにです。その点で私はハムレットと同一化できるのです★36」。しかし自らを同一化させることができる人物を見出し、その優柔不断の人を主人公に据えて、一人称で語り始めた小説『ハムレット』は、第一章しか書かれなかったのである。なぜこれほどまでに自らを語らせるのに適した人物を、ヒルデスハイマーは巨人の骨の中でまどろませたままにしておいたのであろうか。

8——文筆危機と内省的独白者の成立

ヒルデスハイマーが同一化できると考えている人物であるハムレットを主人公にした小説『ハムレット』は放棄されてしまった。確かに『ハムレット』においては、作者が感情移入を越えて、主人公に同一化していくことはある程度までは可能であった。しかし『ハムレット』のような伝統的な小説形式には多くの桎梏がある。主人公ハムレットをデンマークの王子として描く限り、ユダヤ人迫害の恐怖は他の登場人物の体験としてしか表現できない。つまりデンマークの王族である主人公の体験としては描きえないし、ましてや『ハムレット』の中にナチスによる迫害を持ち込むなどはアナクロニズムも甚だしい。またヒルデスハイマーは、ハムレットに確かに共通する心性を感じているが、しかしハムレットが一人称の語り手である限りは、やはり寓意によってしかナチスドイツの戦争に絡む複雑な罪責感を表現することはできない。ユダヤ人迫害とナチスドイツの戦争とに絡む感情の束縛の中で、伝統的な小説の主人公にこれ以上活躍させる場をヒルデスハイマーが見出せなかったことが、『ハムレット』が放棄されてしまった要因である。

そこで次作の『むなしい手記』(一九六二)においては、語り手である現代作家の心の中に、ハムレットの心性を移植することで、ハムレットとの同一化の問題を解決しようと試みたのである。そうすれば、例えばユダヤ人医師イザークに関する表現にも、ユダヤ人迫害者すなわちナチスに向けられた直接的な非難の表現が可能となる。イザークは「たぶんユダヤ人であった。頭蓋骨の形態からそれは私にはわからないが、肉が付いていてもそれを確認することができ、知の衝動を鎮めるために頭蓋骨から肉を剝がすことに従事することを生涯最高の喜びとした人々がいることを私は知っている。ついでながら健康にいい仕事だったらしく、その信奉者たちはたいてい高齢をむかえている」［I 291］。現代人の独白は、ナチスの人道に反する蛮行に対する慨嘆となりうる。

しかし当時ヒルデスハイマーが抱えていた問題は、そのような技術的問題だけではなかった。六〇年代初頭、ヒルデスハイマーの活動は、翻訳や自身の作品の改作が中心となる。さらには、しばらく置いていた絵筆を再び手に取ったことによって、新たな文学作品の創作は量的にはかなり限られてしまった。このような状況下で発表されたのが、作者自身の手による八点の挿し絵が添えられた『むなしい手記』である。作家である一人称の語り手が、この日海辺の宿屋にやってきたのは「これを最後に筆を置き、別の仕事に向かう前に、最後の試み、最後のちょっとした散歩をしなければならないからである」［I 275］。彼がわざわざこの不慣れな土地を選んだのは「例えば手がかりやモティーフを求める」［I 275］ためである。しかし彼は差し迫った状況に置かれている。「私にはもはや何も思い浮かばない。素材も、寓話も、形式も、非常にわかりやすい隠喩すらも思い浮かばない。すべてはすでに記述されるか、出来しており、その両方でないにしても、いやそれどころかたいていは両方である。それゆえにすべては古い」［I 275］という認識のもと、この語り手はもはや何かを書くことができない状態に陥っている。

当然のように『むなしい手記』はヒルデスハイマーの断筆宣言、あるいはホフマンスタールの『チャンドス卿の手紙』を模した言語危機による転向宣言と見なされることになる。それに対してヒルデスハイマーはこう答えている。「ここで語られているのは、チャンドス体験ではありません。この『手記』において私に思いつかないのは、テーマに関することであり、素材であって、形式ではないのです」〔I 531〕。ここでヒルデスハイマーが陥っていたのは、チャンドス卿のような言語そのものの危機ではない。もちろんホフマンスタールのように美意識にかかわる「転向」は彼には無縁であった。後の作品系譜から時代を遡って推測すれば、『むなしい手記』の形式は発展して受け継がれていく。またここで表明された創作原理が、これ以降の作品において展開されていくのである。したがって結果から判断すれば、『むなしい手記』の執筆当時、ヒルデスハイマーが置かれていた状況は、危機というよりは転換点の一つ、あるいは転換期の終局であった。

なるほど浜辺を歩く語り手は、素材の欠乏に苦しんでいる。風の中に感じる霊、どこかに潜んでいて忍び寄ってくる死。これらの素材には、それ以上の展開がない。漂着物から連想する物語。漂着した漁師の帽子や、豪華なテーブルの板切れから確かに物語を紡ぎ出すことはできる。海で死んだ漁師と、その死を海に向かって嘆き続けるのではなく、「生前から風来坊ののらくら者と陸地で不貞を犯して、夫をベッドで鈍で殴り殺すことをずいぶん前から計画していた」〔I 281〕妻。あるいは処女航海で氷山に衝突して、沈没した豪華客船の生存者の一人であった四歳の少女。しかし「ある意味で輪郭の定まった、とても限られた可能性」〔I 282〕しかそこからは生まれないのである。誰もが一度は聞いたことがあるような、すでに古びている連想なのだ。この点ではこの語り手もすべては語り尽くされてしまったという認識のもと、『遅刻』の教授と類似の状況に置かれているのである。★37

突然、語り手は波打ち際で骨片を発見する。屈んで拾い上げようとすると、根深く砂中に埋もれている。周りの砂を手で丁寧に掻いて、掘り起こしてみると髑髏であった。「すばらしい発見品だ。この髑髏から可能性の光輪が放たれ、空間へ、そしてそこから時間の中へ広がっていく」〔I 287f.〕。ここでは荒唐無稽さは語り手の空想の世界内のみに限られているので、この髑髏はハムレットが探していた巨人の頭蓋骨ではない。それでもやはりこの語り手が海岸で頭蓋骨を掘り当てたことは、彼が紛れもなくハムレットの後継者である証である。髑髏から語り手の想念が展開する道が開ける。いったい誰の髑髏だろうか。水夫、ファウスト博士、パドゥア出身のユダヤ人医師、王様と次々に浮かぶ空想を否定しながら、彼のたどり着いた結論は「この頭蓋骨が道化師ヨリックのものでなかったはずがあろうか」〔I 296〕である。言うまでもなく道化師ヨリックとは、シェークスピアの『ハムレット』の第五幕第一場で「墓堀人がオフィーリアの墓を掘る際」〔I 296〕に誤って掘り返し、ハムレットの足下に転がった髑髏の主である。ヒルデスハイマーの語り手もシェークスピアのハムレットよろしく頭蓋骨を拾い上げる。しかし「素材と形式を求める最後の試み」〔I 298〕の終わりに際しても、「私よりも才能のある別の人がすでに思いついた」〔I 298〕ことしかこの髑髏からは思い浮かばない。

ところが立ち去り際に語り手が見てとったヨリックの髑髏の一瞬のほくそ笑みに、この語り手は少年ハムレットを「抗いがたく魅了した」〔I 298〕表情を読みとるのである。この道化師は少年の頃のハムレットを「無限のユーモアのマントにくるみ込んで」、「魔王に出会う息子を連れた父さながらに」、「芦毛の馬を駆り、遠くの国へ連れて行ってくれたのだ」〔I 298〕。そこは「未開発の可能性の王国で、道化師の手近にあり、ハムレットもそこにとても慣れ親しんでいたので」〔I 298〕あった。その一方で「狂気と卑劣と殺人とからなる即興劇が行われているいわゆる現実、すなわちすでに実現した可能性の王国は、ハムレットにとって後年地獄となる」〔I 298〕。少年ハムレットはヨリックの力を借りて、「未開発の可能性の王国」とすでに「実現した可能性の王国」との二つの対立世界を自由に往来していた。そしてハムレットがヨリック亡き後置き去りにされた、耐え難い「すでに実現した可能性の王国」である現実世界に、この語り手も晒されている。

ハムレットが行き来したこの二つの王国とは、いったい何の比喩であろうか。ここに語られているのはヒルデスハイマーの新たな創作原理である。二つの「可能性の王国」の一方は現実と呼ばれる「実現した可能性の王国」であり、他方はまだ「実現していない可能性の王国」である。現実と呼ばれるすでに「実現した可能性の王国」、そこでは新たな創作は生まれない、なぜならすべては現実となっているので、創作するには遅すぎるのである。したがって新たな創作のためには、実現していない可能性の世界に踏み込んでいかなければならない。そして実現していない可能性を創作世界の中で実現するのである。

例えば「ヒッケルによる傘の発明」の物語を例にとろう。この物語は完全な創作であるが、歴史の中に分け入ってヒルデスハイマーのいう「実現していない可能性」を物語として実現してみせたのである。ヒルデスハイマーは『むなしい手記』の執筆中に「何も思い浮かばなかった」わけではなく、ある創作原理を思いついたと述べている。「私が創作した不合理な事柄と現実とを対置する原理です。これらを対置して、現実自体のほうが創作よりも不合理であり、読者が現実か創作かで苛立たされているかもしれないことを確認することが、私が固執する物語原理です」〔I 532〕。そしてこの物語原理は、後の内省的作品の中にある数多くの挿話に生かされていく。まことしやかに語られる『テュンセット』の「ベッドのフーガ」がその代表である。そして最晩年の架空の人物の伝記『マルボー』（一九八一）で、この物語原理は最大の結実を遂げる。現実の一九世紀のヨーロッパの芸術サークルに、実現していない可能性として存在する人物を潜り込ませたのである。ヒルデスハイマーの主張「芸術は真理を独創することに仕える」〔VII 10〕がそこには実現している。

ヒルデスハイマーは語り手をして自らの創作原理を語らせた。しかし『むなしい手記』の語り手は「いかなる素材をも見つけられなかったし、何も思い浮かばなかった」〔I 299〕のである。さらに最後に浜辺を立ち去ろうという段になって、冒頭の認識が繰り返される。「すべてはすでに出来しているか記述されているか、あるいはその両方である。私のためには何も残っていない。私は何も思い浮かばない」〔I 302〕。この作品の記述は、作品の結末が冒頭へ戻ってくる出口のない円環的な思考を形成している。なるほど冒頭から問題になっている語るべきテーマの発見という課題は、この作品の記述によれば少しも解決していない。捉えかかった素材はすでに型押しにはめられていて、「古びて」いたのである。

しかし注意すべきはそこで語られている「古びて」しまっている個々の物語ではない。一見脈絡がないかのように、周りの事物や名称の連想から次々と思索の連鎖がつながっていくこの手法は、ヒルデスハイマー独特の語り口となる。そしてこの連鎖の中に繰り返し現れてくる主題と断片的な楽想部とがロンド形式を形作っていく。『テュンセット』(一九六五)で花開き『マザンテ』(一九七三)にも受け継がれている内省的主人公の一人称の語りの手法は、『むなしい手記』(一九六二)において萌芽として初めて登場したのである。しかもこの円環形式の思考の中にこそ、低徊しながら歩みを転ずることもなく、起点へと戻っているハムレットの心性が表現されている。また語り手自身の行動と歩調を同じくするこの低徊的な思考の中に、時代や場所、つまり時間と空間を自由に移動できる可能性を持つ表現を見出したのである。

ヒルデスハイマーの作家としての創作の危機は、すでに『むなしい手記』が書き終えられたときには克服されていた。娯楽作品あるいは社会に対する揶揄や社会戯評をもっぱらとする作風から離れて、『遅刻』においてメランコリーの淵に沈む主人公を据えたヒルデスハイマーは、ハムレットの心性を借りて自己の内面の吐露を企てたのであった。しかし『ハムレット』の伝統的な小説形式ではヒルデスハイマーのその試みは頓挫し、ハムレットの心性を持つ主人公は『むなしい手記』で内省者の独白形式を得て、初めて意のままに語ることが可能になる。ここに内省的独白者、ヒルデスハイマー＝ハムレットが成立する。ヒルデスハイマーは新たな形式を獲得し、以後の作品の内省的独白の中に、「実現していない可能性の王国」を実現していく。つまりすべてが語り尽くされた現実世界を離れて、歴史上に起こらなかった出来事や存在しない事実が、あたかも歴史的あるいは個人的真実であるかのように挿話として散りばめられていく。

9――『テュンセット』のロンド形式

ヒルデスハイマーの作品は、揶揄や諷刺に満ちた作品から、内省的独白者による一人称小説へと形を変えていった。この一人称の語り手による最初の大作『テュンセット』が、一九六五年の春にフランクフルト・アム・マインのズーアカンプ社から上梓された。翌年にノルウェー語版が出版されたのを皮切りに、この作品は十数ヶ国語に翻訳される。日本においても六九年に翻訳が出版されている。ブレーメン文学賞とゲオルク・ビュヒナー賞を受賞していたためであろう、ヒルデスハイマーの著作において『テュンセット』は『モーツァルト』（一九七七）と並んで最も多く売れた作品となった。そして商業的成功のみならず、文壇においてもこの作品はたちまちに大きな反響を呼び起こし、上梓直後だけでも一三〇以上の批評が矢継ぎ早に世に現れたのであった。[★38]「作者の名前は信頼できる。出版社の名前も信頼できる。趣味よく印刷されたものが趣味よく綴じられて、カバーがかけられていた。畏敬の念を起こさせる知識人たちのカバーの宣伝文は決してわかりやすくはないが、我々にこの本を読むようにと薦めている。すべてが一冊の本としてまるで完成しているように見える。この春のドイツの作家による最も重要な物語本として、この本は期待されていたのだった」[★39]。

バウムガルトが作品の出版後間もないときに、週刊誌『シュピーゲル』に寄せた批評の冒頭が、この引用文である。ヒルデスハイマーは書き下ろしの作品であっても、その一部だけを雑誌にすでに発表していることがあった。[★40]『テュンセット』の場合もその中の「ベッドのフーガ」などがすでに発表されていた事情もあって、この作品が読者の大きな期待をもって迎えられたことがバウムガルトの批評から読みとれる。しかしそのような期待とは裏腹な批評がこれに続くのである。

「それにもかかわらず、私は草稿を読んだと言いたかった。遠大な目標の初稿である。〔……〕ここに計画されたものがどんなに未完成であるかは、苦もなく成功を収めている部分と、その言語においても思考においても組立においても、無味乾燥な努力の跡を見せているにすぎない他の部分とを、読む者を途方に暮れさせるまでに羅列している点に何より示されている」[★41]。『テュンセット』の出版直後になされた批評であるから、ややもすれば誤解や誤認は起こりえたのであろう。しかしこの三頁あまりの短い批評は作品の根幹と枝葉を取り違えているのである。

テュンセットとはそもそもノルウェーの鉄道の支線に位置する小さな町の名前である。この作品の一人称の語り手は眠れない夜に「冬のベッド」の中で、鉄道の時刻表を繰っているうちにこの町の名前を発見する。そしてこのTynsetという音の響きと文字の形にすっかり魅了され、この晩一晩中、空が白み始めるまで旅行の目的地として、あるいは空想、思弁の対象として、テュンセットに思いを馳せる。しかし全くベッドを離れることなく、テュンセットのことだけを考え続けているわけではない。彼があるいはベッドに身を横たえているときにも、あるいは館の中をさまよい歩いているときにも、様々な想念や記憶が彼の意識に去来する。それらの想念をもとにこの語り手は、多様な物語を語るのである。

この作品に先立って発表された戯曲『夜曲』（一九六三）やラジオドラマ『モノローグ』（一九六四）の主人公の場合と同じように、ここでも電話が小道具として大きな役割を果たす。とはいえこの語り手は、道路情報や気象情報などの一方的に送られてくる情報を受ける以外には、いまや電話を使用していない。一一年前のことであった。彼はある晩電話帳を繰っていると、向かいに住む面識すらない男の名前を偶然に見つける。彼がダイヤルしてみると、真夜中であるにもかかわらず相手は即座に電話口に現れる。このフンケという男に語り手は問いかける。「罪の意識を感じませんか」［II 23］。フンケは答える。「待っていろ、すぐにまた俺たちはそこへ行ってやる。そしたらおまえらの命にかかわるぞ」［II 23］。それに対して語り手は「すべてが発覚したのですよ。おわかりですか、すべてですよ。だから私はあなたに助言したいのです。まだ時間のあるうちにお逃げなさい」[II 23]。すると彼は電話を切り、三〇分と経たないうちにタクシーに乗り込んで、それっきりアパートから姿を消してしまった。部屋の電気すらついたままであった。語り手は行き当たりばったりの電話の相手に、この遊戯を何度も繰り返す。彼の確認できた限りでも、幾人かの警告を受けたものは着の身着のままその場から逃げ出した。彼らは一般市民の顔を装っているナチスの犯罪人であったのである。

しかしこの遊戯も突然終わりを迎える。彼の知るナチス時代に郡長を務めた男カバスタにこの遊戯を試みたのであった。するとカバスタは恐れることなく、意図的に話を引き延ばし逆探知を仕掛けたのだ。このときから彼は逆に追われる身となる。次の日から回線に雑音が入るようになり、もはや語り手は電話をさわらなくなる。電話の横では眠れなくなり、そして彼はその家をその町をドイツをあとにして、叔父と呼んでいた人からの遺産として受け継いだ、この作品の舞台になる館に越してきたのである。このスイスの山中にあると推測される館で、戦時下の状況を繰り返すかのごとくに、語り手のいわば第二の亡命生活がおくられる。

この館自体が叔父からの遺産であるが、この家は様々なヨーロッパの歴史上の遺産とも呼ぶべきものに満たされている。その中で最も重要なものが、この語り手が身を横たえる「冬のベッド」と「夏のベッド」である。不眠にさいなまれているこの男は、そのそれぞれのベッドについて、歴史上の、あるいは架空の物語を語るのである。冬のベッドについて語られるのはこの上で行なわれたおよそ三五〇年前の二重殺人である。このベッドは当時侯爵にして作曲家であったジェズアルド公の寝床であった。しかしある晩彼は、愛の営みの中にある自分の妻とその最後の愛人を、このベッドの上に発見し殺してしまう。そしてそれから数年後に侯爵自身もこのベッドの上で、かつての殺人を後悔しながら息を引き取るのである。

　夏のベッドについて語られるのは「ベッドのフーガ」と呼ばれる架空の物語である。眠れぬ主人公はベッドを離れないわけではなく、館の中を夜中に徘徊する。そして夏のベッドがおかれている部屋に立ち寄ったときに、「ベッドのフーガ」が彼の心の中で語られる。ベッドはもともと中世の時代にイングランドのスカイという町の木賃宿に据えられていたものであった。その広さは楽に七人が寝ることのできるほどであった。そしてこの上で惨劇が起こる。九人の男女が織りなすこの物語は、註において紹介しておこう。[★42]

　寝付けない男は家の中をさまよい歩く途上、階段のそばを何度も通る。そこにはハムレットの父の亡霊が立っている。亡霊は館の主人がそばを通る度に、自分の仇をとってくれるようにと促す。しかし彼は取り合わない。彼がかかわりを持つ人物は、ただ一人女中のセレスティーナである。彼女もまた叔父の遺産であるこの家に残されて、もはや中年に達している。彼女の一日は酒に溺れるなかで、神に祈ることのみから成り立っている。真夜中に語り手が台所へ行くと、酔いつぶれた彼女は自分に祝福を与えてくれるよう彼に求める。彼女はワインを求めてやって来た男を、神と取り違えたのだ。罪の意識のために自分を苛み神の赦しを求めるこの女性と、神を信じない語り手とが意思を疎通し合うことはついになかった。

このような舞台設定のもとに、この作品は「意識の流れ」〔Bewußtseinsstrom〕の手法のような「内省的独白」〔Innerer Monolog〕として語られる。したがって右に述べた以外にも様々な挿話やモティーフが登場してくる。アテネのパルテノン神殿で早朝に鶏鳴をまねることによってアッティカの鶏の大合唱を引き起こしたこと。この館にまだ客が訪れていた頃の最後のパーティーのこと。そこに闖入してきた福音教会振興運動員であるアメリカ人プロスニッツァーと彼の煽動の下での賛美歌の大合唱。かつて車を運転しながら迷い込んでしまった迷宮のようなドイツの町のこと。望遠鏡で星のあいだに何もない「無」の領域を求めたこと。

これらの挿話のあいだに、ハムレットの父、名前を思い出せないかつての恋人、そしてテュンセットについての思い出や考察が、全編にわたって繰り返し断片的に流れ込んでくる。そして意識は次々と触発されて、蝶が花から花へと飛び移るように、めまぐるしくその対象を変えていくのである。したがって『テュンセット』の文体は、眠れぬ男の「意識の流れ」を綴ったかのような印象を読者に与えるという点では大いに成功を収めていると言えるが、読者に脈絡をつかみづらくし、その結果として全編を読了することを困難にしている。

しかし作品を丹念に分析すれば、この作品が意識の流れをそのままに写し取ったような「草稿」ではないことは明らかである。「私は作曲を習ったことはありませんが、音楽には大いに関心があります。それで自分の本にロンド形式を用いてみたのです」〔II 385〕と『テュンセット』についてヒルデスハイマー自身が述べている。独白の内容は、中心的モティーフとして繰り返し現れてくる主題と、楽想部に当たる挿話に分けることができる。この意味において『テュンセット』はロンド形式をなしているのであり、決して意識の流れをたどった断片の羅列や継ぎ合わせではないのである。

　さて、バウムガルトの批評に話を戻そう。「苦もなく成功を収めている部分」と表現していることからもわかるように、彼はこの作品を全面的に否定しているわけではない。「言うまでもないことではあるが、ヒルデスハイマーが自分の言語を自由に操れること、彼が我々に説いて聞かせる能力があることを、ここにちりばめられた物語が示しているのである」[★43]。彼のいう「ちりばめられた物語」とは「ベッドのフーガ」であり、ドイツの町を車でさまよったことであり、望遠鏡で「無」を求めたことである。ところが「それらのあいだに挟み込まれている修辞は、しどろもどろにこれらの物語の邪魔をしているにすぎない」[★44]と、バウムガルトはこき下ろす。つまりこの批評家はロンド形式の楽想部に当たる挿話は高く評価しているが、繰り返し現れるロンドの主題には否定的なのである。ヒルデスハイマーはパリから「物語の終焉」の噂を聞き、ベケットの影響を受けて、物語の陳述能力を信じなくなったのではないかとバウムガルトは推測し、そこにこのような作品の成立した根拠を求めている。そしてさらにバウムガルトは、ヒルデスハイマーは「以前はメランコリーとユーモアをうまく取り合わせる」すべを心得ていたにもかかわらず、「彼の偉大な可能性の輪郭だけが示されているような」[★45]作品が草稿のまま出版されたことは腹立たしいと締めくくっている。

確かに『テュンセット』においては挿入されている物語部分は明確な輪郭をもって語られている。その一方で記憶に基づく体験を述べている部分や、ロンドの主題として繰り返し現れる部分は示唆的であったり、簡略な表現で片づけられている。そのためにまるで草稿でしかないような印象を与えることになる。しかし主題として反復される「ハムレットの父」、「名前を思い出せない昔の恋人」、「テュンセット」、この三つのモティーフは作品の中で相互に無関係に述べられているわけではない。これらの繰り返し現れる主題の背後には通奏低音として作品全体の根幹をなすテーマが流れているのである。バウムガルトは枝葉に咲いた巧みに語られている物語に目移りして、『テュンセット』の根幹を見落としているのである。

それでは『テュンセット』の通奏低音であるテーマをまず指摘しておこう。これはこの語り手が叔父の遺産である館での孤立し疎外された状況になぜ陥ってしまったかを考えれば、明らかになる。彼は無作為に選んだ相手に電話をし、相手の過去の犯罪が露見するのではないかという恐怖心に訴えかけて、罪の意識を感じる人々をドイツから追放していった。しかしナチス時代の大物カバスタに電話をしたことによって立場は逆転し、彼の方が追われる身となり、戦時中の関係が復活する。つまり市井に蠢くナチスの残党どもに対する恐怖が、この作品の背後にあるテーマの一つである。[★46]「不安を感じないでいる例の人々が活動している夜々の静けさに対する不安」［II 26］と語り手は述べている。ユダヤ人である語り手が眠れないのは、この不安が原因なのだ。ただしこのテーマについては、あらためて指摘せずとも、実はヒルデスハイマー自身がそのことを語っている。★47 むしろ先ほどから述べているロンドの主題、「ハムレットの父」、「名前を思い出せない昔の恋人」がいかに全体のテーマと結びついているかを、そしてさらには「テュンセット」というもう一つの主題がもつ意味を、明らかにしなければならない。

10――ロンドの主題、ハムレットの父と昔の恋人

「ハムレットの父」

ハムレットの父とは言うまでもなくシェークスピアの『ハムレット』に現れる亡霊である。周知のように、彼は妻の姦通相手である弟のクローディアスによって王位を簒奪され、息子ハムレットにその復讐を命じるのである。ヒルデスハイマーにとっては、このハムレットの父子関係がお気に入りのテーマである。断章として残されている彼の小説『ハムレット』（一九六二）においても父の生前の二人の対話の場面を描いていることはすでに述べた。ここでは本題の『テュンセット』におけるハムレットの父の亡霊の考察に限定しよう。

彼は上の、一番上の階段の踊り場に立って、私を見下ろしている。彼自身の息子は彼を

幻滅させてしまったから、私が彼に近づき、ひざを折って、手に接吻をして、そうして彼が息子の代わりに私を受け入れるという関係が結ばれることを期待しているが、無駄である。彼は、この年老いた戦士は、それを待っている。彼は私が彼に借りがあることをわからせようとするかのように、私をじっと見つめる。しかし彼は間違っている。私は彼に何の借りもないのだ［II 16］。

語り手はこのようにハムレットの父の亡霊の心情を推し量ろうとするが、この亡霊は語り手を自分の息子と取り違えていると解釈する根拠はない。亡霊がこの館の中に現れてきた原因は、むしろ語り手の内面に求められるべきである。つまり語り手の存在のあり方が、このハムレットの父の亡霊あるいは幻影を生み出したのである。語り手はまたこうも述べている。「［……］私には罪がない。たぶんもっと上手に、そして慎重に言うのなら本質的な罪がない。それゆえにまた義務もない。私には償うべきものもなければ、潔白の証をたてなければならないものもない。いずれにせよ、私はそんなものを知らないだろう。私の知る限りでは、誰も私によって苦しめられはしなかった」［II 59］。このように自らの罪のなさを強調する発言の背後に透けて見えるのは、ちょうどハムレットが抱いた「行なうべきことをなおざりにしている」という認識なのではないだろうか。「『テュンセット』の語り手は、何も偶然ハムレットの父の亡霊を見出しているとは考えていない。罪の行為、償いの行為への警告としてである」★48という指摘は当を得ている。自分は何も罪を犯していない、だから何も償うものはないという態度では許されないという認識が、語り手の意識のどこかに存在する。この意識の片隅にある認識が、ハムレットの父の幻影を呼び起こしているのである。

しかし彼は行為に取りかかろうとはしない。なぜなら「こいつは私と何のかかわりもない。こいつは私の父親ではない」〔II 90〕からである。彼はさらに続ける。「私の父はここにいるこいつよりもましな男だった。父の亡霊は階段の踊り場に立ったりはしない。彼はむしろすっかり思い残すことなくこの世をあとにした。父はここにいるこいつのように、復讐の可能性を当てにしてはいない。父の最後はこの男の最後のように穏やかなものではなかったけれども。そうとも、午後のうたた寝の際に耳に毒を垂らされたわけではない。ウィーンのあるいはヴェーザーラント出身のキリスト教徒の家父たちによって打ち殺されたのだ」〔II 90〕。この部分の語り口は、語り手の過去に関する言及の典型である。つまり歴史的な背景や人間関係に関する説明がほとんどなく、このように具体性に乏しい表現が用いられている。しかしこの記述の中で、キリスト教徒を引き合いに出していることから、語り手の父はユダヤ教徒でありユダヤ人であったことがわかる。当然、語り手もユダヤ人である。また彼の父を打ち殺したのはナチスの連中である。そしてこの語り手が語る現在、ドイツの市井には未だに罰せられるべき、あるいは追放されるべき、父を殺した下手人の仲間がのうのうと暮らしているのである。このような現実に直面し、そこから逃避してきたのがこの語り手である。そのような過去をもっていながら、自分の父親は「すっかり思い残すこともなくこの世をあとにした」という彼の発言は明らかに矛盾しているがゆえに、語り手が心の奥底に抑圧する感情を読みとることができる。

ハムレットの父親の亡霊が姿を消したときに「長い間尾を引いて消えていく行為への叫び、行動への叫びがまだ聞こえるが、私は意に介さない」[II 107] と彼は言う。この発言にいたっては反語的である。確かに彼には「義務」や「償うべきもの」はないかもしれない。しかし現在の無力な状態に彼は少なからず「罪」の意識を感じているのである。自分がハムレットと同じように「行動へと向かわせる新たな刺激をいつも求めていながら、えいや、と行為に取りかかれない思索家である」[★49]、ということに苦しんでいるのである。彼がハムレットの父親と思いこんでいる、あるいはそう表現している亡霊は、実は彼の父の亡霊なのである。

とはいえこの主人公は語りの中で、行動へと移らない自分の無力を巧みに合理化している。それが「冬のベッド」の物語として、三箇所に分けて挿入されているドン・カルロ・ジェズアルドの歴史上の殺人である。彼は自分を裏切った色情狂的な妻をその恋人とともに愛の床において惨殺したのである。ジェズアルドは「偉大な不眠の男、孤独の男、残酷な男、理解されない男、不可解な男、本当に躊躇しない男であり、ハムレットではなく、行為の人であり、犯罪人」[II 63] であると述べられている。ジェズアルドは妻とその愛人とに殺されてしまうハムレットの父とは対極にある人物である。そして彼は「ハムレットではない」がゆえに、躊躇することなく裏切り者たちを殺してしまったのである。

その一方で、この男の死の床を語り手はこう描いている。「[……]ドン・カルロ・ジェズアルド・ヴェノーサ侯爵は晩年、落ち着かなく、眠りを寄せ付けず、彼の人生のあらゆるもの、情熱や愛の手管から解放されて、あらゆるものに背を向け、罪業にも向き合わず、悶々と、満たされることなく、半眼を神へと向けていたのであった。[……]最後の数晩は完全に神に向かった、赦しを求めて。[……]彼の造物主の言葉をむなしく期待しながら」[II 135]。決断の男もいまわの際には後悔の念に苦しめられているのである。神の赦しを請うた臨終の場のジェズアルドの悲哀を考えれば、復讐という行為など愚かなものでしかないのだと、語り手は自分に言い聞かせているのである。彼はこの理屈によって、自分の無力を合理化する。「ハムレットたれ」という行動を求めた亡霊の要求からも、父の復讐を遂げなければならないという義務感からも、語り手は解放されることになる。★50

「名前を思い出せない昔の恋人」

「名前を思い出せない昔の恋人」のモティーフは、「ハムレットの父の亡霊」と呼ばれるナチスによる虐殺の被害者である語り手の父の亡霊と同じほど頻繁に、この作品に現れてくる。「私は二人でいた、二人？　しかし誰と？　女の声が私に何かを呼びかけた。声の主は私の隣にいたにもかかわらず。でも風が吹いていていたのだ」[II 46]。この語り手は女中のセレスティーナ以外の人間とは没交渉の世界で暮らしている。そしてそのセレスティーナとのあいだにも日常的な会話はない。このような状況に置かれていると、人間は人の名前などはもはや思い出せなくなるのだろうか。語り手は最後のパーティーが行なわれた頃のことを思い出して、その招待客についてこう述べている。「当時すでに名前が私から消え去り始めていた。名前はその担い手に遠くから呼びかけていたが、担い手たちは私の視界から姿を消していった。顔立ちはぼやけ、他の人の顔立ちと混じり合った。私は三人の人物を一人と思い違えたり、一人を二人の人と見なしたりした」[II 87]。さらにはナバテアという廃墟の町で、「そこに彼女はいた。しかしそれは誰だったのか。彼女の髪はどんな色で、彼女の肌は？　彼女の声はどんな響きだったか。そうは言っても私は彼女を愛していたのだ。自分にとって全くあるいはほとんど意味のない誰かと砂漠の中の死都にいるということはありえない」[II 49]。愛していた女性の名前が思い出せないという事態は、もちろんドン・ファンやカサノヴァのような男性ならあるのかもしれないが、この語り手は彼らのような色事師ではない。「いつだったか、私たちは突然バルバリゴ荘のこの迷路の中でぶつかってしまった。私は思い出す、そのとき私たちは初めて面と向かい合ったかのような気がした。そう、もちろんそれはいつも同じ女性であった。しかしそれが誰だったのか、彼女の名前は何だったたか」[II 143f.]。自分にとって特別な女性の名前を思い出せないという事態は、やはり尋常ではない精神状態に基因すると考えた方がいいだろう。つまりこの失念には何か特殊な事情が働いていると考えられるのである。

さて別の箇所で、挿話の一つとして語り手は、一組の男女、ドリス・ヴィーナーという名の美容整形で鼻を小さくした女性とその夫ブロッホとについて語っている。ブロッホはカバスタに自分の墓穴を掘らされ、射殺された。一方ドリスはフェトレ・ガイザー商会の作ったガス室で命を失う。戦後、語り手はあるドイツの州都において車で道に迷ったときに、「フェトレ・ガイザー商会のガスオーブン」という看板を目にする。一人の女の命を奪った製品を生み出した会社である。いや、名前を列挙することができないほど多くの人の命を奪った会社である。その会社が戦後の社会で、今度は殺人機械ではないにしても、同じ技術を用いて類似の製品を作って、公に商売をしていることに語り手は恐怖と不快感をおぼえる。

語り手は、空が白み始めてくるこの作品の終局において、忘れていた恋人の名前がヴァネッサであり、自分が彼女を愛していたことを確信する。それに続く記述に今まで思い出せなかった原因が示唆されている。

私は自分が夜の暗がりの中でときおり、彼女の命が心配でたまらなくなり、彼女がまだ息をしているかどうか耳を澄まして聞くために、眠っている彼女の上に身を屈めたことを思い出す。

彼女はまだ息をしているだろうか［II 151f.］。

この記述にも背後の状況説明が充分にはなされていないが、前半の三行は「身を屈める」

［neigen］という語に過去形が用いられており、思い出の内容であることから、当然過去のことである。そしてこの作品の設定から推し量ると、彼女の生命に対する心配がこれほどまでに高まっていた状況は、ナチス時代である。そして改行後の一行は現在形で書かれている。先の「息をしている」［atmen］に合わせてここでも atmen という語が用いられているが、「息をしている」というよりはむしろ「生きている」という意味でこの語は用いられているのである。

したがってこの記述からは、ナチス時代に愛し合っていた二人が、逃亡の途上で互いの身を案じながらも離ればなれになってしまったのではないかと推測できる。そして彼女が今も生きながらえているのかどうかという不安の中に語り手はいるのだ。かつてのガス室に対する恐怖と、そのガス室を作った会社が今もこの現在のドイツに存在するという驚愕から、この語り手は、彼女の安否を知ることに不安と、その最悪の結果を知る恐怖とを抱いているのである。このような心的な過程から、彼の心の中には彼女に関する思い出を抑圧するメカニズムが働いていたことがわかる。したがってナチスの残党から追われて、不安で眠れぬ夜のあいだには、語り手は彼女の名前をどうしても思い出せなかったのである。

11——戦後ドイツと文化過剰のヨーロッパ

「ハムレットの父の亡霊」の存在理由や、かつての恋人の名前を失念していた原因に鑑みれば、ヒルデスハイマーの『テュンセット』においてナチス問題が重要であることは争う余地がない。にもかかわらず、バウムガルトは全くナチス問題と無関係にこの作品を論じているし、その他にもハーネンベルクの報告によると、『テュンセット』が上梓された年の六月にシュルツもナチスの人物が登場する電話のエピソードを寓話として扱っている。このような「グループの人々は、『テュンセット』をあらゆる具体的歴史上の体験とは関係のない超時代的な書物と解釈する。彼らは、この作家を「灰色の場所テュンセットが彼の青い花である」ロマン主義者と呼び、テュンセットは「思索の中で死にゆく男がしがみつく超越に対する不十分な名前である」と断言している。彼らは、ヒルデスハイマーが「無に対する欲求」へ向かい、陽気な調子に今や完全に別れを告げたことに気付き、しかし彼の実験形式に賛成することはなく、この書物を「草稿」と呼び、例えば電話のエピソードを遺憾の念を示しながら「リアリズムにおいて破綻した不条理寓話の断章」と呼ぶ」[★51]。さらに後年になっても、この作品においてナチスの恐怖以外の問題に重きを置く批評は多々現れている[★52]。確かにバウムガルトやシュルツのようにナチスの恐怖を看過あるいは黙殺している批評が少なからず現れたことは不可解である。しかし『テュンセット』が出版された一九六五年当時の社会状況を考えれば、あながち訝しがることではないのかもしれない。

ヒルデスハイマーが五〇年代に『愛情のない伝説』（一九五三）とともにドイツの文壇に登場したときには、ドイツに諷刺が戻ってきたといわれた[★53]。しかし諷刺が重要なものとして受け入れられる土壌がその当時のドイツにはなかったがゆえに、ヒルデスハイマーは真剣に論じるに値する作家とは見なされなかった。彼が諷刺を用いて遠回しに社会批判をしているときに、多くの作家たちは戦後ドイツの体制に対する憤りをあらわにしていた。戦後のドイツがスタートしたときに標榜された「非ナチス化」の運動が、結果として欺瞞に満ちていたことも、その対象の一つであった。

ミッチャーリッヒ夫妻の分析によると、[★54]ドイツ人の多くは戦後、戦争体験に対して三つの反応形式を示したのである。彼らは第一に戦争の罪過の重荷に対して「感情の硬直」でもって応えた。強制収容所における飢えのために骨と皮になった死体の山の写真、自分たちの軍隊が東方の諸民族に対して犯した数々の残虐行為についてのニュース、これらに直面して彼らは、感情を動かすすべを意識的に失うことによって耐えがたい局面を乗り切った。そして第二の反応は征服者との同一化である。ドイツ人は第三帝国の現実を否認して、連合軍の征服によって誇りを傷つけられたとは感じなかったのである。いやむしろ進んで征服者たちを受け入れて、総統ヒトラーにすべての罪を帰したのである。その後一九四九年に連邦共和国が成立すると、アデナウアー政権下でアメリカ主導の経済改革が実行され、彼らはいわゆる「奇跡の復興」あるいは「経済の奇跡」を成し遂げる。ミッチャーリッヒ夫妻の言う第三の反応として、ドイツ人はアメリカを受け入れることによって、躁病的に過去を否認して「復興への強力な共同体的努力」を行なったのである。

この時代状況を仄めかす寓話が『テュンセット』にも描かれている。最後のパーティーに闖入してきた福音教会信仰運動員であるプロスニッツァーのエピソードである。プロスニッツァーは、パーティーも佳境を過ぎた明け方近くになってこの館に闖入してくるアメリカ人であり、ドイツ語を話すことはできない。彼が話すのは「アメリカ語」［II 96］であり、彼はパーティーの客たちにも「ハアイ、ボーイズアンドガールズ」［II 95］と呼びかけるような輩である。しかし人々は疲労と酩酊のために理性が鈍り、目新しいものを欲して、たとえ何であってもそれを受け入れる状態にあったのである。「私は階上にいて下の木造の中の人々を見ていた。静かに波打ちながら、だがある人を絶えず待っていたのである。つまり何か新しいことをすること、そしてそれによってすべてをもう一度活気付かせることを遅蒔きながら決心する人をである。彼らは期待しているわけではないが、しかしいつでも火がつく状態だった」［II 93］。そしてプロスニッツァーの煽動によって多くの人が賛美歌を歌い始める。数人を除いては意味もわからない英語の歌詞によってである。「そこに彼らは立っていた。本や虚空を、あるいはプロスニッツァーを見つめていた。私はそこに立って歌っている人々を見つめた。そして何か恐ろしいものがこの部屋に広がっているのを感じた。［……］誰もが自分自身に惚れ込んでいた、傍目を恥じることもなく。そんなふうに感染したのだった」［II 97］。こうしてパーティーは賛美歌の大合唱となる。「不意をつき、奇襲して、乗じやすい瞬間を利用するすべを心得ている者の意志に対してはこんなにも侵されやすい」［II 98］と語り手は後日回想している。彼は「あの夜のことを考えると、今なおぞっとさせられる」［II 98］のである。このエピソードは戦後のドイツ人がアメリカを受け入れた状況と解するのはごく自然なことであろう。

「奇跡の復興」を成し遂げるための経済活動における努力は、ドイツ国民にとって過去を意識から葬り去るための便利な道具となった。しかしこれらの背後でアメリカによって明らかにイデオロギーの転換が企てられ、実行に移されていたことを見逃してはならない。つまり反ナチズム、反全体主義から、反ソビエト連邦、反共産主義への転換である。そしてこの途上で非ナチス化過程は頓挫することになる。つまり専門的知識を有するテクノクラートたちが緊急に必要とされ、ナチスの同調者や犯罪人がそのまま野放しにされたのである。『テュンセット』の電話のエピソードに現れてくるカバスタがまさにそのような人物である。零点《ゼロ》からのスタートのはずが、戦後ドイツ社会はナチスの連中が公にはびこるマイナス社会であったのだ。

しかし五〇年代に戦争体験を通じて社会の矛盾に矛先を向けたハインリヒ・ベルをはじめとする作家たちも、六〇年代に入った頃から、経済のめざましい発展により裕福になった新しいドイツ社会にも懐疑的、批判的なスタンスを表明するようになる。そうしたなかヒルデスハイマーが、六〇年代も半ばにさしかかって、戦中と非ナチス化が不完全なままである戦後との恐怖と不安を『テュンセット』の中に描いたことは、ドイツの批評家の一部には「証文の出し後れ」のように映ったのかもしれない。だがヒルデスハイマーは看過、隠蔽された歴史を蒸し返すことで、経済の繁栄に沸くドイツに冷や水を浴びせようとしたのである。

そしてこの時期はヒルデスハイマー自身にとっても大きな転機となる。彼は『愛情のない伝説』のような諷刺の効いた作品を書かなくなる。六〇年代に入って発表された『遅刻』(一九六一)や『むなしい手記』(一九六二)の主人公たちは諷刺家ではなく、メランコリーの人なのである。つまり彼らは多くの希望を抱いて研究活動を、あるいは創作活動をスタートしたにもかかわらず、硬直した社会を前にして絶対的な無力を感じている人たちである。彼らは、もはや自分の営みはこの社会においては何の意味も持たない、すべてがすでに成し遂げられている、という認識のもとに絶望している。彼らは疎外された人々である。この嘆きは『むなしい手記』の一人称の語り手の「私にはもはや何も思い浮かばない。素材も、寓話も、形式も、非常にわかりやすい隠喩すらも思い浮かばない。すべてはすでに記述されるか、出来している」[I 275]という嘆きと根を同じくするものである。彼らがこの世界に対して何かを働きかけようとしたときには、すでにすべてはでき上がっていたのである。つまり彼らは文化過剰の文明社会の中に「遅刻」して現れた人たちなのである。そして『テュンセット』の語り手も彼らの一族である。

『テュンセット』の語り手は、あるとき戯れに自分で電話帳を作ってみることを試みた。彼は「ハンスカール・フーリッヒ博士なる人物を考案し、この男は筆跡鑑定家で、リヒテンベルグ通り二四番地に住んでいることにしたのであった」[II 37]。ところが現実に電話帳を繰ってみると同じ名前の男がいる。その男の電話番号も、職業もでっち上げたとおりなのである。「ただ彼はリヒテンベルグ通り二四番地ではなく、ユダヤ人小路九a番地に住んでいた」[II 37]点だけが異なっているのだ。すべてが語り尽くされている文化過剰の状況で、こうして語り手の試みは挫折する。多くの文化を生み出し、それがたとえ破壊されても、またもやいとも簡単に再興する社会においては、ケプナーが言うように、「市民的な個性信仰の中で育てられた個々人の、自分自身をかけがえのない人格としてこの世界から際立たせたいというオリジナリティーへの欲求は、満足させられることはない[★55]」のである。

この『テュンセット』の語り手は、もはやオリジナリティーを生むことができないほどに膨れあがった文明の過剰な産物のなかで暮らしている。そのことを何より象徴しているのが彼の置かれている状況である。彼は叔父さんと呼んでいた人の遺産である屋敷に住んでいる。すでにして彼は自らの努力と欲求に基づいて手にしたわけではない、他人の譲渡による住居の中に身を置いている。さらに一人の男が暮らすには不釣り合いに大きすぎる施設である。そしてその建物の中は、骨董などの過剰な過去の遺産に満ちている。とりわけ彼が横になる冬のベッドや夏のベッドは、その上に多くの歴史が刻み込まれている。そしてこれらの歴史は、夜毎に彼の脳裏に繰り返される。彼が創作したはずである「ベッドのフーガ」さえも、現実にこの夏のベッドの上で繰り広げられた「史実」であるかもしれない。ナチスの恐怖から眠れないでいる男は、ヨーロッパ文明が築き上げてきたあり余る産物と歴史の重圧のもとに呻吟しているのでもある。

12――神秘の呪文テュンセット

歴史の重圧や文化の過剰さのなかで呻吟し、眠れぬ夜々を過ごす語り手にとって、それでは「テュンセット」という語はいったい何を意味するのであろうか。テュンセットは、そもそも語り手が眠れぬ夜に時刻表の中に発見した、ノルウェーに実在する駅の名前である。この駅はオスロの北およそ一〇〇キロに位置するハーマーとシュテーレンとを結ぶ支線の中間にある。そして「テュンセット」〔Tynset〕という名前はまずは二つの点においてこの語り手を魅了する。第一にはその音声である。「それは明るくガラスのように響く、いや違う、それは金属のように響くのである」〔II 19〕。第二にはその文字である。「文字はよく選ばれており、お互いに調和し合っている」〔II 19〕。そのうえ語り手は「イプシロンがあるところには、まれならず神秘が隠されている。いやしばしば神話すら隠れている」〔II 13〕と述べている。そして「すべての事物は名前を持っている」〔II 19〕ので、「私が名付けるものはない」〔II 19〕けれども、「私はノルウェーの町以外の何かをそう〔テュンセットと〕呼んでみたい」〔II 19〕のである。

そしてテュンセットが憧れの目的地として選ばれたもう一つの理由として、そこで歴史的な事件が起こらなかった点が挙げられている。例えばハーマーでは、戦争中にナチスの将校が一七人の住民を虐殺している。一三人までは街灯に吊され、残りの四人は手間を省くために射殺されたのであった。このような歴史をもつ場所は彼の避難場所には決してならない。その点でも「いかなる戦闘もここでは行なわれなかった」［II 54］のであるから、テュンセットは彼の目的地としてふさわしいのである。眠れぬ男の思考はこのテュンセットという名前の周りを巡るようになる。確かにこの時点では、テュンセットは語り手にとってユートピア的なものであって、また旅の目的地でもありえた。★56

しかし次第にテュンセットは、語り手の思考のあいだに「根を張り、発芽し、雑草のようにはびこり、蔓植物のように巻き付き、テュンセットそれ自体以外の思考を窒息させてしまうのである」［II 78］。語り手はテュンセットに旅することを望んでいながらも、それが現実の恐怖からの避難所にはならないことはわかっている。「結局のところ、テュンセットも私がずいぶん前からずっと予感し、わかっていたことを確認する以外の何ものでもないのだけれども。つまり私は恐ろしいものの中を動いていて、見かけは自由だが、実際は束縛されており、底意のある虐待を伴う囚われの身であるということを確認するのだ」［II 57］。

語り手がテュンセットに求めているのは現実からの逃避場所ではない。いわんやユートピアでもない。テュンセットのイメージは語り手の中で確実に変化していく。眠りを得られないが、過去の記憶から解放されているときでも、彼はテュンセットだけは消し去ることができない。そんなときに脳裏に現れるテュンセットは、灰色に枯死していく晩秋の光景である。「そこでは何も動いていないのである、家並みのあいだの木や影も」［II 125］。このような否定的なイメージの中で、語り手はテュンセットに何を求めているのか。語り手は自問自答している。「私がテュンセットという名の下に思い浮かべるものは一体何なのか。何だろう。無だ、静かに、無だ。その背後には神秘が隠されているのだ」[II 138]。語り手はこのような完全に抽象的な概念である「無」を現実のテュンセットという地点に求める。「そして天の川の背後にもまた無を見出せないのなら、[……] そのときには私にはもはや何も他の手だてがない。私はたぶん最後の力を振り絞って、そこ〔テュンセット〕へ赴くつもりだ」[II 138]。テュンセットは「無」を求める目的地となる。この時点ではもはやテュンセットを地理上の地点と呼んでよいのかは疑問である。彼の中で「テュンセット」は現実のそれから遠く乖離している。決してテュンセットそのものが「無」なのではない。それならば、この「無」が何であるかを解明することが「テュンセット」の意味を解明することになるであろう。

「天の川の背後に」という語句が用いられているように、語り手のいう「無」は天体とかかわりを持っている。彼が叔父と呼んでいた男は、あらゆる現象を測定するという奇癖とともに日々を送っていたので、この館には天体望遠鏡をはじめとする様々な測定器が備えられていた。語り手はこの天体望遠鏡を用いて「無」を探す。それは哲学で言うところの「絶対的な無」[II 104] ではない。そうではなく、それは「地理的な、あるいはむしろ宇宙の無」[II 104] である。それは多くのもののあいだにある「虚無の空間」[II 104] であり、「目に見えるもののあいだにある目に見えないもの」[II 104]、「天空の穴」[II 104] である。「無とはそこに間隙があるだけで、その他には何もないもののことである」［II 104］。そして最終的に自らの憧れに引きずられて向かうところは、「そこでは星も光ももはや見えない、そこには何もない、そこでは何も思い出されるものはないので、何も忘れられることはなく、夜があるところで、何もないところ、何もない、無だ。そこへ――」［II 107］と述べられている。ここに見られるように「無」においては「思い出されるもの」は存在しないのである。つまりここでは記憶が否認されている。記憶のない世界とは、語り手にとってナチスの恐怖に対する記憶がそこには持ち込まれる余地のない世界である。のみならず、彼の人生における一切の経験やそれらに対する考察なども、そこには存在しない。そして物語を担った冬のベッドや夏のベッドをはじめとする膨大なヨーロッパ文明の産物の下での、自分自身の無用性に対する苦しみが、そこでは「無」に帰せられるのである。そこは、語り手を今、苦しめているものに加えて、彼の半生を形成するすべてのものが根絶されたアンチユートピアということができるだろう。

　この宇宙の「無」を語り手は「天の川の背後にも」［II 138］、宇宙の中にも発見することはできない。そこで彼は、時刻表の中に偶然に発見した未知の対象テュンセットを、宇宙の「無」がある場所と同一視するのである。「テュンセット」はそのときもはや地名ではない。言葉だけが一人歩きしている。それは魔法の呪文である。現在の自分の疎外された状況を作り出している「名前を持っている」「すべての事物」［II 19］を、「無」の中に封じ込めてしまう呪文なのである。★57 このとき語り手は「テュンセット」を「ノルウェーの町以外の何か」［II 19］に冠したのである。

この作品の結末で、夜明け近くになってこの語り手は、テュンセットへ行くことを最終的に断念する。彼は「この戯れを謎のままにしておく」［II 152］ことにする。なぜならテュンセットに行くことは、呪文を無力化することに他ならないのだ。テュンセットは未知であるがゆえにその魅力を保ち続けるのである。その一方で、この呪文を用いて彼は、一切を「無」に帰することもできない。彼は魔法使いではないのだ。彼にできることはベッドに横たわって、それら一切を「無」に帰することに憧憬を抱き続けることだけなのである。

13——内省的作品群の結末

『テュンセット』の続編『マザンテ』の語り手である「私」は、この砂漠の縁にある町メオーナにやってくるまで、不安を呼び起こす恐怖の対象であるナチスの残党から逃げつつ、その不安を遠ざけ、忘れ去ろうと努めてきた。語り手は、イタリアのウルビノ近郊にあるマザンテと呼ばれる隠れ家にいるときに、次の逃避の目的地を「どこか別のところでさえあれば、無が存在するところでさえあれば」［II 232］と考えていたのである。『テュンセット』において語り手は、呪文「テュンセット」を用いて、無を生み出そうと試みた。しかしここで求められている無は『テュンセット』において求められていたような、魔法の呪文で得られるような無ではない。この無はより具体的であり、日常の彼岸にある世界を支配している無ではなく、日常世界を支配している無である。語り手は「旅の途上で幾つかのものを脱ぎ捨てて」[II 232] 行く。そして「多くの桎梏に片を付け、慣れ親しんだもの、図式、伝説の人物、姿を消した友人たちに別れを告げた」[II 232]。つまり今まで自らが持っていた日常を、すべて捨て去ろうと試みる。そしてその結果たどり着いたメオーナでは、「私」の目の前には砂漠が広がっている。もちろんここはユートピアでもなければ、未来への展望を持つ場所でもない。「砂漠の向こうにある出口は、誰かが通ろうと思っても、塞がっている」[II 253]。人間がその中へ入っていっても、砂塵に巻き込まれて、出口を見出すことはできない。人間の営みの痕跡すらも、すべてを削り、砕いてしまう砂粒によって徐々に消し去られ、砂に覆われ無に帰するのである。そして今や、語り手は砂漠との限界点であるメオーナにいる。メオーナを人間社会の桎梏とは無縁な無が支配していれば、彼は求めていた隠れ家を見出したことになる。

ところが酒場「最後のチャンス」で酩酊している女主人マクシーネに、去年一本のクリスマスツリーが何者かから贈られたことを語り手は知る。語り手は「誰がクリスマスツリーを運んできたのか」[II 255] を知りたいと思う。「それはひょっとして私がサロニキで足音を聞いた」[II 255] ことのある語り手の跡をつけて、戦後も蠢いているナチスの捕吏たちではないか、という疑念が頭をもたげる。「私」は「モチュマンやシュミット・リンダッハのような捕吏たちがけしかけられているところ」[II 253] にとどまりたくはない。

さらには語り手は、まるで「故郷のように人々が緑を運んでくるところ」［II 252］を求めてはいないのである。緑が、それも人の手を加えた緑が心に安らぎを与える日常に、彼はすでに見切りをつけてしまっていた。彼が求めているのは日常性を離れた荒涼たる無の世界である。ところが彼が逃避場所に選んだところにまで、「見知らぬ人の手によって、文明の品が運ばれて」［II 253］いるのである。「クリスマスツリーは、しっくりするところではひどくいかがわしいし、しっくりこないところでは危険なものでありうる、いずれにせよ危険の徴候なのだ」［II 252］。彼にはクリスマスツリーでさえも「牧歌的なものの中に包み込まれた悪の芽」［II 253］であるように思える。彼の日常を支配していた文明が入り込んでいる場所では、今まで同様に彼の心に不安が呼び覚まされる。クリスマスツリー一本で、その地は空漠たる無の世界になりえないのである。メオーナは日常を清算した零点ではない。彼はメオーナに長くとどまれないという思いを強くする。

語り手は、真夜中の直前にアイルランド人に身分証明書を求められて、次の朝、砂漠に姿を消すことになる。身分証明書の呈示を求めるのは、確かにナチスの生き残りである捕吏の手口である。しかしこの男が本当にアイルランド人であるのなら、ナチスと呼べない。だが酒場においてまで身分証明書の呈示を求めるという行為が、このアイルランド人を捕吏と同定させ、語り手を砂漠へと駆り立てる。そもそも身分証明書は「スタンプを押され、それに従い登録され、高位のであれ低位のであれ当局に正当と認められ、何事も変更してはならず、何もはがしたり、消したり、書き加えたりしてはならない」［II 257］ものである。「きちんと［in Ordnung］」［257］していなければならないものである。つまり身分証明書は「秩序［die Ordnung］」を維持するためのものであり、これを携帯することは、その人物がこの秩序に従順であることを示している。

しかしその秩序が、否定されたはずのものを欺瞞に満ちた経過を経て、継承している体制に依拠しているとしたらどうだろうか。秩序はクリスマスツリーと同じく、日常世界のように「しっくりするところではひどくいかがわしい」。語り手はそのいかがわしい秩序の中で、不安を抱いて日々を過ごし、そこから逃避してきたのである。ところが砂漠との境界において、つまり「しっくりこないところでは危険なものでありうる」秩序への服従を、このアイルランド人は彼に要求する。メオーナはもはや彼にふさわしい居場所ではない。彼は「最後のチャンス」を求めてやってきたメオーナもあとにしなければならない。彼に残された場所は、人間の生存を許さない虚無の砂漠だけである。

14――不条理散文

戦後ドイツ社会に対する諧謔と揶揄とに満ちた作品をものしたヒルデスハイマーは、六〇年代以降、現実から逃避した主人公を作品の中心に据えていく。その転機といわれる『遅刻』の教授は現実から疎外され、偽りの学問世界に「代用故郷」を見出そうとした。そしてその挫折から「抵抗」を試みることもなく、メランコリーの淵に沈む。そして彼は寒村ドーレンモースにて空想の内面世界を実現しようとして、「人類の始祖である鳥」グリヒトの発見に乾坤一擲人生を賭け、破滅するのであった。

この『遅刻』の教授をはじめとして、ヒルデスハイマー作品の主人公の性格が変容を遂げていく。それにあわせて、ヒルデスハイマーは六〇年代初頭から作風を大きく転換する。すなわち次第に彼は創作の中心をラジオドラマや演劇から、『遅刻』の教授の心性を受け継いだ、作者自身を想起させるメランコリーに満ちた主人公の語る一人称小説へと移していく。そしてその一つ目の頂点が『テュンセット』（一九六五）であった。この作品では語り手は内省的な独白者であり、社会からの疎外を理由に空間的にも外界から逃避して内面世界に閉じこもって暮らしている。この一人称の語り手による内省的作品群を理論的に裏打ちしているのが、『フランクフルト詩学講義』（一九六七）と呼ばれる彼の講義である。『不条理劇について』から七年のあいだに、大きな作風の変化があった一方で、理論上はいかなる展開を見せているのであろうか。

『フランクフルト詩学講義』は、ヒルデスハイマーが「詩人の自由の様相と限界」という総合テーマのもとに、フランクフルト大学の夏期講座で六七年六月二八日を皮切りに三週連続で行なった講義の記録である。就中ここで問題となるのは、その一回目『不条理の現実性

［Wirklichkeit］』である。その中でヒルデスハイマーはギュンター・アイヒの以前の講演を引用している。アイヒは、作家というものは単なる職業ではないという。アイヒによると、作家であることは世界を言語であるとみなす決意である。そして本来の言語とは言葉と物がその中で融合したものなのだ。つまり作家が詩作をするということは、「我々の周りにありながら、それでいて同時に存在しない言語」から「翻訳」する行為なのであり、「原テクスト」を持たない翻訳だというのである。[★58]

　アイヒにとって世界を言語であるとみなすことは、日常の合理的な体験を越えた神秘に彩られた行為である。アイヒは、言葉と物とが言語の中で融合している状態、「我々の周りにありながら、それでいて同時に存在しない言語」、すなわち「原テクスト」を言語化することを、「定義」すると呼ぶ。そしてこの「定義」の目指すところは「原テクスト」に可能な限り近づいた「現実性」［Wirklichkeit］を獲得することである。したがって詩人の力によって、この「言語」からの「翻訳」が最もうまくいったときには、手に入れることのできない「原テクスト」に無限の接近をすることになる。そこに生まれてくるのが最高の「現実性」［Wirklichkeit］であり、それが「詩」である。言語そのものを扱う詩人にとっては、「現実性」［Wirklichkeit］は何かの前提をなすものではなく、その創出こそが目的なのであるとアイヒは言う。

　この考え方をうけて、ヒルデスハイマーはベケットやカフカ、あるいはグラスの『ブリキの太鼓』などを除く多くの小説を、「詩」の名に値しないものとして断罪する。「小説では「現実性」〔Wirklichkeit〕は前提であって、目的ではないので、小説は「現実性」〔Wirklichkeit〕の配置を言葉で表現することはできても、「現実性」〔Wirklichkeit〕を創出することはない。小説では「定義」がなされない。――私はアイヒの意味でこの定義という言葉を使っている。――というのも対象はすでに「定義」をされた形で見出されているからである。小説はこの定義〔されたもの〕を記述しているのであって、〔すでに見出された〕真理からフィクションを作っているのである〔VII 52〕。詩の名に値しない小説は「在庫品」〔57〕を用いているので、「新たな空間をうち立てる」〔57〕ことはないのである。他人が作った真理を借りて、架空の物語を語っているにすぎないのである。

しかし詩人が創出した「現実性」〔Wirklichkeit〕ですら「原テクスト」に無限の接近を果たしたものでしかない。詩人の究極の目的である「原テクスト」は、「活気あるうれしい瞬間」にも言葉に見放されてしまうホフマンスタールのチャンドス卿と同じように、言語化されえないのである。ヒルデスハイマーは言う。「詩人は、しかし目的は到達されえないという前提のもとで仕事をしている。詩の対象となる問題は答えられることがない。世界は沈黙しており、原テクストを与えはしない。悲壮な言い方をすれば、創造の意味は明らかになることはなく、いわばアウシュヴィッツ以来、逆にますます謎めいているのである」〔60〕。詩人はアウシュヴィッツ以後の世界の中で、アウシュヴィッツを意識のどこかに置きながら、「原テクスト」を探そうと試みる。しかし詩人のその探求は必ずや失敗に終わる。詩人は「創造の意味」を理性的言語で問いかけても、答えを得られない。たとえ最高の「現実性」〔Wirklichkeit〕を創出しても「原テクスト」そのものは摑めないゆえ、「原テクスト」に限りなく近づいた「現実性」〔Wirklichkeit〕を代用回答として、これに詩人は甘んじなければならない。このような無力に詩人は不条理を感じる。

それでもヒルデスハイマーは「アウシュヴィッツの後に詩を書くことは野蛮である」というアドルノのテーゼを裏返して、「アウシュヴィッツの後にはかろうじて詩だけが可能であり、それに加えて詩と似通った「不条理散文」もまた可能である」〔57〕と言う。アウシュヴィッツを含む強制収容所等で行なわれた出来事は、人間の意識を拡大した上、なお想像力の限界を超えてしまっていた。人間の心の中には新たな次元が開かれてしまった。このような次元を顧慮することなく書かれた作品は、もはや文学の名に値しない。いやそもそもこの次元を顧慮した小説や芝居は不可能であるというのだ。「詩やアイヒが詩に数える、つまりベケットのような小説は「現実性」〔Wirklichkeit〕を創出するが、おそらくアウシュヴィッツが含まれていない出来合いの素材からではなく、アウシュヴィッツという次元が含まれているか、むしろ含まれているはずである意識の中の要素から作り出すのである。ただし私はすべての詩のことを言っているのではない」〔57〕。ヒルデスハイマーは「ベケットのような小説」も詩と同様にアウシュヴィッツ以降も可能であると考えている。それを彼は「不条理散文」〔57〕と呼ぶ。

ヒルデスハイマーは「不条理散文」をまずは排除法によって定義する。小説はアウシュヴィッツの次元を黙って見過ごしていることもある。これらの小説は当然排除される。そうでなくとも強制収容所小説や、集団的罪過と贖罪を扱った小説というのは、個々の局面を扱っているだけである。そのような作品を読者は結局のところ、個々の局面が自身の視点に合致しているかどうかによって判定する。したがって読者が作品の内部世界と同一化できるかどうかは不確定な可能性にすぎない、というのだ。このようなヒルデスハイマーの論理の展開は、不条理劇を定義する際に彼が用いた論理と等しい。ストーリーの論理的な展開のある芝居、あるいはリアリズム演劇は、現実の断片を切り取っているにすぎないのである。これと同じ論法で、現実の一部を表現しているにしかすぎない散文作品、「人間存在の非論理性」を表現していない散文作品を、彼は「不条理散文」から排除する。

ヒルデスハイマーが問題にしたい「不条理散文」は、「あらゆる驚愕と恐怖、人生のすべての悲劇と喜劇を担わされた意識の広大なパノラマ」〔58〕が展開される作品であり、そこでは作中の主人公と読者との同一化が必然的に起こる作品である。主人公はたいていの場合には一人称の語り手であるのだが、彼は読者でもあるという。なぜなら主人公の置かれている世界が沈黙している不条理な状況は、読者自身が置かれている状況でもあるからである。主人公の自我は、読者に世界の沈黙を指摘してみせる。そして答えを待ち続けるが、決して答えは得られない。主人公のむなしく待ち続ける姿は、悲劇を通り越して滑稽ですらある、とヒルデスハイマーは語る。そしてこの滑稽なまでに見える主人公に、読者は鏡に映った自身の姿を見出すはずである。

『フランクフルト詩学講義』でヒルデスハイマーが語った「不条理散文」理論は、表現媒体が演劇から散文に代わったことをのぞけば、七年前の『不条理劇について』とその理論的な本質において、何らの変化も生みだしてはいない。フランス実存主義哲学と不条理が結びつくとそこには「抵抗」が生まれた。したがって「不条理文学」という名を冠せられると、そこにはアンガージュマンをはじめとする政治的・闘争的イメージがつきまとっていた。しかしヒルデスハイマーの不条理世界観では、「世界」における「理性世界」の欠如のために「抵抗」は生まれなかった。不条理に直面しても「抵抗」が生まれるダイナミズムが欠如している点も、「不条理散文」において不変である。それどころか、長大な内省的散文作品群の一人称の語り手は逃避的行動を選択し続け、「代用故郷」への「逃避」を目指す。『フランクフルト詩学講義』の理論は、不条理劇理論を散文に移植したものであり、不条理世界にさらされている一人称の語り手は、「不条理散文」によって読者に同じ不条理世界に生きていることを気づかせ、読者を世界の不条理に対峙させることを目的としている。

戯作・娯楽小説作家からスタートし、五〇年代後半には不条理作家として活躍し、六〇年代には内面に沈潜していく一人称の語り手を主人公とする散文作品をものしたヒルデスハイマーには、第一に文学によって社会を変革する意思は最初からなかったのである。彼に問題なのは人間を不条理に直面させた後、自身は「代用故郷」へと逃避することである。第二にラジオドラマ、演劇から一人称小説へ表現方法の中心は移ったが、一人称の語り手である主人公の持つ不条理感覚、すなわち作者の世界に対する不条理認識は通底している。アウシュヴィッツ等で行なわれた事実を知ってしまった後に、ヒルデスハイマーに真理と呼べるのは、世界全体が不条理である、という認識だけである。

2　現実性の創出（一九七五～一九八一）

1――イギリスの一地方貴族の架空の伝記『マルボー』

『フィクションの終焉』（一九七五）においてヒルデスハイマーは、リアリズム小説の衰退は市民社会に基づいた「市民文学」の衰亡と大いにかかわっていると言う。しかし共産主義ソ連において「市民文学」に反対する決議をなそうと、市民社会が崩壊の危機に瀕しようと、「この概念は生きており、寓話性が政治的対決を避けている散文作品に十分に利用されたのです。その偉大な代表はトーマス・マンでした。彼のような人生は私たちの時代には想像できないという点で、彼は伝説的な人物です[★1]」[VII 151f.] ともヒルデスハイマーは述べている。むしろ自然科学の発達による技術世界の急速な進歩が、「市民文学」を許さない状況を作り出したのだ、とヒルデスハイマーは考えているのである。「「偉大な長編小説家」の時代は過ぎ去りました。私たちの現代は、超時代的な構想を実現するために、予見することができないほど増大し続ける混沌のまっただ中に腰を据える作家を、生み出したり養ったりすることはないでしょう」[VII 152]。

ヒルデスハイマーの全集において長編小説［Roman］という名が与えられている作品は、最初期に属する『詐欺師の楽園』（一九五三）のみである。しかし『テュンセット』（一九六五）や『マザンテ』（一九七三）も「独白散文作品」と表記されているが、物語性に富むフィクションであり、長編小説と言えば言えるであろう。だが七三年の『マザンテ』を最後にヒルデスハイマーはフィクションから遠ざかり、「箴言集あるいは小エッセイ集」[★2]である『モーツァルト』（一九七七）や伝記『マルボー』（一九八一）へと向かうことになる。

一九八二年五月のインタビューで長編小説を書かなくなった理由について、ケスティングがヒルデスハイマーに次のように問いかけている。「あなたの最後の長編小説『マザンテ』の語り手をあなたは、文字通り砂漠へと送りましたね。しかし主人公の失踪は、私が正しければ、物語文学があなた個人にではなく、客観的に枯渇しているということを象徴しているのですね。「フィクションはもはや真理を求めることができない、現実性がその不条理性のなかにあって達成されえないとき、真理はもはや創出されえない」という意味で、あなたは書いておられるのですね」[★3]。これにヒルデスハイマーは「はい、まさしくそうです。その通りです」[★4]と答えている。彼はフィクションの世界では現実世界の持つ不条理性のために、もはや「現実性」を生み出すことは不可能になってしまったと認識している。フィクションにおいて「現実性」が生み出されえない状況で、しかしヒルデスハイマーは『マルボー』において「現実性」を創出したとの認識に至るのである。

一八二五年七月四日、ゲーテをヴァイマルに訪ねたイギリスの一地方貴族サー・アンドリュー・マルボーはそこで以下のような会話を交わした。ここに残されているのは、その場に同席していたプロイセンの枢密顧問官シュルツが、妻にあてた手紙のなかに書き留めておいたものである。

「もし神話を信ずるとしたら、閣下」、二四歳のサー・アンドリュー・マルボーは家名の由来について尋ねたゲーテに言った。「私の一族はペリゴールの出で、ノルマン征服の一団とともにイングランドにやって来ました」。ゲーテは言った。「なるほど、もちろん神話を鵜呑みにするわけにはいかない。なにしろ神話はもっと高次の意味においてのみ、まことであるのだから。神話が伝承を形作るのではない。伝承が神話に常に新しい姿かたちを与えるのである。だがお若い方、なぜその家名の由来を神話であると考えておられるのかな。私にはその話は信ずるに値するように思えるのだが」。「私はあらゆる伝承といったものを信用いたしません、閣下、本当らしいものであっても」とマルボーは答えた。「私にとっては真実のみがまことであって、一方本当らしいものは見せかけでしかないのです」。「結構、お若い方」、ゲーテは明らかにおもしろがって言った[IV 11]。

ここに引用したのはヒルデスハイマーの伝記作品『マルボー』（一九八一）の冒頭の、マルボーが二度目のヨーロッパ旅行の途上においてゲーテとの邂逅を果した箇所である。ここで語られているマルボーとは、一九世紀前半のヨーロッパの芸術社会を旅し、とりわけ絵画の領域において卓抜な著述を後世に残した人物である。しかし『マルボー』における記述にしたがえば、彼の存命中に彼の著作は刊行されることがなかった。時代を先取りした精神分析に基づく芸術解釈が受け入れられなかったのである。それでも彼を忘却から守ろうと伝記を記す試みは、すでに一度、彼の死後しばらくしてなされていたのであった。そして今回新たに発見された手記や手紙をもとに第二の伝記が書かれたのである……というのはあくまでこの作品の設定であり、マルボーは実在しなかった。つまりマルボーは架空の人物であり、『マルボー』は架空の人物の伝記なのである。

ヒルデスハイマーがタイトルの下にあえて「伝記［eine Biographie］」と銘打った作品『マルボー』の主人公は実在しなかった。この伝記は偽りの伝記であり、この本自体が偽書であると言えば言える。ではなぜ『マルボー』は伝記でなければならなかったのであろうか。なぜ一九世紀の一人の人物を描いた小説形式を取らなかったのであろうか。なぜ一八世紀でもなければ、現代でもないこの一九世紀前半という時代が選ばれなければならなかったのか。さらになぜ『マルボー』以後、ヒルデスハイマーは「物語」作品を発表することを断念してしまったのであろうか。これらの問題を解くとともに、『マルボー』によってヒルデスハイマーが達成したと考えた意味内容を明らかにしてみよう。

この書物に関する予備知識もなく、疑念を抱くことなく作品世界に没入してしまうとマルボーを実在の人物と考えてしまうかもしれない。実際にラダツは、ある英語学の教授にして世界的な批評家が「この罠にひっかかって、サー・アンドリュー・マルボーを歴史上の人物と見なし文学通の笑いものになった」と報告している。[★5] 確かにマルボーの実在を疑わなかった人もいたようではあるが、出版当時ハンブルガーが指摘しているように、[★6] イローニッシュにマルボーの現実性を受け入れた人達もその中にはいるようである。例えばクラインシュテュックは『罪深いイギリス貴族』のなかでマルボーの実在を真に受けてみせているが、『マルボー』の一年前に出版された『レアリテートの創出』という書物の著者でもあることから、その受容のしかたを文字どおりには受け取れないであろう。この時期のヒルデスハイマーにとってフィクションと現実《レアリテート》の関係が大きな問題であっただけに、クラインシュテュックがマルボーの実在を信じたのはイロニーであると考えたほうがよさそうである。ラダツも述べているように、冒頭に引用した一八二五年七月二四日のゲーテとの対話を調べさえすれば、マルボーが架空の人物であることは明らかになるのである。

実際ヒルデスハイマーには、「偽書」『マルボー』によって世間を欺こうという意図は全くなかった。秋に予定されている『マルボー』の上梓に先立って、一九八一年の二月と五月にそれぞれ『メルクーア』[★7]と『ノイエ・ルントシャウ』との誌上において、マルボーが実在の人物でないことを彼はあらかじめ断っている。「もちろん読者には、マルボーが実在しなかったのだということを知っていただかなければなりません。彼の時代の偉大な人物たち、ゲーテ、バイロン、ドラクロワ、ターナー、レオパルディ、ベルリオーズ、若きコローなどの人々との出会いに関する資料は偽物です。彼を文化史の中で確立し、その結果、注釈者として、補完役として、彼なしではもはや考えられなくするのが筆者の目指すところなのです[★8]」。

読者を騙そうという意図はないにしても、しかしやはり『マルボー』を魅力あるものにしているのはこの作品のもつ読者を眩惑するような性格である。マルボーの一族を除けば、すべての人物は実在のものである。彼らが架空の人物である主人公一族を取り囲んでいる。巻末の人名索引は、実在の人物のみを挙げている点においては騙そうという意図のない証であるが、人名索引を注意深く見ない人にとってはむしろ逆の効果を発揮する。つまりマルボーの実在を読者に信じこませる小道具となっているのである。またこの本には、架空の人物であるマルボー一族や彼らの館の図版までもが添えられている。もちろんこれらは偽物であり、一々出自は記さないが同時代の実在の人物の肖像画や建築物の絵画である。贋作絵画というのはヒルデスハイマーが好んで用いるモティーフであるが[★9]、ともかくこれらの伝記に必須である小道具は一九世紀の雰囲気を醸し出すのに一役買っている。

原文の大半はドイツ語で書かれたことになっているのではあるが、さらにマルボーの手紙の引用箇所に一部まことしやかに英語を添えて、オリジナルの存在を仄めかすのも読者を煙に巻く技巧の一つである。巻末の人名索引をも含めてこれだけ至れり尽くせりに伝記らしく作り上げれば、最初から現実に起こったことではないとわかっていても、読み進んでいくうちに作品の中に引き込まれ、どこまでが現実に起こったことであったのかわからなくなる。読者を罠へ陥れる意図がないにしても、現実と非現実の垣根を取り払うことが作者の第一に意図するところである。『マルボー』を読み進んで行くことは、あたかも騙し絵の世界に入り込んで行くようなものである。

2――マルボーの物語

サー・アンドリュー・マルボーはスコットランドとの国境の南、数マイルに位置するノーザンバランドのマルボーの館の世継ぎとして、一八〇一年四月四日、この世に生をうけている。彼の父サー・フランシス・マルボーは狩猟や釣りに精を出す以外にはこれといった楽しみもなく、芸術には関心すらないどちらかといえば無骨者であった。したがって後にアンドリュー・マルボーに開花する芸術・文芸に対する炯眼は母方から受け継いだものといえる。とりわけ彼に影響を与えたのは、母キャサリンの父クラバートン伯爵である。彼はヴェネチア大使等のヨーロッパにおける外交上の要職を歴任し、文芸、絵画に精通した人物であった。アンドリューが母とともに夏のあいだを過ごした祖父の館に飾られているイタリア絵画の収集品は、アンドリューの人間形成において大きな役割を果たしたのであった。またこの館に集まるターナー、ワーズワースを初めとする画家、文士たちからも影響を受けたが、家庭教師であったイエズス会修道士ヴァン・ロッサムとの読書も後の彼の人生に大きな影響をもつことになる。とりわけそれはシェークスピアとソフォクレスの『オイディプス王』である。なお、このヴァン・ロッサム神父に対して、マルボーは終生かわらぬ信頼をおき続け、書簡のやり取りを絶やさなかった。マルボーの死後、彼の書簡と手記とから遺稿集『芸術と人生』が編まれる。しかしこれらの資料にはヴァン・ロッサム神父が改竄を加え、抹消を施したと推測されている。一八二〇年にアンドリュー・マルボーは最初の大旅行を試みる。疎んじていた父から離れたアンドリューは、最初の滞在地ロンドンにおいて、母とのあいだに近親相姦の罪を犯してしまう。この出来事に対する葛藤が後の彼の絵画批評において大きな意味をもち、個々の作品や体験を分析するにあたっての縦糸となる。その一方、旅の途上で出会う人々や芸術作品から受ける感銘や、それに対する熟考が彼の批評の横糸として編み込まれる。異常な体験が彼を天才にした訳ではない。しかしこの体験が他者の心を受容する彼の能力を伸長させ、彼をして人間の心の内奥へと向かわせるようになる。つまり彼はカンバス上に画かれているものから、その背後にある画家の精神へとむかう解釈方法を打ち立てたのである。パリ、ヴェニス、ピサ、シエナ、フィレンツェを歴訪して、それぞれの地で彼はジオットやボッティチェリの絵を見て手記を残し、またバイロンやカール・フリードリヒ・フォン・ルーモーアに出会っている。しかしこの時期に知己を得た、彼の生涯にとってとりわけ重要な人物は、ショーペンハウアーであり、マルボーは彼を「人間についての絶対的な真理の創出者」とみなしていた。

この大旅行の途上、彼はフィレンツェにて父の訃報に接し、急遽マルボーの館へと、母のもとへと戻るのである。父の死に際して、アンドリューは手記に『オイディプス王』の第九八七行を、後には自らも判読できないのではないかと思われるほどの小さな文字で記している。「とはいえ、父上がおかくれあそばしたことは、あなたにとってとても幸せなことでございます」と。一八二二年の冬から二五年の春まで母と息子はスキャンダルが露見することを恐れながらも、また道徳的、宗教的罪の意識にさいなまれながらも幸せな日々を過ごすことになる。しかし二人の行為が醜聞となりマルボーの弟の将来にまで累を及ぼすことを避けるために、アンドリューは美術研究家となりヨーロッパで暮らすことを決意する。この時点で、ヨーロッパの芸術サロンに出入りするための貴族の称号以外の家督を弟に譲り、彼は母に永遠の別れを告げて再びロンドンからヨーロッパ大陸へと旅立つ。

神話と真実についてゲーテとヴァイマルで語り合った後、マルボーはドイツを通り抜けてイタリアへと向かい、ウルビノに居を定める。その地における三二歳の女家主アンナ・マリア・バイアルディが彼の最後の恋人となる。残りの人生の大半をこの地で手記の執筆、整理に費やしたマルボーではあったが、一八二七年にパリへの最後の大旅行を企てる。そこでマルボーはドラクロワやベルリオーズと知己を結ぶが、ここで何より彼に感銘を与えたのはレオパルディとの出会いと彼の詩であった。このペシミスティックに生を拒絶する詩人の言語に彼は魅せられたのであった。しかし彼は同時に、死によって自らを生から解放しようとしないこの詩人に不満をもおぼえるのであった。同じことはマルボーのショーペンハウアーに対する見解にも当てはまる。生を否定しながら自ら死を選ぶこと［Freitod］をも拒絶する態度に、彼はすでにこのとき、矛盾を見出していたのである。一八三〇年二月の朝、彼はアンナのもとから馬で出かけたきり姿を消してしまった。その行方は杳として知れないが、次の日に主のいない馬が厩に戻って来たこと、さらには決闘用のリヴォルヴァーの一挺がなくなっていることから推して、マルボーが自ら死を選んだということは争われない事実となったのである。彼のこの世に対する絶望の何よりの原因は、彼の才能の限界にあった。彼は多くの天才的な芸術家に出会い、またレンブラントやボッティチェリなどの紛れもない天才の作品を目の当りにすることができ、斬新にかつ巧みにこれらの人々や作品を論じてきた。しかし如何せん彼には自ら芸術作品を生み出す天賦がなかった。マルボーには受容する能力しか授けられていなかった。そしてその能力が優れていた分だけ、彼の苦しみもまた大きなものであったのである。

3——マルボーとヒルデスハイマー

日本においては人口に膾炙していないヒルデスハイマーの『マルボー』の梗概は以上の通

りであるが、マルボーが一九世紀前半の芸術文化社会に巧みに象嵌されている様は驚嘆に値する。ヒルデスハイマーはマルボーの実在を否定できないほどに、精巧に時代の中にマルボーを組み入れたのである。

実はヒルデスハイマーの最初の作品集『愛情のない伝説』（一九五二）に『マルボー』の萌芽的な作品が含まれていた。『一九五六年　ピルツの年』（以下『ピルツ』と略す）である。一七八九年に生まれ、一八五六年に亡くなったピルツという架空の男の生涯がここでは扱われている。彼の主な業績は、伝記に記される他の人々とは違って、作品として残っている訳ではない。彼は「もっと多くの言葉と、もっと少ない行動」[I 105] というモットーの下に、同時代の作家や音楽家たちの創造意欲を萎えさせて回ったのであった。とりわけ彼の活動の矛先はロマン派に向けられていた。グラーベ、ベートーヴェン、シューマン、ロッシーニなど、彼らの作品が増え続けることを阻もうと彼は骨をくだいたのであった。

しかしこの作品は『マルボー』のようなシリアスなものではない。シリアスさを失ってしまった一つの要因は、ピルツが出会う同時代の著名人が、作品の規模に比して多すぎるということにあるだろう。もちろんヒルデスハイマーがここで目指していたものは、『マルボー』の場合とは異なり完全な「伝記」を生み出すことではなかった。『ピルツ』は「コミカルで、伝記に対する諷刺でしかない」[★10]のであり、「戯作 [ein Scherz] であり、いやそれ以上にありきたりの伝記の様式に対するパロディー」[IV 256] である。ヒルデスハイマーは『マルボー』の成立に関して語ることあるごとに、この『ピルツ』について言及している。それは一つにはこの作品が『マルボー』の着想の原点であったからであり、そしてもう一つには、『ピルツ』と『マルボー』とに読者が同じ視線を向けることを避けるためである。彼はマルボーを生み出し、彼を一九世紀前半の文化社会に織り込み、書物や手紙からの引用を作り出すのに四年の歳月を費やしたのであった。したがって、「『マルボー』は戯作や諷刺、パロディーといったものとは全然違うのです。この本をそのカテゴリーにおさめる人は、もちろん私も正確に定義することはできないのですが、意図の真剣さを理解していませんし、テーマを取り違え、この本を誤解したことになります」［IV 256］と彼は述べているのである。語り手のマルボーの描き方にはほとんどユーモアは感じられず、むしろ主人公の悲劇的な側面ばかりが強調されている。諷刺とパロディーに満ちた作品を多数発表してきた五〇年代前半とは違って、ヒルデスハイマーは『マルボー』が戯作と考えられることを頑なに拒んでいる。

ヒルデスハイマーは、『マルボー』を戯作にしてしまわないために、その準備段階においても細心の注意をはらっている。マルボーは架空の人物であるから誰とでも出会えるのだが、歴史的な考証に耐え、実在性を損なわないためには、かなりの数の人物と出会う可能性を放棄しなければならない。この作品が書かれる過程で、ヴァルター・イエンスはマルボーをヘルダーリンに、ギュンター・グラスはジャン・パウルに会わせることを熱望していたらしいが、そのほかにもシュレーゲル兄弟、E・T・A・ホフマン、ハイネ、カスパー・ダーフィット・フリードリヒといったこの時代の有名な人物との邂逅は果たされずに終わっている。しかしこれらの人々と次々に出会っていたら、いきおい『マルボー』は戯作の気味を帯びることになったであろう。

『マルボー』が戯作となることをヒルデスハイマーが許さなかった原因の一つとして、マルボーと伝記の語り手、そしてヒルデスハイマー自身との関係がかかわっているのではないだろうか。ラインホルトは『マルボー』の語り手とその対象であるマルボーとのあいだに内的な親近性があることを指摘している。★11 伝記の語り手と主人公との親近性について、ヒルデスハイマーは『マルボー』の中で語り手に語らせている。「典型的な伝記の語り手とは、単に彼の主人公を選ぶだけでなく、フロイトが言うように、妙にその人物に心を奪われ続けている人である。もう少し詳しく私が補足するなら、伝記の語り手は次第にその主人公によって選ばれているという観念にとりつかれるのである」［IV 137］。この引用は、なるほど現実に存在した人物の伝記の場合には、伝記作家と主人公とのあいだの親近性の表現と考えてよいだろう。しかし『マルボー』においては事情が異なっている。マルボーは実在の人物ではない、伝記作家もヒルデスハイマーが設定した語り手なのである。ヒルデスハイマーは「私の伝記『マルボー』はその時々の好みに応じて、私を主人公にあるいは彼と読者のあいだの仲介者、つまり伝記の語り手に同一化させることを許してくれました」［IV 262］と述べている。したがってヒルデスハイマーは、あるときは主人公マルボーに、あるときはこの伝記の語り手に同一化していたのである。

ヒルデスハイマーは、この作品の構想を練る最初の段階では、マルボーを文芸批評家にするつもりでいた。[★12] しかし自らがより精通している絵画批評の世界に活躍の場を変更したことによって、マルボーはヒルデスハイマーに代わって、それまでの絵画の解釈に批判を加えることが可能になった。具体的にはロマン派やゲーテを含めた古典派の人々の彼らの時代、あるいはそれ以前の時代の芸術に対する謬見を指摘することである。

『マルボー』の記述に従えば、ゲーテは絵画作品を批評するときに、おおかたその作品の現物を見ていなかったという。ゲーテが観察の対象としたのは、その絵の画家とは別のもっと才能において劣る画家が模作した銅版画であったのである。「これらの作品［模作］がその内的な生命を負っている色彩については教えるところがないし、画家の魂や絵の対象に対するその関係が明かされているタッチや筆法についても同様である。一枚の絵を解釈することは、その絵に描かれている対象を解釈することと関係のないこともあれば、大いに関係あることもある。ちょうど舞台の登場人物の性格が、それを作り出した劇作家を解釈することとかかわるようにである。この関係はその度ごとに異なったものである。もし私たちがオリジナルの銅版画と油絵を基にした銅版画とを比べるなら、人間と銅像との違いに気づくであろう。死体との違いとはいわないまでも」。［IV 16］

同様にマルボーは、ルーモーアに対してもその絵画批評が画家の魂ではなく、絵に描かれている対象と密着していることを批判している。ルーモーアが行なう「歴史的な位置付けや様式比較によっては、精神の産物としての個々の絵に本質的なものは説明されえない」［IV 96］のである。ルーモーアにとっては「芸術家は美術史の登場人物であって、［……］この美術史は、私が見たところ、芸術家に一つのドラマの役割を繰り返し命じ続けては失敗に終わる試み以外の何物でもないのである。そんな訳で彼は、一枚の絵を現在あるがままに描いた芸術家の魂の必然性に、一度たりとも取り組んだことがないのである」。［IV 96］

マルボーはフロイトに先立って精神分析的な手法を用いたことになっている。つまりすでに挙げた引用のなかの「精神の産物としての個々の絵」、「芸術家の魂の必然性」という表現に見られるように、カンバスの上に描かれているものよりも、その絵を描いた画家に彼の関心は向かっているのである。彼はどちらの批評においても「魂」［Seele］という語を用いている。この「魂」とは、精神分析においてフロイトが用いた「無意識」を指すと思われる。あらゆる歴史的な考証に耐えるように入念にこの伝記は作られているので、もちろん意図的に言葉は置き換えられているが、フロイト以降の精神分析の成果を用いながら、ヒルデスハイマーは、マルボーの口を借りてゲーテやルーモーアの絵画批評に批判を加えたかったのである。

個々の芸術作品がもつ歴史や、その作品が一九世紀前半の文化社会においてどのように見なされていたか、著名な人々がどのような批評をそれぞれの作品や時代様式に加えていたか、このような問題を論じるためには、ヒルデスハイマーがマルボーの口を借りて語る必要があったのである。ショーペンハウアーやレオパルディに親しみ、世界を拒絶するような、人生に対して否定的なマルボーの態度は、まさしくヒルデスハイマーのそれであり、彼はマルボーと自分に常に強いつながりを感じていたのである。ヒルデスハイマーは、マルボーの中に自分自身の心性をも移植し、自己を投影していたのであった。

4——伝記『マルボー』

ヒルデスハイマーは七七年に『モーツァルト』を発表しているので、その準備期間も含めると『マルボー』を上梓した八一年まで五年以上にわたって一八世紀後半から一九世紀前半の人物と出来事に従事していたことになる。これらの期間は彼にとって特別に意味のある幸せな期間であったようである。「『モーツァルト』の場合にもすでにそうであったことを冒頭で認めたように、『マルボー』を書く動機には確かに、その恐ろしさと耐え難さについてはたぶんここでいうまでもない現在からの逃避が数えられます。この逃避を私はうまくやってのけました。しばしば非常に張り詰めた、消耗する日々であったとはいえ、すばらしい四年間を過ごしました。普通どん底状態よりも頂点を迎えたときを良く覚えているものですけれども、それらの日々を憧れとともに思い出します」[IV 257]。ここにおいてはヒルデスハイマーは特に『マルボー』の準備及び執筆期間中に言及するとともに、『モーツァルト』のその期間においても、彼は幸せな「逃避生活」を送っていたことを認めている。現代に対する絶望が、彼をして伝記作品へと向かわせた動因の一つであることは間違いない。

そして「逃避生活」は、当然その中で書かれた作品にも反映してくる。物語文学を書くことができない不可能性を認識した後に、文学の依って立つ新しい場所を求める道が、あるいは逃避的性格が『モーツァルト』や『マルボー』に見られるのではないか、というケスティングの問いかけに、ヒルデスハイマーはこう答えている。「逃避的性格に関していえば、私はモーツァルトの冒頭でこのことをはっきりと指摘しています。逃避的性格がこの本の成立に与って力がありました。逃避的性格は『マルボー』においても、記述されてはいませんがもちろん明白です」[★13]。

ヒルデスハイマーのこの逃避的な傾向、現代に対する絶望の根底にある思想は、人類の歴史が没落過程であるというペシミズムである。『フィクションの終焉』（一九七五）で彼が語っているところによると、科学技術は正義や公正さから離れたところで独自の歩みを続けているのであり、科学技術の発達に携わる人は、人類が置かれている状況を把握していない。彼らはただ技術の体系内における直線的な進歩のみを信じて、技術体系自体が人類社会に置かれている位置とその価値を十分に把握していない。いかに科学技術が発達しようとも人間社会の改善に寄与することはなく、技術の進歩によって「貧しきものはさらに貧しくなります。しかし富めるものがさらに豊かになっているという兆しは感じられません。それにより均衡を生み出しているわけではなく、地球の人口が、特に貧しい人々が、毎日一都市分ほどまるでコルクのように増えることにより、なおさら均衡は崩れているのです。私たちの世界は、今なお恣意と不正に支配されているのです」〔VII 147〕。人類に幸福をもたらす価値体系とは無縁な科学が発達を遂げ、地球上に核兵器を生み出した。日々開発される技術のために、そしてそれらが生み出す緊張のために「何のためにか」と問うことも、その問いの意義さえも忘れ去られているのである。そのような状況下で世界は終局へと向かっている、とヒルデスハイマーは考えているのである。

さらに『フィクションの終焉』で彼はこう述べている。「私たちの時代をフィクションのなかに作り上げるのは、手遅れの行為です。私たちの意識は客観的現実の背後から跛行しながらついてゆくのです。客観的現実は日々変化し続け、意識した登場人物を形成する道を開いてくれるに違いない無意識を用いてフィクションを作り上げることを、作家に許しはしないのです。芸術は創造的なものであって、再現ではないのです」〔VII 152f.〕。現実のめまぐるしい変転を前にして、現実を無意識の世界を通して昇華するいとまが作家には与えられていない。現実の後追いしかできない作家は、現実を正しく把握することなく、現実を再現して報告しているにすぎない。「作家ができることは、作家自身が自分達の状況にとってこれこそが典型的であると感じる個々のモデルを、主観的フィクションとして作り上げることでしかない」〔VII 147〕のである。しかしこれらのモデルは「我々の運命を決定している悪の根元、すなわちもはや阻止することのできない異常な枠組に決して触れることはない」［VII 147］。フィクションのモデルを手掛かりにしては、現在我々が置かれている状況を変更することはおろか、把握することもできないというのである。それでは何ゆえに作家たちは単なる個々のモデルしか作り上げられなくなってしまったのか。

ヒルデスハイマーが指摘しているように、第一次世界大戦後に文学におけるリアリズムは危機を迎える。「だがリアリズムの不幸は、モスクワの会議［一九三四年に開かれたソビエト作家全連邦会議］において作成されたような構想のために始まったわけではありません。——芸術は規則によって抹殺されることはなく、結局はひとりでに消え失せるのです。——この会議が特に制圧しようとしたまさにそのもの、つまり「市民文学」の組織的な死滅とともに、この不幸は始まったのです」［VII 151］。もはや一九世紀的な共通の基盤にのっとった市民生活は大戦によって崩壊し、一つであると認められていた「共通の現実《レアリテート》」［VII 147］が存在しなくなった。誰もが一様に感得することのできる現実《レアリテート》が存在しない以上、フィクションによってもうひとつの現実《レアリテート》が生み出されはしない。「フィクションは私たちの状況を正当に評価することができません。著者が過酷な労働を物語の中で再現するために、実際に身を晒して勇敢にも体験を積んだとしても、それは役に立たないのです」［VII 148］。なぜなら「文学のフィクションとは、真実をフィクションにするのではなく、フィクションを真実にするのです」［VII 148］。現実の体験を真実と称してフィクションを作り上げても、やはりそれは一つのモデルであるにすぎない。

フィクションでありながら、それが真実でなければならないのである。ヒルデスハイマーの作家活動は、この誰もが共有できる一つであった「共通の現実《レアリテート》」が失われてしまった後に、フィクションをいかに語りうるかという試みであったのではなかろうか。

一つである「共通の現実《レアリテート》」が存在しない状況においては、フィクションを用いて作家は現在の状況をつかむことができないのであるから、多くの作家がフィクションを語るための新たな実験へと向かう。この実験の一つが不条理と結びつくこともありえた。カミュがかつて述べたように世界は沈黙しているのであり、我々は世界、人生、歴史の意味を問うてもその答えは現実からは得られないのである。したがって沈黙し理解されようとしない現実を「理解されることを目指していない現実」として表現することが作家としての残された道の一つであったのだ。

ヒルデスハイマーは、物語を語る困難さを乗り越えるために『愛情のない伝説』（一九五二）において、理解されることを目指していない記述で、理解されることを拒絶している世界を諷刺とパロディーとの対象として表現した。『愛情のない伝説』所収の『真理の探究』に登場する金持ちの息子アンドレアスは、真理を見出すために、「そこが真理の源である」〔I 26〕東方へと旅に出る。オリエント急行で出会った無節操な女ヴェレーナとダマスカスで金を使い果たし、彼は女をハーレムに売り、ラクダに乗って砂漠へと姿を消してしまう。一方ヴェレーナは愛妾として幸せに暮らしたという。この物語はヨーロッパ人の東方趣味を嘲りながら、正義や道徳とは無縁な価値観の世界を描いている。真理は人間の手の届く所には存在せず、人間の営みとは無関係に存在していることをこの世界が教えているのである。そこでヒルデスハイマーは、この不条理な状況を表現しようと様々に試みる。しかしこれらの表現は作家と世界のつながりを強めることにはならず、一時的な実験に終わったのであった。

沈黙する世界を不条理な世界として描く実験が行なわれていた一方で、すでに第一次大戦後に伝記作品が大いに活況を呈していたことをノイマンは指摘している。[★14] アネッテ・コルプ、リカルダ・フーフ、シュテファン・ツヴァイクといったフィクションを語る実験を看過した人々が、これらの伝記作品の担い手である。一九世紀作家が心理学の影響を受けて心理の動きを人物の組み立てに利用し、フィクションに信憑性を与えようとしたのに対し、彼らはフロイト心理学の影響の下、精神分析による無意識世界の探求を行なったのである。確かに精神分析学の方法をフィクションの人物に適用しようとするなら、その人物像が丹念に練り上げられていることが前提となる。さもなければ作品の中で組み立てられるべき人物像が見出せないまま、その輪郭は曖昧なものとなってしまう。しかし伝記作品においては、人物は作者が最初から作り上げるのではなく、所与のものとして存在するのであるから、伝記作品においては分析の対象に精神分析の方法を用いることは極めて有効である。

実際にヒルデスハイマーは『モーツァルト』において、彼自身のモーツァルト像を作り上げるというよりは、過去の伝記作者の業績を踏まえて分析するという新しい方法を実践している。フィクションを作り上げる構築的な作業ではなく、伝記であるがゆえに過去のモーツァルト像を分析し解体したのである。モーツァルトに関してはすでに多くの伝記が書かれており、また彼はあまりにも有名な人物である。そのためヒルデスハイマーは年代記的な記述を避け、作品や人物にかかわる箴言《アフォリズム》を集積しながら、過去の研究成果に批判検討を加えて、新たなモーツァルト像を呈示することを試みている。例えば過去の、とりわけ一九世紀の伝記作者が天才モーツァルトを青少年の啓蒙に役立つような高潔な人物に仕立てあげたこと。天才は悲劇的な人生を送らなければならないというテーゼでも存在するかのように彼の生涯を、特に末路を悲惨なものとして描いていること。天才を英雄化するために周りの人物を、わけても妻コンスタンツェを悪役にしてしまっていること。これらの謬見に対して彼は真実を明らかにするべく修正しようと挑んだのである。「新たなモーツァルト像」という表現は適切ではないかもしれない。ヒルデスハイマー自身が「序」において語っているように、彼は「ここ二世紀のあいだになんども上塗りされたフレスコ画を純化する試み」［III 9］を行なったまでである。

そして彼は『モーツァルト』で試みた方法を、次にフィクションである「伝記」『マルボー』において実践し、分析効果を思う存分に発揮させている。ヒルデスハイマーは、『マルボー』に必要な資料を意のままに作り上げながら、この人物を所与のものであるかのように形成する。そしてヒルデスハイマーはこの知悉している人物マルボーをあたかも分析するかのように取り扱い、もう一度解体するのである。この手法に彼はフィクションの可能性を見出して、その可能性を実験したのである。そして彼は、この手法を小説という形式には用いることができなかったと述べている。

もちろん私は伝記には小説とは全く異なった、精神分析の語彙の一部を用いることができました。小説においてなら読者に異常なことを暗示する行為そのものを描写しなければならなかったでしょう。私はまた小説においてはすべての美術史の概念を用いることはできなかったでしょうし、ゲーテがどこで間違っており、どこで正しいかを書くこともできなかったでしょう。すべては伝記の要素なのです。★15

したがって『マルボー』は小説ではなく伝記でなければならなかったのである。フィクションを放棄して精神分析の手法を用いた伝記作品を書いた作家たちがいる一方で、その手法でフィクションの伝記を書くことはある種のパロディーでもある。誰もが共有できた「共通の現実《レアリテート》」が失われた時代に、ヒルデスハイマーは伝記の形式でフィクションを再び語ることに成功したのである。

5——ヒルデスハイマーの断念と到達点

ヒルデスハイマーが『マルボー』を発表したのは一九八一年である。この翌年に彼はこの作品によって「バイエルン文芸アカデミー文学大賞」を受賞している。しかし『マルボー』以後、彼は小説においても戯曲においても大きな作品を残してはいない。晩年の一〇年近くを彼は例えばニーチェのように錯乱や狂気の中で過ごしたわけでもなければ、病身を床に横たえていたわけでもない。しかし八三年にマックス・フリッシュの生誕七〇年を記念した刊行物への寄稿『マックスへの伝達』を最後に、もはや本を書かないことを宣言する。[★16] 執筆活動を断念した代わりに、画家として彼は創作の意欲を失うことなく、グラフィックやコラージュの作品を発表し、各地で個展を開催している。ヒルデスハイマーがペンを絵筆にもちかえた理由は、彼が元々画家志望であったことで説明がつくであろう。むしろここで問題にすべきは、『マルボー』を最後にヒルデスハイマーが物語作品を書かなくなり、断筆をしてしまった理由である。

この断筆に関して、ノイマンが主張しているように[★17]、三つの理由が考えられる。まずノイマンの挙げる第三番目の理由として、創造的な作品を書くこと自体がいずれ無意味になるとヒルデスハイマーが考えていたことが挙げられる。あるインタヴューで彼は、以下のように述べている。

> 人類は間もなく地球を離れることになるでしょう。ひょっとしたら再び人類がいつかやって来ることがあるかもしれませんし、僅かな人が生き残っているかもしれません。しかし残った人々は必ずしもシェークスピアやモーツァルトを心にかけはしないでしょう。[★18]

もちろん人類が滅びることに関して、彼が何らかの科学的な確信を抱いていた訳ではない。漠然とした予感でしかないのであるが、それでも徹底したペシミストであるヒルデスハイマーは人類の終末が近付いていると感じていたのである。滅びてしまう人類に対して文学作品を残す理由はないのである。

後に挙げる第一と第二の理由に比して、第三のものがあまりにも大きすぎることは明白である。第一の理由が作家ヒルデスハイマー個人の問題であり、第二の理由もせいぜい作家全体の問題でしかない。それに比べて第三の理由は人類全体にかかわるものであり、この圧倒的な力をもつ理由の前では、第一、第二の理由はほとんど意味を持たないであろう。それだけに第三の理由を文字どおりに受け取ってしまっては、多くの矛盾を引き起こすことになる。もし本当にヒルデスハイマーが未来をもたない人類に作品を残すことが無意味であると考えていたのなら、画家としてのその後の活動は何であったのか尋ねなければならない。そもそも『マルボー』も書く理由があったのであろうか。

ある決意の後に、それを正当化するために形成されたのかもしれない理由付けが行なわれたとしたら、通常そこに一貫性を徹底して求めることは難しいであろう。一人の人間が個人として何かの決意をする場合、複数の互いに関連のある要因から複合的に何らかの結論を導きだし、それを一つの決意表明として呈示することの方がむしろ普通のことではないだろうか。

ともあれこの三つの理由は、ヒルデスハイマーの内部で複雑に絡み合っており、矛盾を指摘することに意義は見出されず、第三の理由があるからと言って、創作活動を彼は完全に否定している訳ではなかった。

むしろ現在の社会の状況に対して批判的であるからこそ、あるいはペシミスティックな人生観に根差しているからこそ、何らかの創造を通じて社会に語りかけたい衝動を、ヒルデスハイマーは抑えられなかったのである。ではこの破局へと向かう現代において、すでに過ぎ去ってしまった時代に世界を動かしたわけでも、変革したわけでもないマルボーのような人物の人生を読者に伝えることにいかなる意義があるのであろうか。ヒルデスハイマーは「繰り返し新たに過去へと立ち戻って目的に適ったまなざしを開け、より広く深い洞察を得て自らの立場に内在的なものを選び出すことによって、その立場を固める人だけが辛うじて、比較的人間の品位を保つ生活を送ることができるからだ」[IV 250] とその問いに答えることができる人のために、この伝記はあると述べている。

しかるにヒルデスハイマーが『マルボー』を書いた動機の一つとして、人類の破局への抵抗を挙げることができる。一読したところでは、現代の我々が置かれている状況と何の関係も無いように見える『マルボー』は、現代に対する警鐘である。共通の場としての現在を失うほどにますます速度を高めながら未来の終局へと進む社会に対して、誰もが共通の現実《レアリテート》を確認できた時代の人物を通して、過去を知り、現在を見つめ直すことを教えているのである。そのために一九世紀の人物の伝記『マルボー』を、ヒルデスハイマーは終末観を伴った警鐘として生み出したのである。

ノイマンの挙げる第二番目の理由として、フィクション作品の現実に対する無力を認識したことが挙げられる。作家たちはもはや現実を把握することができないのだから、現実の把握と結び付いていないフィクションには、書かれる正当な理由がない。我々ヒルデスハイマーの同時代人がかかわっているこの現実に対して、いかなる影響力も持てないフィクションが書かれても仕方がないというのである。この認識は『マルボー』の成立と深くかかわっており、すでに述べたように『マルボー』を執筆する動機でもあった。現実を捉える主体としての作家に、現実を把握する能力がなくなってしまったわけではない。むしろ客体としての現実が認識されることを拒むかのように、多様に変化し続けている。このような時代にフィクションを書くことは不可能になってしまったということである。

最後になったが第一番目の理由としては、ヒルデスハイマーが『マルボー』によって、自分の著作の最終目標と考えていた到達点に到達したということが挙げられる。確かに『マルボー』が彼の作品群の頂点をなすという見解をヒルデスハイマーは「バイエルン文芸アカデミー文学大賞」の受賞記念講演において表明しているのである。「この本は私にとって、私がフィクションと伝記の執筆から学んだすべてのある種の成果であります」[IV 265]。さらにはまた別のところで「いつかまた物語の本を書くという可能性を、自らこの本で閉ざしてしまったとわかっていません。この本が凌駕できないものだというのではありません。しかし私にはこの本を乗り越えられないばかりか、再びその水準に達することすら無理なのです」［IV 264］と彼は述べている。『マルボー』はヒルデスハイマーの長年の作品の集大成である。集大成という意味は、作品に現れている様々な人物像やモティーフのような外面的なものだけにおいてでなく、すでに述べたようなフィクションを語る実験に関する問題においてもである。ここでヒルデスハイマーが述べているように、物語を語る手法の頂点を極めてしまい、これ以上物語ることは不可能になったのである。

ヒルデスハイマーは、ケスティングとの対話において以下のように述べている。

マルボーという人物が存在するようになったというつもりはありませんが、ますます現実性［Wirklichkeit］を帯びてきたということが、彼が本当に生きていたかのように、私についにはあの本を書かせるようになったのです。もちろんこの作品の中には伝記的内容を本当に現実であるように見せるために、錯覚を引き起こす技法が使われています。しかし私はそれらによって自らが騙されてしまったのでした。★19

ヒルデスハイマーはマルボーの存在を自ら信じるまでに至ったことを認めている。この架空の人物に対する信頼にこそ、ヒルデスハイマーの矜持が隠されている。

さらに続くこのケスティングとの対話において、マルボーが持つようになったのは「現実性」［Wirklichkeit］であると述べ、ケスティングによって持ち出された「現実」［Realität］という語を意図的に避けている。ヒルデスハイマーによればドイツ語における「現実性」と「現実《レアリテート》」は異なる意味を持っており、他のヨーロッパ言語においては「現実性」に相当する表現は存在しないのである。つまり「現実性」という語は「ありうること」［das Mögliche］をもまた含んでいるのである。彼はこの「ありうること」を可能性の世界から、彼の言語によって「現実性」へと翻訳を試みたのであった。そしてその表現は確かに多くの成果を収めている。

しかしいかに作者が巧みにその世界を描き出そうとも、読者の想像力の限界を越えていてはそこに「現実性」が生まれることはない。「現実性」は作者と読者が想像しうる域内にとどまらなければならない。読者の想像力が有効に働く時代に舞台を設定してこそ、そこに「現実性」が生まれるのである。「私は、著名な人物について、少なくとも一九世紀の始まりまでのそのような人々について書かれたものを実のところ全く信用しておりません。これは私の歴史に対するペシミズムとも関わっています。私はこの本［『モーツァルト』］のなかで、絶対主義の時代の人間には感情移入することができないという理論を主張しました。一八〇〇年からはうまくいきます。ベートーヴェンやゲーテのような人物を私たちは想像することができます」[★20]。ヒルデスハイマーによると、ベートーヴェンの時代から数十年さかのぼると魂の風景には深い霧が立ち込めている。そこかしこに漏れている一条の光を頼りに魂の風景全体を推し量ることは、困難かつ危険なことなのである。「大革命以後の時代を私たちはもっと身近に、もっと容易に理解できます。この時代には、ある限界内では一人の人間の人生を解釈し、それゆえまた輪郭を描き、構築し、それに対応して解釈することができます」〔IV 267〕。マルボーはその伝記が語られていくうちに読者の想像力によって生み出される一九世紀社会の中に、その存在しうる可能性を獲得していくのである。モーツァルトを描く困難さを経験しているがゆえに、『マルボー』の時代を一九世紀以前に設定することはヒルデスハイマーにとって不可能だったのである。

全体が虚構である世界の中で「現実《レアリテート》」感を帯びながらも虚構の影を纏い続ける小説の登場人物と、現実の世界の中で読者の想像力によって「現実性」〔Wirklichkeit〕を獲得するマルボーとは本質において異なる。彼の現実性は、読者が一九世紀前半の実在した社会のなかでその存在を抵抗なく想像しうる限りにおいて、是認されたことになる。ヒルデスハイマーはまたこう語っている。

> 現実性〔Wirklichkeit〕は現実に存在した人物においてのみ認められる訳ではない。逆である。真理は現実に起こった出来事で図られるのではない。むしろ現実性を組み立てるのは架空の出来事なのである〔IV 254〕。

彼の存在は一九世紀前半のヨーロッパの文化史における「ありうること」［das Mögliche］なのである。マルボーが「現実性」を獲得するためにはどうしても一九世紀以降でなければならなかった。マルボーが活躍する時代が「共通の現実《レアリテート》」が失われた二〇世紀であってはやはりまた具合が悪かったのである。

戦後、ニュルンベルク裁判のためにドイツに戻ってきたヒルデスハイマーは『詐欺師の楽園』や『愛情のない伝説』で娯楽作家、戯作作家として人気を博した。その後ラジオドラマと不条理劇によって文名を高めた彼も六〇年代にはいると転換点を迎え、『テュンセット』、『マザンテ』を中心とする内省的独白によって戦後も続くユダヤ人迫害の恐怖と社会に対する諦念を表明した。そして七〇年代半ばから、一八世紀後半と一九世紀前半の世界へ、『モーツァルト』と『マルボー』の世界へ彼は逃避していく。その『マルボー』の世界への逃避のなかで、ヒルデスハイマーは誰もが共有する「共通の現実《レアリテート》」のなかに「現実性」をうち立て、フィクションを語る実験の頂点に達したと認識した。それゆえヒルデスハイマーは、それ以後フィクションを書くことをやめ、物語を語ることを通じて社会に働きかけることを放棄したのである。

II

ギュンター・アイヒ

3　自然との合意（一九三〇〜一九四八）

1――戦後ドイツ文学

アイヒの詩集『辺地の農場』（一九四八）には『ヴィーパースドルフ、アルニムの墓』（以下『アルニムの墓』）という詩が含まれている。その表題から見て取れるように、アルニム家の所領の名を冠したこの作品は、ロマン派詩人アヒムとベッティーナのアルニム夫妻に捧げられたものである。

荒れ地の野バラ、
道と垣根には草が生い茂る――
不滅の光景の中に
今なお世界が垣間見られる。

カラスの叫びの中

おだやかに鈴蛙の音が鳴り響く、
それは耳にはどうしても
魔術の息吹に聞こえる。

忍冬とバラの刺が
墓丘を紡いで包む中、
トンボの羽音に
少年の魔法の角笛を聴くがよい。

草むらは午後の黄色い光の中
冷たい息吹を吐き出す
野生の葉群の感情に
時間が浸ることはない。

鳥の叫びの中に捉えられ、
松籟のなかで聞き違えるのは
彼らの歩んだ足音

彼らが耳をそばだてた言葉。
彼らの被った人生に、
墓に供える花で報いよう。
アヒムにはマーガレット
ベッティーナには罌粟で。

石と蔓の下で
眠ることなく彼らの心臓は鼓動する、
朧気な考えが
どこからともなく吹き寄せる。

これらのあらわれが私たちに沈黙し、
蛙とカラスが鳴りやむとき、
星の世界から
別の音楽が鳴り響く。★1 [I 66f.]

終戦直後の時代状況で、アイヒの詩の中で賞賛を受けたのは捕虜体験詩であって、ロマン派詩人を賛美するこのような詩は、現実逃避的であるとの非難に曝されることになる。しかし『辺地の農場』の発表から二二年の時を経た七〇年の時点で、エグベルト・クリスピン[★2]は、当時の「皆伐文学」や「廃墟の文学」が文学史的な興味以外からはほとんど省みられることがなくなっており、「四十七年グループ」さえも時代遅れにならんとしていると指摘している。その一方でアイヒの抒情詩は、変わらずロマン派を源におきながら、『アルニムの墓』ではまだ到達していなかった芸術的完成の域に後年になって達している、と評価を下している。時流に流されれぬアイヒのロマン派の衣鉢を受け継ぐ詩作にこそ、後世の批判に耐えるほどに、詩神が宿っていたということももちろんあろう。しかしアイヒに向けられた毀誉褒貶には「戦後文学」を主導する政治的イデオロギーの変遷が働いていたことも否定できない。

そもそもドイツ語圏の狭義における「戦後文学」という概念は、戦後から両ドイツ国家の成立まで、あるいは「二つのドイツ文学」への分裂までのドイツ文学の展開に当てはめられる。「二つのドイツ文学」とはＤＤＲ〔ドイツ民主共和国〕の文学が「現実社会路線」を取ったことにより、それ以外のドイツ語圏の文学と乖離してしまった事態を指すのである。

広義の「戦後文学」の概念は、西ドイツ、オーストリア、スイスにおける一九四五年から六〇年代後半までのドイツ文学の潮流を意味する。したがってここでは、話題を西側に限定する。戦後最初期においては、占領軍の文学政策によってヘミングウェイ、フォークナー、サルトル、カミュ、ゴーリキといった外国作家が紹介された。その一方で追放作家の社会批判的なテクストと並んで、国内亡命者の告白文学、簡潔な文体の「皆伐文学」と並んでフランス実存主義に鼓舞された作品が書籍市場で奮闘した。

最初の数年間は旧世代の作家たちも幅を利かしていた。魔術的リアリズムと自然詩の作家たちであり、彼らは申し合わせたかの如く、直接に政治にかかわることを避けていた。このような伝統的文学理念の優勢に対して、西側では若い作家たちがハンス・ヴェルナー・リヒターを中心人物に朗読会を展開した。このグループに加わる作家たちの仕事によって、ドイツ連邦共和国、スイス、オーストリアの文学は密接に結びつくことになる。すなわち「四十七年グループ」である。この運動の中で四九年から五二年のあいだに、ヴァイラオホの「皆伐文学」、シュヌレの「象牙の塔を出でて」、ベルの「廃墟の文学」といった戦後文学を象徴的に表す標語が生まれた。

「四十七年グループ」の朗読会においては、五二年以来アイヒンガー、バッハマン、アイヒらによる新たな詩的表現が支配的となる。そして五五年にアドルノの格言「アウシュヴィッツ以降、抒情詩を書くことは野蛮である」が容赦のない言語批判として発せられて以来、ナチスの大量虐殺に直面したことを克服する形態を探す詩が、ザックスやツェラーンによって呈示されたのである。

戦後文学の終焉を一義的に確定することはできないが、その第一の転換点はベルの『九時半の玉突き』、グラスの『ブリキの太鼓』、ヨーンゾーンの『ヤーコプについての推測』らの小説が現れた一九五九年である。これらの作品がドイツ文学に再び世界的な名声をもたらし、敗戦国の文学が世界市場に復帰したことも意味のないことではない。しかしさらに明確な境界を示すのは「四十七年グループ」が解散し、雑誌『クルスブーフ』[★3]が六〇年代の政治化の様相のもとに「芸術の死」を宣告した一九六八年である。両ドイツの成立以来、「二つのドイツ文学」は異なる発展形態をとったにもかかわらず、西側ドイツ語圏とDDRの文学において五〇年代と六〇年代に共通の傾向が確認される。現代政治に関する省察が増加することである。この時期に文学は政治化を被ることとなり、この現象が「芸術の死」と名付けられたのである。

これにより、ようやく七〇年代初頭から文学史研究において、ドイツ文学における戦前からの継続性の問いかけがなされる。戦後ドイツ文学のスタート地点を零点と見なし、四五年を「零時」とするテーゼに対して疑義が発せられ始めたのである。冒頭に挙げたクリスピンのロマン主義的傾向にあるアイヒの作品を再評価する姿勢も、この流れにおいて捉えるべきである。「四十七年グループ」の作家が革新的な役割を担ったとしても、彼らの中で、敗戦を跨いで発表していた作品群に断絶があったのであろうか。二〇年代の終わりから断絶のない文学的伝統が、その作家がナチスに荷担するかどうかとは無関係に、その人物の内部でナチス時代も作用し続け、戦後にまで及んでいたのが真相ではないのか。戦前から戦後への継続性という観点から、アイヒという一作家の詩作品を再検討してみよう。

2――捕虜体験詩

日本に紹介されている特に有名なアイヒの詩として、詩集『辺地の農場』（一九四八）の中の『在庫品調査』や『共同便所』といった捕虜体験詩がまずは挙げられなければならない。この二つの作品は、日本における多くの詞華集に、終戦直後のドイツ文学を代表する作品として採り入れられている。しかしこれら数編の捕虜体験詩を彼の作品系譜に据えると、いささか突出した作品であることは否めない。詩集『辺地の農場』の捕虜体験詩以外の詩においては、アイヒはあたかも自然詩の如く自然を描写しながら、それをメタファーとして観念世界へと踏み込んでいく。それゆえにこれらの自然詩は、同人誌の詩人たちのサークル内にとどまる幾分難解な詩であったと言えるだろう。

一方、捕虜体験詩の根底には、当時の数多くのドイツ人と、あるいは日本人と通底する共通体験として、創作の要因となった戦争体験、とりわけ捕虜としての経験がある。捕虜体験を持つ読者の共感を呼び起こすのは、まずは捕虜収容所内部の事物が描写されている点である。さらにそれらがあるがままに、美的と呼ばれる言葉遣いとは対極にある表現で描かれている点である。それゆえに彼の詩のなかで、これらの捕虜体験詩が最も人口に膾炙するものとなった。

言葉の森の中に分け入って、装飾的な枝葉を切り取り、最後の根幹だけがかろうじて残るまで言葉を伐採し続けたような『在庫品調査』は、「皆伐文学」の代表作と捉えられている。またヘルダーリンと小便〔Urin〕に韻を踏ませる『共同便所』は、新たなスタートに際して、先人の業績に決別を告げるかのような挑発的でセンセーショナルな作品と見なされがちである。しかしこれらの作品を、「皆伐文学」や「零時」というレッテルのもとに分類してこと足れり、とはいかないことはすでに確認されている。『共同便所』を見てみよう。

臭い溝の上に、
血と小便を含んだ紙、
銀蝿が群がる中、
私は膝を折って屈み、

木々に覆われた岸辺、
庭園、岸に乗り上げた小舟を眺める。
腐った汚泥の中で
堅いくそがぴちゃりと音を立てる。

私の耳にさまよい響くのは

ヘルダーリンの詩だ。
雪のように白く
小便に雲が映る。

「今はしかし行って挨拶してほしい
美しいガロンヌの流れに……」
ふらつく両足のもと
雲は流れ去る。［I 37］

文明から遠ざけられた、極めて不潔な状況における用便の描写である。しかしそのような非人間的な状況に置かれても、語り手の耳にはヘルダーリンの詩が鳴り響く。四連目の一、二行目にある引用符に入れられている「今はしかし行って挨拶してほしい／美しいガロンヌの流れに……」[★4]は、ヘルダーリンの『追憶』の一節である。この詩においてはヘルダーリンの引用部分にのみ、「美」なるものが考えうる。それゆえ「アイヒェンドルフ、ヘルダーリン、ブレンターノと彼らを含む西洋の文化全体が、現在の体験と不条理にも相容れないのであり、この相容れない両極は相互に嘲笑し合って[★5]」いるのだとも読むことができる。

二連目の前半二行も、アイヒがライン川沿いの捕虜収容所で生活を送っていたことを考えれば、確かに現実の風景描写と考えられないこともない。しかし野菜作りの菜園ならともかく、捕虜収容所からいかなる庭園〔Gärten〕が見渡せるというのか。この風景も『追憶』を知るものには、心象風景であることがわかる。この「庭園」が『追憶』の中に詠われる「ボルドーの庭園」であることは、P・H・ノイマンの指摘するところである。[★6]

一方「岸に乗り上げた小舟」も「個人的並びに国家的挫折という二重の意味」[★7]を担っている。というのも「頌歌『追憶』は、「舟人に」約束された「よき航海」について語っているので、この関係豊かな現実像〔「陸に乗り上げた小舟」〕はヘルダーリンの自信たっぷりの詩句に対するパロディーであるように思える」[★8]のである。ナチスドイツの世界征服を目論む侵攻は、暗礁に乗り上げ、ドイツ本土をも灰燼に帰した。一度もナチスに対して肯定的発言をすることはなかったが、従軍を強いられていたアイヒも、敗戦国の戦士として囚われの身となり果てれば、人生の途上で座礁していると感じずにはいられない。

このように、捕虜体験詩が、「皆伐文学」とは異なり、文学的伝統から決して逸脱していない点を、ノイマンは指摘している。彼によれば、文学創作活動には「三つの対話」が不可欠である。「第一の対話では作家は自分自身を問いただし、その輪郭を描く。第二の対話とは作家が同時代と問答をすることである。そして第三の対話で作家は、文学的伝統への態度を決定するのである。実際、四五年を名付けるところの「零時」は、ギュンター・アイヒのような詩人にとって「皆伐」の時ではなく、極めて批判的に自己と伝統を審査する時であった」[★9]。このような認識に立って、生まれてきたのが彼の捕虜体験詩である。それならば「『共同便所』のような詩は後になって、芸術、美、西洋の没落の証拠としてではなく、それらの再生として理解された」[★10]というシャフロートの解釈も頷けるのではないか。

続いてさらにもう一つの捕虜体験詩『在庫品調査』を検討しよう。

これが僕の帽子
これが僕のコート
ここに僕のひげそりが
亜麻の袋に入っている。

空き缶は
僕の皿であり、僕のコップだ、
僕はそのブリキに
名前を刻んだ。

ここに刻むのに
この大切な釘を用いた、

物欲しげな眼差しから
僕はそれを隠しておく。

糧嚢には
ウールの靴下が一足と
僕が誰にも教えない
幾つかのもの、

それは夜には
僕の枕になる。
この段ボールが
僕と大地のあいだに敷かれる。

鉛筆の芯が
一番大好きだ
夜に僕が考えた詩を
昼間にそれは書いてくれる。

これが僕のメモ帳
これが僕のテントカバー
これが僕のタオル
これが僕のより糸。〔IV 35f.〕

各詩行は二つの強音部〔Hebung〕をもち、第四連を除いては各連が一文をなしている。ほとんどすべてが簡素な言語表現からなっている。装飾的な言葉は全くない。それゆえこの作品は、「皆伐詩」と呼ばれている一群の作品に属すると一般に考えられている。「皆伐詩は実際に伝統からの切断を意味し、その言語は言語を生み出せなくなった人の言語である」★11とシャフロートは述べている。特に最初の二行と最後の四行は「これは〜」と繋辞〔Kopula〕によって、語り手の所有品を紹介する簡潔な形式をとり、それらの事物によって自己の存在を確認しているかのようである。そしてこれらの事物からなる詩は、「三角点あるいは未知の海面に浮かんで海路を教えるブイ」〔IV 613〕のように、彼に存在する位置を教えてくれる。しかしこの詩は、事物による自己の位置確認という即物的な詩ではない。

この詩の語り手は糧嚢を枕にし、段ボールを敷いて眠る。「空き缶は／僕の皿であり、コップだ」というように、この乏しい所有物によって、彼が捕虜生活に置かれていることも読者に教えているのである。このような乏しい物資しか得られない捕虜生活にあっても、語り手が最も好きなのは「鉛筆の芯」である。「したがって言語的に一貫して新しい詩である『在庫品調査』は、ドイツの作家が戦後への道を踏み出すのに用いる最小限の手荷物にも、惨状の中で韻文への信仰を保ち続ける古い教養市民の遺物がまだ入っている証拠になる。★12」とシャフロートは述べている。彼は夜のあいだに紡ぎ出したもうひとつの世界を、昼間にその鉛筆で詩に仕立て上げる。語り手は詩人なのである。

ノイマンの論ずるところでは、ラルフ゠ライナー・ヴテノは一九一六年にフランツ・ペンフェルトによって編まれた詞華集『最も新しいチェコの詩』のなかにリヒャルト・ヴァイナーの翻訳詩を見出した。ヴァイナーの詩『ジャン・バプティスト・シャルダン』はこのような詩であった。「これが僕の机、／これが僕のスリッパ、／これが僕のグラス、／これが僕のコーヒーポット、／／これが僕の飾り棚。／これが僕のパイプ、／砂糖壷、／祖父の形見。／／これが僕の食堂、／これが僕の一隅、／これが僕の犬、／これが僕の猫、／／これが僕のウェッジウッド、／そこには僕のセーヴル器、／楽しげな絵、／フラゴスの贈り物。／／青みがかった鉢を／僕はとても好きだ。／窓辺の花を／僕はとても愛しく思う／／ツキワリソウを見るのが／でも僕は最も好きだ。／僕のシャルロッテは／ニワトコが好きだ。／／毎日十一時に／僕たちは朝食をしたためる。／夜は八時に／食卓を整える。／／一番好きなのは／アスパラガスにソース、／胡椒付きの肉／クリーム添えのイチゴ。／／そしてシャルロッテは／牡蛎／チキンとキノコと／ロブスターシチューが好き／／家にいるのは快適だ。／とっても家は快適だ。／ここが僕の一隅。／これが僕のスリッパ。／／なめらかな七宝が／輝き溢れる。／これが僕の妻。／これが僕の絵」[★13]。

アイヒの『在庫品調査』が、このヴァイナーの詩に酷似していることは誰の目にも明らかであろう。後年アイヒは、ヴァイナーの詩の存在をヴテノより初めて聞き知らされたと語っている。しかしノイマンは、「アイヒの「糧嚢」のなかの「誰にも教えない」中身のうちにペンフェルトの詞華集が入っていたのに違いない」[★14]と、ヴァイナーの詩の影響を確信している。そして彼は「アイヒの詩の記憶のほうが、その詩人の記憶よりもよい」[★15]と、アイヒの抗弁を認めずにあからさまに皮肉っている。

ヴァイナーの詩は、詩の語り手をフランス革命以前の画家ジャン・バプティスト・シャルダン（一六九九〜一七七九）と想定して綴った詩である。それゆえここに描かれるのは、裕福な画家の美しい室内にある静物や、美食家の豊かな食卓に上る佳肴である。量質ともに言うまでもなく収容所とは大いに異なる食物が器に盛られている。のみならずウェッジウッドやセーブル器は、アイヒの詩に現れる皿でありコップでもあるブリキの空き缶と好対照をなしている。また妻シャルロッテとともに暮らし、ペットの犬猫を室内に住ませておくゆとりある画家と、孤独の中で「物欲しげな視線から」釘一本をも守らなければならない捕虜との精神状況には懸隔があると言わねばならない。

しかし「これは～［Dies ist～］」という表現が繰り返し用いられている点が、最初に目を引くこの詩とアイヒの詩との類似点である。また三行以上にまたがる複雑な文構造が見られない点も二つの詩に共通している。そして共通点は単に形式だけにとどまりはしない。その簡潔な文によって示される所有品の確認が、語り手の存在のあり方を、つまり収容所の捕虜と装飾品に囲まれた裕福な画家とを表現する点でも、アイヒはヴァイナーを踏襲しているのである。

しかもこの二つの詩には、内容と大いにかかわりのある決定的な類似の構造があることをノイマンは指摘している。[★16] 最後の一行に着目してみよう。「これが僕の絵」と書かれている。どれが「僕の絵」なのであろうか。「シャルダンの役を担う語り手が、周りの事物を愛らしく几帳面に列挙するように、歴史上のシャルダンも似たように家具調度を整えた部屋をいくつも彼の絵の中に描きとめていた。それゆえ最後の一文「これが僕の絵」はキャンヴァスの上の一枚の絵と（または）詩の中でスケッチされた絵とを意図している、いずれにせよその文は私たちに、これを語っているのが画家であることを告げている」。[★17] つまりこの詩全体は、シャルダン自らがシャルダンの一枚の絵を表現している形式となっているのだ。

一方、アイヒの詩においては「鉛筆の芯が／一番大好きだ／夜に僕が考えた詩を／昼間にそれは書いてくれる」という表現から、この詩の語り手が詩人であること、これはすでに指摘した。しかしノイマンによると詩作が話題になっているのは、最後から二番目の連だけではないのである。つまりヴァイナーの詩におけるのと同様に、アイヒの詩においても最後の一語「より糸」は『在庫品調査』というこの詩全体を表現しているのである。もちろんノイマンは「より糸」がほかの在庫品と同様に、より糸そのものであることを認めてはいる。しかし「この語は同時にメタファーとして読みうるのである。糸が事物をつなぐことに役立つように、語り手は事物の名称をテクストへと数珠つなぎにするのである。しかしもう一つ別の副次的意義が考えられうる。より糸、すなわちおしゃべりであり、「詩」である」[18]。

確かに詩を解釈する場合には、ノイマンが述べているように含意〔Konnotation〕の問題に触れなければならない[19]。詩に現れた言葉は果たして一義的に解釈するだけでよいのであろうか。そもそも一義的な解釈などというものが可能なのであろうか。それぞれの言葉には、詩人が多義的に意図したものが隠されている場合もあれば、読者が経験や言語能力に基づいて、同時に他の意味を連想せずにはおれず、いきおい多義的な解釈になる場合もあるのではないか。むしろ詩人の客観的表現と読者の連想のあいだに、明確に一線を画することのほうが難しい。詩人の客観的表現と読者の主観的解釈は、両極を形作るものではなく、曖昧な境界を形成しながら融合している。解釈主体である読者には、客観的と呼びうるような基準はありえない。しかし読者が解釈において連想の翼を広げすぎると、「解釈の行きすぎ」、「考えすぎ」という非難を免れえないであろう。要は他の読者にも共感できるような説得力を持って、その解釈が呈示されているかどうかにかかっている。

ノイマンは多義的な解釈に客観性を求めて、「辞典上の証拠」[20]を持ち出してくる。確かに『グリムドイツ語辞典』[21]には「より糸を紡ぐ」〔zwirn spinnen〕とは「頭脳労働をする」〔gedankenarbeit tun〕の比喩的表現であると書かれている。当該箇所のゲーテの例文では「その夜、糸玉状の思考をより糸に紡いでは解きしたのであった」〔habe die nacht durch manches knäulgen gedancken zwirn auf und abgewickelt〕と挙げられている。このような例に鑑みれば、アイヒの「より糸」が「詩」であるという解釈もあながち牽強付会とは言いえまい。ヴァイナーの詩の最後の一行「これが僕の絵」をアイヒは踏襲して、この作品全体が彼の詩であることを「これが僕のより糸」と表現したというのである。したがってこの詩の結末において、在庫品調査の最後にこの詩自体が挙げられていることになる。

アイヒは在庫品の中に「古い教養市民の遺物」としての鉛筆の芯を保管していただけではない。含意を担う「より糸」をも隠し持っていたのである。そしてこの「より糸」の中には、ヨーロッパの芸術的あるいは知的遺産が撚り込まれていたのである。このようにこの捕虜体験詩も、決して文学上の伝統と切り離されたものではない。一見「皆伐詩」のような言語を並べ立てたこの詩には、より糸のごとき複雑な構造が隠されていたのである。

アイヒの詩の中に織り込まれたヨーロッパの文化遺産を前にすると、もはやアイヒの捕虜体験詩を「皆伐詩」や「零点」から出発した文学と呼ぶことはできまい。これらの詩には同時代との対話とともに、過去の文学遺産との対話も巧みに撚り込まれていたのである。

3――「形態止揚」(Transgression その1)

アイヒの最初期の詩を集めた『詩集』(一九三〇)には多くの自然が描かれている。そこでは月、空、山、川といった自然の中の形象を表現する言葉が繰り返し用いられている。それゆえにアイヒは当初、一世代上のヴィルヘルム・レーマンにならった、遅れてきた自然詩人と見なされることも珍しくはなかった。確かにテクノロジーによる物質文明からの離反や、人間性の回復を自然への回帰を通して達成しようとした点においては、二人のあいだに共通するものを見て取ることは可能である。だがアイヒ独自の自然へ向かう姿勢を、『詩集』の作品において検討する前に、一九三二年に発表された『抒情詩に関する覚書』に読みとってみよう。

『抒情詩に関する覚書』は、雑誌『縦隊』に掲載された。この雑誌は、二〇年代に現れた新即物主義の運動や、プロレタリア崇拝の理論と実践に反対する抵抗機関誌として世に現れたものである。そしてそこに再録されたベルンハルト・ディーボルトの『若き抒情詩家への手紙』への反論の役割をアイヒの小論は果たすことになる。ディーボルトは一八八六年生まれで、第一次世界大戦中はミュンヘンの演劇館で文芸部員として勤め、一九一七年からフランクフルト新聞の編集者兼批評家となった。四〇歳代半ばという年齢とその立場を考えれば、マスコミの一員として大いに影響力を持っていたことは想像に難くない。彼の主張は、「新しい抒情詩は近代的な語彙と事物とを伴った日常語においてのみ結晶化されうる」〔IV 648〕のだから、「ゲーテの月の下やヘルダーリンやメーリケの林の中」〔IV 648〕で詩人が体験を得ている時代ではない。現在書かれている抒情詩は「時代」から隔たりすぎている。目や耳や頭脳によって魂にもたらされたものを、魂は形作るのだから、滝の前と同じように機械の前でも、森の前と同じように摩天楼の前でも詩は生まれるだろう、という主張である。簡単に言えば、詩人の語彙は現代社会とつながりを持っていなければならない、ということである。

それに対してアイヒは、「ある時代の本質的なものとはそもそも何であるのか」〔IV 458〕、「どのような思想や、どのような事物に我々の時代が最も明白に表現されているのか、今日誰が知ろう」〔IV 458〕と問い返す。それに加えて、今日、各人各様に自己の方向性を主張しているのであるから、「新しい語彙へのディーボルトの要求」〔IV 458〕もそのうちの一つに過ぎず、「時代全体を映し出す」〔IV 458〕思考法などは存在しないのであると反論する。

アイヒによれば、時代の語彙がむしろ相応しいのは叙事詩である。そこでは周りの事物はそれ自体として存在するのであり、自我〔Ich〕と関係を結んでいなくともよい。そのような自我と事物のかかわりから、「散文を越えて新しい詩は可能であろうか」〔IV 460〕と彼は問いかける。「そのためには自我のいない抒情詩の可能性、あるいは抒情自我が全体を代表しているような人間社会の存在を、少なくとも前提にしなければならない」〔IV 460〕という。「自我のいない抒情詩」など存在しないことは明白であろう。また「抒情自我が全体を代表しているような人間社会」とは、政治的に捏造された抒情自我が文学を統制している社会であり、ナチズムやスターリン主義に代表されるような、権力によって思想を統括された全体主義国家である。つまり自我のあり方が社会によって規制されている場合にしか、そのような事態はありえない。「ディーボルトは抒情詩の中に時代を探しているのではなく、時代の中に彼の理想を探しているのである」［IV 460］と彼の主張をアイヒは拒絶する。ディーボルトの主張は、「新しい語彙」などというさも文学的な主張に見せかけながら、結局抒情詩をプロパガンダの道具に用いて、時代を変革しようという発想であるというのである。

しかし抒情詩人は時代のために詩を書くことはない。「抒情詩人は何に対しても肩入れすることはなく、ただ自らの自我だけに興味を抱く。抒情詩人は叙事詩人や劇作家とは違って、君［Du］や彼［Er］の世界を作り出しはしない。抒情詩人にとって存在するのは共同体を離れて孤立した自我だけである」［IV 459］。抒情詩人は時代を丸ごと受け入れて、それを自らの作品の中に映し出す。それゆえ「自我の変容が、ある時代の本質的なものである」［IV 459］のだ。

そして「自我の変容こそが詩人の問題である」［IV 459］がゆえに、「時代に結びついた、抒情詩人に直接に関心を起こさせない問題を内包する語彙を」［IV 459］詩人は避けるのだとアイヒは主張する。むしろ「抒情詩人は、それ自体問題を孕んでいない、新たな意味を自我によって初めて獲得する「古い」語彙を用いなければならない」［IV 459］。「発電機」や「電話線」などという語彙は時代によって引き起こされる連想によって、詩における純粋な自我の問題を台無しにしてしまう。詩人が言葉を使用することができるのは、「「時代的」関係や意義を伴わず、自我の解釈可能性として、全く拘束力のない意味においてである」［IV 459］。すなわち「木や月それ自体としては抒情詩人に全く興味を起こさせない」［IV 459］場合にのみ、抒情詩人は木や月という語を用いることができるのである。つまりアイヒの詩に現れてくる自然は、「自我の変容」を表現する内面の記号化された象徴なのである。

それでは次に『詩集』の中に含まれる詩に実際にあたってみよう。この詩は元来は八編からなる一連の詩の一編であった。全集にはそのうちの三編が組み合わされ『幾多の夕べに寄せる詩』という表題のもとにまとめられている。

お前の昼は偽りに過ぎてゆき
お前の夜は味気ない星に満ちている。

いつも数百の考えが浮かび
いつも数百の考えが消えてゆく
お前は思い出すことができるかい。
かつてお前は

緑の川の一艘の小舟にすぎなかった、
かつてお前は一本の木であり根を張っていた
そして大地の港に碇を降ろしていた

お前は再びそこへ帰り、
昔ながらの雨を飲み、葉群を生まなければならない。
お前の歩みはあまりにもあわただしく、
お前の言葉、お前の顔はお前を卑しめる
お前はもう一度沈黙し、悩むことなく、
蚊、つむじ風、百合でなければならない。[110]

一作家の初期作品において、他の作家の影響というものは見落とせないものではあるのだが、ゲオルク・トラークルと並んでアイヒの抒情詩に影響を与えた作家として挙げなければならないのが、ゴットフリート・ベンの名前である。ノイマンは、「ベンの抒情詩において、そのような形態止揚は願望の重要な目的地である」★22ことから、「翻訳」あるいは「越境」を意味する Übersetzung のモティーフとの関係でアイヒの詩へのベンの影響を認めている。

つまり、ベンとの類似の形態止揚願望が、このアイヒの初期の詩『幾多の夕べに寄せる詩』

において認められる。ここでいう「形態止揚」とは、人間の肉体が植物あるいは動物のそれへと、部分的に変成したり、全体がその中へと吸収されたりすることである。かつて「一本の木」であった「お前」は今やまたしても「雨を飲み、葉群を生まなければならない」。そしてさらには「蚊、つむじ風、百合」でなければならないのである。これらはまるで退行現象のようであるが、後に言及するように崇高な存在としての自然への回帰がここには描かれている。

初期抒情詩においては、このような「越境」の別形態である「形態止揚」をはじめとするÜbersetzungがすでにアイヒの詩作品において重要な役割を果たしている。アイヒの詩学において、「翻訳」としてのÜbersetzungが言及されるのは確かに五〇年代においてではあるが、しかしすでにこの広い意味での「越境」を意味するこのモティーフは作品の中に現れている。すでに挙げたようにÜbersetzungには大別して二つの意味がある。その一方はtranslatio〔翻訳〕であり、もう一方はtransgressionである。前者に関しては後に言及を譲るとして、ここでは特に触れない。後者は「越境〔Grenzüberschreitung〕」、「形態止揚〔Gestaltaufhebung〕」、「もうひとつの魔術的領域への移行[★23]〔Übergang in einen anderen, magischen Bereich〕」を意味する。以下において、さらにTransgressionを分析することによって、自然とアイヒ抒情詩の自我とのかかわりを検討する。

4――「越境」1（Transgression その2）

アイヒは、晩年にあたる六〇年代半ば以降、ナンセンスな散文とも言うべき十数行の単文を書き連ね、それらの作品に『もぐら』という名を与え、散文詩と称している。しかしその萌芽はすでに彼の作品史の初期に見られる。晩年の『もぐら』を想起させる『地図の一葉』（一九三二）という短文が早くも三〇年代にしたためられているのである。この作品においては、地図の上に手を置くことによって、地図と手のあいだに越境現象が起こる。脈に血の流れる手のひらによって生気を与えられ、地図上に様々なイメージが展開する。紙の上に記号化された川は流れ始め、水音をたて、そこから物語が生まれる。

語り手の手のひらが覆い被さった地図の上で、黄河はその濁水とともに音を立てて流れ、護岸を乗り越えて野に氾濫する。洪水はいったんは長城の外へと溢れ出すが、三日の時を経て壁の内側へと収束する。そして荒れ野の岸辺へと死体と流木とを打ち上げて、新たに耕された土地へと、再び破壊へと向かう。黄河が湾曲するところがオルドスの地である。この砂漠のどこかにジンギスカンの墓があり、今もそこには夜中に槍が十字にたてられるのだが、その場所は遊牧民を除いては誰も知らない。ゴビ砂漠の北にはカラコルムがあり、「私の手の三本の指は、ジンギスカンの三つの軍団が取ったそれぞれの道をたどる」［IV 223］。

一人のチベット人が馬に乗り、雪嵐の中を進んでいく。荒れ狂う吹雪の中で彼は谷から持ってきた石を取り出し、峠の頂上に作られた石の山から雪をこそげ落とし、自らの石をその上に積み重ねていく。「騎士や商隊が通るたびにこの小山は石一個分ずつ大きくなっていく」［IV 224］。馬は雪の壁のあいだを進み、騎士の影は谷間の雪道に消えていく。「私がさらに耳を傾けると、道を踏み外した馬もろとも谷底へ落ちていく際の騎士の叫び声がまだ聞こえている」［IV 224］。

ゴビ砂漠の上に手を置くと、砂が絶え間なく音を立て、死者の骸骨はゆっくりと砂で満たされていく。「あばら骨のあいだを砂粒が一粒一粒通り抜け、ほとんどやむことのない音を立てている。それは数千もの多様さをもつ死の偉大な音楽である」［IV 225］。

地図を閉じるとき、右の頁と左の頁が重なり合う。もし地図の上のことが実際に起こるのなら、「揚子江はヒマラヤ山脈の上を流れ、東シナ海はインドやトルキスタンを水で浸す」［IV 225］ことになる。アイヒは「これらすべてのイメージは現実性［Wirklichkeit］とかかわりをもっている」［IV 225］という。「現実性」という概念は日常的な経験的「現実」［Realität］とは一線を画し、アイヒの用いる「現実性」は、詩の中に生み出されるものであり、経験的世界では起こらなかったことをも包含する概念である。地図の一葉を目の当たりにして、そこに血の通う手を重ねることにより、アイヒのイメージは「現実」を突き抜けて「もうひとつの世界」へと「越境」していく。「起こらなかったこと」を記述することによって詩が生まれ、そこには「現実性」が生じているのである。そしてこの「越境」によって「現実性」を我がものにし、彼岸にある「絶対」に少しずつ近づくのが詩人の目指すところである。[★24]

「越境」は別の形を取る場合もある。「外的知覚と内面性、生あるものと死したるもの、記憶と忘却、時間と永遠、夢と覚醒、近隣と彼方」[★25]といった両極性の解消としての「越境」である。このような「越境」を引き起こす原動力は、「現実」の中におかれた自我の不断の苦悩より得られる。ノイマンによると、アイヒの初期抒情詩には、多くの同時代のものと同様に、世界と自我とを体験することにおける深い苛立ちが表現されている。それゆえ彼の詩において、Transgression の一形態「越境」が現れてくるのであるとノイマンは指摘している。

それでは元来は截然とした境界を持つかに思われる両極性が、「越境」によって解消される例を初期の抒情詩から取り上げよう。

雲は動物たちのように天の山をよじ登る
夕べはあまりにも早く暮れてゆき
あらゆるランプから秋がしたたり落ちる。

これをお前は知っている、一一月のことだ、
牧草地は広く、森の香りが漂う。

お前がとっても小さかった頃、お前は蝶を捕まえた。
すべてのものは吐息のように風に満たされ消えていった。
日々のあわいに永遠が分け入ってくる。
お前には聞こえる、雨の中一人の子がハーモニカを吹くのが。
木々はさびるように色づき、
真鴨の飛んでいる群のように葦の中に星の戦隊が現れる。［I 10］

過ぎ去る時間を視覚化してくれるのが、秋である。日暮れの早さに、移りゆく時間が形象化されていることに誰もが気付かずにはおれない。自分にも憶えがあるような「一人の子が」吹く「ハーモニカ」、木々の色づき、鳥の渡り、星の輝きといった事象もまた時間のはかなさを体現している。それらは紛れもない現在の時間である。

そして日常的な自然を描いた風景の中で、「お前がとっても小さかった頃、お前は蝶を捕まえた」という過去の自然体験が、現在の時間に交錯する。確かに「すべてのものは」はかなく「消えていった」。これらの事象は、現れては消えてしまい、そして過去の時間の中に定着していった。ところがこの失われた時間が、突然我々の現在を襲うのである。日常の営み、我々の時間の中に、過去の記憶が訪れる。しかし過去の美しい体験もまた、我々に時間の中の営みのはかなさを教えてくれるにすぎない。

一方、第三連の二行目に「永遠」という言葉が現れている。「永遠」は「日々」の延長線上にある、単なる長大な時間を表すものではない。「日々」のあいだに「分け入ってくる」「永遠」は、どこか別の世界からやってくる。永遠は詩人が探す別の世界を支配している時間に関するものであり、「もうひとつの世界」を統べる時間にかかわるものである。この詩においては、過去と現在のはかない時間と「永遠」という二つの対立する時間領域が交差して「越境」する様が描かれているのである。

5――「越境」2（Transgression　その3）

ブランクフェルス〔五脚抑揚格の無韻詩〕で書かれたホフマンスタールの『体験』〔一八九二〕は、ここまで論じてきたTransgressionに示唆するところが多いので、以下の考察のよすがにするために、ここで論じておこう。

銀ネズミ色のもやに黄昏の
その谷は満たされていた、あたかも月が
雲間からもれ出るように。だが夜ではなかった。

暗い谷の銀ネズミ色のもやとともに
私のまどろむ思いは漂い流れ、
そして音もなく、私は波打つ透明な
海へと沈み、生をあとにした。
そこにはなんとすばらしい花が
うてなをあげて暗くほのめいていることか。
植物の茂みを、トパーズの発するようなオレンジの光が
暖かな流れとなって分け入って、かすかに光る。全体が
陰鬱な楽の音の深い充溢で満たされる。
これを私は知っていた。
それを私は理解していなかったけれども、やはり知っていた。
それは死だ。死は音楽となった、
激しく焦がれながら、甘美にそしてほのかに燃えて、
底知れぬ陰鬱に似て。
　　しかし奇妙だ。
名付けようもない郷愁が
私の魂の中で生を求めて忍び泣きする、

あるものが、夕べに青黒い水の上で
巨大な黄色い帆を張った大きな航海船に乗って
町を、故郷の町のほとりを
過ぎ去る時に泣くように。そのとき彼は
小路に目を向け、泉のざわめきに耳を傾け、
リラの茂みの香りをかぎ、自分自身の姿を見出す、
岸辺に立つ一人の子、その子供らしい眼差しは
不安で今にも泣き出しそうである。
そして開いた窓越しに部屋の明かりをみとめる――
しかし大きな航海船は青黒い水の上を
音もなく滑るように
見慣れぬ巨大な黄色い帆を揚げて彼を運び去る。★26

この詩に描かれている時は「夜ではない」、昼から夜へと移ろいゆく黄昏時である。この昼と夜のあいだにある時間は、自我が生をあとにして死へと移っていくための中間領域に留まっていることに対応している。つまり「波打つ透明な海へと」自我が沈んでいくことは、「生をあとに」することを意味しているのである。しかし中間領域に留まっていることは、すなわ

ち死を意味しているわけではない。「海はそのとき調和的な世界の象徴であり、［……］自我がその中へと沈んでいくこととなり、すなわちすべてに染み渡る調和に吸収される」★27ことでもある。したがってこの段階では、この海へと沈みいる体験は命が絶えるということを意味するよりも、むしろ別の生、調和的、美的生へと移行することを期待させる。

とはいえ繰り返しになるが、別の生を体験することは、それまでの自分の生を離れることでもある。そしてこの中間領域は死の予感に満ちている。「全体が／陰鬱な楽の音の深い充溢で満たされる」。自我もこの楽の音が死によって織りなされていることに気がつく。「それは死だ。死は音楽となった」。

そして生を離れて死の音色に取り囲まれている自我は、もはや自分をまったき生の中にいた自分と同一視することはできない。それゆえこの詩の後半においては、自我［Ich］は姿を消してしまう。「私の魂の中で」声をひそめて泣くのは「名付けようもない郷愁」であり、そしてこの詩に描かれる主体は「あるもの［einer］」あるいは「彼［er］」となる。新たな生の体験と錯覚させる調和的な体験は、実は死を予兆として体験することに他ならない。それゆえこの体験は必然的に死と繋がっている。生を去り、別の領域を体験したものは「大きな船によって運ばれていく」。そしてその目的地は今度は本当の死である。「子供」としての以前の自分の姿が「岸辺に」取り残されている。過ぎ去った生の思い出だけが彼には残っている。

この中間領域にある生のあり方を、「本歌取り」とも呼べるような形で取り入れているのが、アイヒの『自分自身の思い出』である。生を離れて生を振り返る自我の態度と、生の中にあったかつての自我をドッペルゲンガーとして捉えている視点とが、両作品に共通に見出される。

ああ一分ごとが現在にすぎないのなら！
今なお以前の時から吐息や思考が残っていた、
すでに意識はないが、見知らぬ痛みだ。
そして記憶は十分にはとどかない、
このよそよそしい生が何時のことであったのか知るには。
その生の身振りはまだ部屋の中程に、空気の動きのように立ちつくしている。

ああ私の別の肉体よ！　お前の死の瞬間に
あらゆる事物は石化した。どうやって私は
今やお前の街道と永遠に秋であるお前の風景に
出会うのか、そこからは
過ぎしものが茶色の葉や風のように落ちる。
ああ私はお前をすっかり忘れている。

お前の名前を森の動物は知っている
そしてお前の声は私の前から消え失せた。
時々私は聞く
夜が大粒で窓に吹き寄せるのを。
これが生であったのか？　[I 18]

一瞬一瞬は過ぎていきながらも、自我の願望とは裏腹に積み重なっていく。それら過去に付随する「吐息や思考」は生の名残として、おぼろげに看取することができる。しかしもはや自我の持つ記憶の力では、それらを呼び戻すことができない。生があったのが何時のことであったのかわからないほどに、すでに自我は忘却の淵に沈みつつある。

二連目の一行目「ああ私の別の肉体よ！」という表現は、すでに「私」が分裂してしまったことを表している。しかしここに現れているもうひとつの「私」は、同じような人格を持つドッペルゲンガーではなく、それは「肉体」にすぎず、すでに地上における意味での死の瞬間を経ているので、「肉体」に対して「精神」とも言うべき自我と分離しているのである。「私の別の肉体」とは、死によって失われたこの世における生において自我が持っていた肉体である。それならばこの詩における語り手である自我も、すでに死の世界を体験しているとも考えられよう。

「私」にとって生は、すでに「よそよそしい」ものであるほどに「私」の記憶が失われていることからも、この事実は確認できる。つまり生を代表する指標の一つが記憶であり、死のそれが忘却である。しかし「私」は忘却の淵に沈みつつあるのであって、完全に沈み込んでしまったわけではない。それゆえに生の朧気な記憶を持っており、また死をも認識している。つまり生と死との中間的な存在になって、中間領域にとどまっている。つまりここに描かれているのは、生と死のはざまにありながら、死に限りなく近い中間領域、「魔術的領域への移行」である。しかし自我は忘却から記憶への「越境」を試みているのである。別様の表現をすれば、死の世界から生を取り戻そうとしているのである。死は完全に成就していない。

6――「魔術的領域への移行」（Transgression　その4）

すでに前節で見たように、「越境」という形で現れたTransgressionは、死を予感させる「魔術的領域への移行」という形を取り、明白な価値観を得る。つまり単なる両極性の解消ではなく、現実世界から神秘的認識が成就されうる領域としての「魔術的領域への移行」である。次に『涼しい日々の始まり』を考察の対象としよう。

窓の中では私たちに向かって小さく秋が育っている、

川と星にのみこまれ、
まさに覆いであり光であったものが、雨となり
私たちの中へとうっとりと絶え間なく降り注ぐ。

月は空を流されてゆく。白い牡牛座の中に
魚座の中に月は現る。
私たちを森や草や動物たちが襲う、
忘れられた日々が私たちの中へと注ぎいる。

洪水が襲い、私たちは消え失せる、
そしてすべては疑わしく、危険に満ちている。
どこへ流れていくのだろうか。小舟が私たちを見つけてくれたなら、
それなら現実とは、風とは、髪とはなんだったのか。[I 12]

この詩の最後の一行に文字通り現れているように、『涼しい日々の始まり』のテーマは、「現実」の不確かさに対する不安の表明であり、そしてその不安を逃れて、安らぎを見出そうとする願望である。しかし安らぎを得られることはない。現実を揺るぎないものと認識するため

には、認識主体に確固たる安定感がなければならない。いわばしっかりと脚を大地に踏ん張っている感覚、それが不可欠なのである。しかしこの詩に詠われている自我の置かれている状況は、地面がないかのような感覚を伴っている。そしてこのイメージを喚起しているのが、一、二連にちりばめられている「のみこまれ」［überschwemmt］、「空を流されて」［hochgeschwemmt］、「注ぎいる」［einmünden］といった水の氾濫のイメージである。そして第三連における「洪水」［die Flut］が、これらのイメージを具体化し、「すべては疑わしく、危険に満ち」たものとなり、自我を流し去る。

自我を助けてくれるものは「小舟」［Boot］しかない。しかしこの「小舟」は、アイヒの作品の中に繰り返し現れてくるように、死と結びついている。例えばラジオドラマ『もうひとりのわたし』において、主人公カミーラを取り巻く二人の夫と二人の息子とは四人とも皆「小舟」へと向かい命を失う。★28 アイヒ作品において、隠喩としての「小舟」のもつ意味を明らかにしてくれるのは、詩集『雨の便り』の劈頭を飾る『夏の終わり』である。

木々の慰めなしに誰が生きることを望もうか。
木々が死に行くことにかかわっているのは、なんとよいことか。
桃は取り入れられ、スモモは色づいていく、一方、橋の下を時間が音を立てて流れ去る。

鳥の渡りに私は自らの絶望を託そう。
それは永遠の取り分を落ち着いて測る。
その距離は
暗い強制力として葉群の中で目に見える姿となる、
翼の動きが果実を色づかせる

忍耐が肝心だ。
まもなく鳥の文書の封印は解かれる、
舌の付け根では硬貨の味がする。［I 81］

この詩のテーマが生死にかかわっていることは、単独に連を成す一行目と二連目の一行目から明白であろう。木々の季節に伴う変化によって、人間は大いに慰められる。しかし植物が実を結び、色づいてゆく姿もまた、過ぎゆく時間の中の営みである。時間は川の流れとなって、その移ろいを目にみえる形に形象化する。時間の中に生きなければ、そしてその中で死なねばならないことに対する絶望を、この詩に現れる「私」は感じ取る。そしてそれを鳥の渡りに預けようとする。彼らの翼が羽ばたくたびに「果実を色づかせ」ていく。彼らの翼の動きも確かに時間の隠喩でしかない。しかし彼らはどこかで「もうひとつの世界」の時間に関するもの、「永遠」と繋がっているのだ、と思えるからこそ、語り手は絶望を鳥の渡りに託すのだ。

　しかし「永遠」を垣間見させるはずである鳥が、自然の中に描くヒエログリフを、生きて人間は解読することはできない。「忍耐が肝心」なのだ。ギリシャ神話では、この世と黄泉の国とが接する境界にはステュクス〔アケロン〕の川が流れている。そして死者はこの川を渡し守カロンによって渡して〔übersetzen〕もらわねばならない。そのときの対価となる硬貨を、人々は死者の舌の付け根に挟んで持たせてやるのである。「舌の付け根で硬貨の味がするとき」、すなわち死によって向こう岸に達するとき、「鳥の文書の封印」に代表される自然のヒエログリフの謎が解かれるのである。すなわちこの詩においても、死によって鳥の描く謎めいたメッセージが解読されることが示唆されている。

『夏の終わり』に照応すれば、『涼しい日々の始まり』に現れる小舟も、カロンの小舟のように生あるものを死の世界へと渡す〔übersetzen〕役割を担っていることが明らかになる。そして彼岸の「魔術的領域」において、自我にはようやく新たな認識の地平が開ける。そのとき初めて真なる「現実」が認識されるのである。

　さてそれではアイヒの初期抒情詩におけるTransgressionの締め括りとして、"Among my souvenirs"と題された詩を考察しよう。

月の白い貯水槽は
汲み尽くされて空であり
星もなく眠るのは
とてもつらい。

雲、額に上陸する
小舟の船団。夢と風が
死者を陸に打ち上げる
はっきりとしている日々が砂に埋もれる。

私の岸辺では
木材と象牙とが
船と帆柱とが
記憶が不可解に細々と絡まり合う
うす青い夜と風の引き潮
一本の木が秋を前に傾き、

葉群と樹皮の中に
吸い上げられていく血の中に私をのみこむ。

そして夏、山脈、植物の居場所
雪の光の反射、
それらは海藻の島全体とともに
無へと流れ込んだのではなかろうか?

私は目覚める。壁紙には
幻影が、数千の祈りからなる言葉が
織り込まれる
私たちの誰が生きているんだろうね

記憶が時々弱まると
私はこうに違いないと感じる、
お前の顔は、いつも影を帯び、
永遠であり、石からできていると。[I 17]

まどろみから始まったこの詩の自我は、眠りの中へと落ち込んでゆき、二、三、四、五連において夢の形象が描かれる。夢の中で自我の額は岸辺となり、その岸辺には死者が打ち上げられる。「はっきりとしている日々」は砂の中に沈んでしまい、茫漠とした意識の中で、「記憶」の中に「不可解」にも夢の中の事物が絡まってくる。そして第四連において「私」は夢の中の樹木の中にのみこまれ、人間から植物への移行を果たす。ノイマンによると「第五連はこの Transgressionen を要約している。確かにさらに別の自然現象が列挙されているが、だが自我がその中へと消失していった事物の総和は、結局のところ不定人称代名詞 es［それら］で示すことができるにすぎないのである★29」。

そして第六連において、自我は「目覚める」。しかしこの目覚めとても完全なる覚醒ではない。むしろそれはまどろみに近い。なぜならそこには幻影が「織り込まれており」、「誰が生きている」のかも定かではなく、生死の境界が曖昧であるからである。さらに「記憶が時々弱まる」なかで、この「私」が「私たちの誰が生きているんだろうね」と語りかけた「お前」が、死者であることが読み手に明らかになる。そして同時に自我の弱まる記憶とともに、「お前」から人間の相貌は失われていく。「私」は「お前」を生の美しい姿のままに記憶しておくことができない。死者の世界の時間の原理である「永遠」がその顔を統べ、その顔が生気のない「石」となっていることに気づくとき、「私」もまた死に近づいているのである。

真なる現実が存在するもうひとつの魔術的領域、そこへの移行という意味での Übersetzung

がこの詩においても問題となっている。「「私たちの誰が生きているんだろうね」や「それなら現実とは何だったのか」というような問いかけで、すでに初期の詩は空想と現実との、死と生との中間領域を占めようと試みている」[★30]。具体的に言えば、その中間領域が媒介するのは、覚醒から眠りへ、人間から自然〔植物〕へ、記憶から忘却へ、生から死への移行である。そしてこのような「越境」行為の途上で、いったん詩的自我は中間領域にとどまる。「すなわち生あるものが死したるものと親しくなる思考の領域である」[★31]。その中間領域において真なる世界への接近を試み、あたかも死を経たかのごとき神秘体験から、詩を生み出すのがアイヒの Transgression の詩学である。

7——書物としての自然

Transgression に基づくアイヒの詩においては、語り手は退行現象であるかのような「形態止揚」によって、自然の中に取り込まれていった。また多くの「越境」行為は自然の中の体験として語られ、「自然詩」におけるがごとき体験から「魔術的領域への移行」が行なわれたのであった。このように語り手は自然と敵対することなく調和の中で、自然への信頼あるいは崇敬の念を示している。晩年アイヒは、詩集『雨の便り』（一九五五）を上梓した頃には自分が「まだ自然詩人であり、造化〔「神の創造による事物」の意〕を受け入れていた」〔IV 534〕ことを告白している。この告白も彼の詩作の根底に、戦中戦後のあいだに断絶がなかったことの証の一つと考えられよう。

アイヒは講演『現実世界の前に立つ作家』（一九五六）において、作家であるということは「単なる職業ではなく、世界を言語であると見なす決意である」［IV 613］と述べている。つまり「世界を言語であると見なす」とは、自然から何かを読みとろうとすること、自然の中にメッセージを見出すことの謂である。アイヒは前述の講演でさらにこう述べている。「本来的な言語とは、その中で言葉と物が融合したものである」［IV 613］。この言語の本質をなすのは、「名称と事物との太古の神秘的合一」[★32]である。アイヒの発言が依拠していると思われる『ヨハネによる福音書』によれば、太古において事物はすべて、神のもとよりはき出された言葉から生じた。神の霊的な言葉が事物を生み出したのである。したがってこの創造の背後には神の力と意思とが働いている。自然の中にこの神の意思を読みとることが詩人の決意である。

アイヒへのネオプラトニズムの影響を論じる文脈で、シェーファーは以下のように述べている。「バイアーヴァルテスが特に強調しているように、人間も含めての世界が比喩あるいはメタファーとして理解されるなら、このことは以下のことを意味する。世界は特定の現象を手がかりに、その根底にある原像を認識させるか、あるいは世界は人間に対するある種の要求を、もしくは人間に課せられた課題を表現しているということである。すなわち、比喩の中に意図された似像となったものを見て理解するよう学ぶという課題である[★33]」。ここで言う神の創造による「世界」を「自然」と読み替えることには何ら問題がないであろう。『ヨハネによる福音書』における言葉と事物とが、ネオプラトニズム的解釈を経ると、言葉はすなわち原像となり、神の創造による事物からなる世界、つまり自然は似像となる。そして人間の課題は、似像からそこに託されている神（一なるもの）の言葉、すなわちメッセージを読みとることなのである。このような思想から「書物としての世界」という比喩的な観念への道のりは遠くない。なぜなら神から聖書という書物を人間は賜っていると考えれば、同じく神の造化である自然をもうひとつの書物と見なすことは容易に考えつくことである。

E・R・クルツィウスは、「書物としての世界」という観念について以下のように述べている。「書物としての世界もしくは自然という観念は説教壇の弁論に現れ、やがて中世の神秘主義的＝哲学的思弁に受けつがれ、最後に一般的な用語に移っていった。「世界という書物」はこの発展過程において世俗化されたこともあった。すなわちその神学的由来から遠ざけられるわけである」[★34]。クルツィウスのいう「書物としての世界」という観念の「神学的由来」とは、やはりこの「太古の神秘的合一」の基礎をなす「神の創造的ロゴス」[★35]である。

「書物としての世界」という観念が聖職者の掌中に独占されていた時代には、自然は『聖書』と並ぶもう一冊の書物であった。世界を書物に喩えるこの隠喩はルネサンス期にも受け継がれている。クルツィウスの記述にしたがえば、モンテーニュやデカルトにおいてはこの隠喩は世俗化されていくが、フランシス・ベーコンにおいては神学的表象、つまり『聖書』と相並ぶもう一冊の書物という表現が保持され続けている[★36]。

そしてロマン派においても、「神の創造的ロゴス」に基づく「世界という書物」は、神学的由来を感じさせる表現となって現れてくる。例えばアイヒェンドルフにおいてはこうである。「ほかの奴らには教科書の復習でもさせておけばいいさ。僕たちはそのあいだに、神様が僕たちのために戸外に広げてくだすった大きな画帳の勉強をするんだ」[★37]。そして「ロマン派の本来的な運動の世界像において、初めて象徴的な自然理解が、[……]具体化によって形而上学的基礎へと向かい、神と向き合うその観念論的傾向の中で、中心的重要性を持つようになる。例えばノヴァーリスは『ザイスの弟子たち』の冒頭の文章において、象徴的な自然理解に同じ重要性を与えている」[★38]。つまりノヴァーリスにおいては、「象徴的な自然理解」が作品の中心的なテーマとして呈示される。鳥の羽や卵の殻、雲や雪や結晶、山や草木や禽獣や人間の外面と内面、天空の諸光のなかに「かたち」[Figur]を見出し、そこに隠された意思を読みとることが問題となる。

一方、自然に神のメッセージを読みとるロマン派の思想の根底にある「神の創造的ロゴス」は、神秘主義的・哲学的思弁の中で培われた思想であり、ヘルダー、ハーマン、ベーメとその系譜を遡ることができる。それではベーメにおいて、神の手になる事物とその「かたち」あるいは「しるし」とがいかなるかかわりを持っているかを考察しよう。

「あらゆる本質を伴っている外的な可視の世界全体は、内的霊的世界のしるし[Bezeichnung]

であり、かたち〔Figur〕である」[★39]。まずはベーメは我々の目に映る世界全体が、神に基づく世界の「しるし」であり「かたち」であることを確認する。したがって人間の「内的形態はその人物を顔の形態の中に描き、同じことを動物も草木も行ない、あらゆる事物が内面にあるがままを描き出す。しかるに事物もまた外部に向かってしるしを示すのである」[★40]。「しるし」や「かたち」は、「内的形態」のアナロジーとして外部に現れ出たものである。

このような連関に基づいて、「内的形態」を外部に明らかにしているのは、何も人間、動物、植物に限られたことではない。「事物はその内的形態を外的にも明らかにしているのである。永遠の存在がある比喩の中に現れ出んとしたり、それが多くの外形や形態の中に現れ出たりすることを、私たちが世界の力と形態との中に認めるとき、私たちが星や四大に、生物や、草木に内的な物を見たり認めたりするとき、内的な物が不断に外部に現れ出ようとしているのである」[★41]。造化つまり神の創造による全世界は、存在の本質〔Sein〕が外化されたものである。

しかし我々の知覚できる形態は、ベーメによると二つの異なる可能性を持っている。すなわち存在の本質は、聴覚と視覚を介して、それぞれ音声と形態の中に明らかにされるのである。「あらゆる生物の外的な形態に、その本能や欲望に、同じくその発せられる響き、声、言語に隠れた精神が認められる。なぜなら自然はあらゆる事物に、その本質と形態に基づいてその言語を与えたのである」[★42]。この「響き、声、言語」に着目した点においてベーメの思想はそれ以前のパラケルズスらの思想を越えている。パラケルズスらにとっては「表徴は形態や外形また色彩の中で目に見える形を取る。しかしベーメにとっては音声的表現においても事物の本質は明らかになる」[★43]。「かたち」や「しるし」といった表徴が、視覚的なもののみならず、耳を通じて人間に届けられる可能性を指摘した点が、ベーメにおいては画期的であった。「それは自然言語であり、そこではあらゆる事物はその特徴から語りかけ、いつもそれ自体を明らかにし、それが何にとって善であり役に立つかを表現する」[★44]。このように自然言語の存在を認めるなら、自然の中に鳴り響く音色は、自然を書物に喩えたように、神の音楽であり、賛美歌である。

　冒頭にあげた『アルニムの墓』へ立ち返ろう。ロマン派の系譜にあると考えられる『アルニムの墓』に見られるメッセージを読みとる姿勢には、「書物としての自然」とは少し異なるものが読みとれる。この詩においては、語り手の自然に向けた知覚の多くは「聴覚」であり、「耳」を介して多くのことが感取される。トンボの羽音の中にもアルニムの『少年の魔法の角笛』を聞きとろうとする語り手の耳には、「鈴蛙の音」や「カラスの叫び」にも特別なものが聞きとれる。それは「魔術の息吹」である。この魔術は大地の中に眠る世界を呼び覚まし、共鳴する。そして「鳥の叫び」や「松籟」の中に、ベッティーナの死より九〇余年の時を隔てて、今や安らかに眠るはずのアルニム夫妻の「足音」や彼らが耳をそばだてた「言葉」を聞き分ける。つまりアルニムの墓を包む自然の中に鳴り響く様々な音色は、「もうひとつの世界」から来た「あらわれ」[Zeichen]であると語り手は感じる。自然は、我々の現実世界にありながら、死者アルニム夫妻も安らっている「もうひとつの世界」とこの世界とを結ぶメッセージの媒介者なのである。

小動物たちが鳴りを静め、目に見えていた神秘のメッセージが「沈黙」するとき、星の世界が頭上に広がる。この星空を目の当たりにしても、ここでもまた語り手が刺激されるのは聴覚である。煌めく星空から告げられるのは、昼間のそれとは異なるもうひとつの「音楽」である。そしてこれもまた「もうひとつの世界」の神秘を告げるメッセージなのである。

『アルニムの墓』は七〇年前後の政治的転換の中で再評価を得た。しかしこのロマン派の系譜にある詩が、不当に黙殺されてきたことも、捕虜体験詩が称揚されたことも、それは政治的・イデオロギー的な潮流の変遷に左右されたものでしかなかったのである。アイヒ自身は戦前の『詩集』から『雨の便り』に至るまで一貫して神秘主義の衣鉢を受け継ぎ、ロマン派の系譜にある自然詩人であったと位置づけることができる。彼には終戦が零時を意味することもなく、自然との合意の中で、抒情詩やラジオドラマを発表し続けたのであった。

4　神秘の言葉を求めて（一九五〇〜一九五八）

1――エピファニー

二〇世紀前半の文芸は、「認識を伝える言葉の能力をもはや信じることができなくなった詩人の目に、言葉が完全に無価値に映る」[★1]という奇妙な背理現象によって際だっていることを、ツィオルコフスキーは指摘している。この言語問題は、すでにドイツロマン派において認められ、一九世紀末には周りを蝕んでいく時代の病となり、その後、表現主義においても言語の不十分さに対する嘆きは鳴りやむことはなく、サルトル、ベル、T・S・エリオットに引き継がれているとのことである。しかし何よりこの問題が差し迫って現れたのは、世紀転換期においてであった。ツィオルコフスキーはリルケ、メーテルランク、ムージル、カフカ、ホフマンスタールにおいて、彼らの言語不信を例証し、ホフマンスタールとジョイスとの類似を指摘している。両者においては人間と事物との接触が解消されてしまうゆえに、言葉が無価値となる。そしてその根本的な原因は、「詩人と真なる世界とのあいだに死せる概念で作られた冷たい壁が入り込み、詩人が本来あるがままの事物を口にすることを妨げている」[★2]からだというのである。

当時の文学界の閉塞的状況によって、このような事態が独自に出来したわけではない。その背後に一九世紀の物理学、社会学、心理学といった学問領域における新たな進展があったのである。これにより伝統的な総合的真理の崩壊がもたらされたことが、この事態の原因として指摘されている。経験的に確固たるものと考えられていた世界が揺るぎないものではないと明らかにされ、学問的な認識世界は混沌に陥った。その結果、「万華鏡のように姿を変える偽りの経験世界と、普遍的ないしは形而上学的に真なる世界とのあいだの空隙に架橋することができるのは、学問的認識ではなく、体験のみである[★3]」と近代の詩人は認識するに至るというのである。このような体験を、ホフマンスタール、ムージル、リルケが散文作品のなかで語っているというツィオルコフスキーの主張は、多くの人の認めるところであろう。そこに語られている体験をツィオルコフスキーは、ジョイスに倣ってエピファニーと命名する。

ジェームズ・ジョイスはエピファニーという語を、『スティーヴン・ヒアロー』の主人公の姿を借りて定義している。「彼［スティーヴン］のいうエピファニーとは、通常の会話や身ぶり、また精神自体にかかわる忘れがたい一局面において、突然ある霊的な顕現が起こることであった。このようなエピファニーは、きわめて微妙ではかない瞬間なのだから、細心の注意を払ってそれらを記録することが文学者の役目だと、彼は信じた[★4]」。つまりエピファニーとは、我々の平凡な日常生活の中に、晴天の霹靂のように現れる霊的な現象であり、それは精神のみに影響を及ぼして、やはり稲妻のようにその同じ瞬間に解消されて、捉えておくことの困難なものであると考えられている。

さて一方、戦後ドイツ文学においても、ギュンター・アイヒのラジオドラマ『ザベト』、『もうひとりのわたし』、『ラツェルティスの年』に見られる神秘的瞬間〔mystische Augenblicke〕をエピファニーと解釈する論者がいることを、バーバラ・ヴィーデマン・ヴォルフは指摘している。[★5]特異な現象をあつかった作品と見なすのではなく、エピファニーという語を介して、文学史の伝統の中に彼のラジオドラマを据えることに成功したという点で、このようにアイヒ作品を位置づけることは意義があると彼女は考えている。

しかしジョイスの定義が、アイヒの作品にそのまま当て嵌るものでないことは言うまでもない。ちなみにヴォルフの当面のエピファニー解釈を見ておこう。「「エピファニー」という語を、私はさしあたって、瞬間的性質を帯びた精神的体験の文学的顕現と理解している。この体験は、月並みな日常の現実の要素にかかわって、感覚的知覚の概ね思慮深い働きを通じて引き起こされるが、体験する自我自身によって意識的に呼び起こされはしないものである。この体験はある認識を媒介するが、その認識は感覚的に知覚されたものを越えて、事物の本質にかかわっている、にもかかわらず感覚的経験からは切り離しえないものであり、すなわち抽象的に言語化〔formulieren〕されえない」[★6]。この彼女のエピファニー解釈は、先に引用したジョイスの定義に、さらに引用文中の後半部分に現れている二点を付け加えている。つまり一点目は、エピファニー体験は「認識を媒介する」ものであり、その認識が「事物の本質」にかかわっているという点である。そして二点目は、この認識が「抽象的には言語化されえない」という点である。エピファニー体験においては、我々の日常世界の表層を覆っている言語を突き抜けて、「事物の本質」にかかわる認識に至ることができる。しかしその認識自体は、日常言語ではもちろん、いかなる形でも言語化されえない、ということである。

このように、彼女がエピファニー定義に言語の問題を持ち込んでいるのは、あらかじめアイヒの作品を念頭に置いているからである。★7 確かに五〇年代前半の作品を核とするアイヒのラジオドラマ古典時代においては、エピファニーの瞬間は言語の問題と結びついていると言える。例えば『ザベト』★8 においては「大鴉」ザベトは「ときには一瞬間、暗闇が晴れるという気持ちになります」[460]。その瞬間には、一本のプラタナスの木が啓示の器となり、彼の体を「光のような」[461] ものが駆け抜けていく。この瞬間にザベトは「何も起こっていないのであり、また同時に多くのことが起こっている」[461] という論理的には矛盾する感覚のもとに、「すべてを知った」[461] と実感する。全一である「永遠世界」から飛来したザベトは、人間世界の言語を習得するにつれて、全一世界の「知」を喪失する。そしてこのエピファニーの瞬間に、「知」を、言い換えるなら全一世界の「言語」を回復することができる。この束の間の回復が「すべてを知った」という感覚を生み出す。しかしこの「知」を彼は「一瞬のうちに忘れてしまう」[461]。彼の認識したすべては、人間言語には翻訳不能であり、「永遠世界」の落胤でしかない現実世界の時間の中に保存されることはない。

同様に言語に結びついたエピファニーの瞬間が描かれているのが、『ラッェルティスの年』である。ここでは『ザベト』における以上に、言語とのつながりは明白である。主人公パウルは新年の明け方、酔漢の話し声の中に神秘の言葉「ラッェルティス」を耳にする。そして「この語が正しい語でなかったことはわかっていた」[15]が、そのように聞こえた語がすべての神秘を解く語であることを彼は直感し、残りの人生を「正しい語」を捜す旅に費やすことになる。「私はその言葉を聞いた瞬間に飛び起きた。私の窓辺を通り過ぎた誰かが、その言葉を発したに違いなかった。それはすべての神秘を解く言葉であったにもかかわらず、会話の中でついでに口にされたのであった」[15]。そしてここでもその語は、全一的な「知」の役割を担っている。パウルは「この語が響いているあいだだけ、世界は変容し理解された」[15]と感じる。ここでも、神秘の体験は持続性を持たないし、我々の言語世界に定着させられることもない。変容した世界を理解したという感覚は「その息吹のうちにまた忘れ去られ」[15]てしまうのである。瞬間の後にはすべてが常態に復すが、神秘の言葉を求め続けることになる彼の人生だけが変化をこうむることになる。このようにアイヒのラジオドラマ古典時代においては、瞬間性に特徴づけられたエピファニーに、言語が深くかかわっている。

さて、ヴィーデマン・ヴォルフの指摘[★9]を待つまでもなく、アイヒ以前にドイツ文学史上にエピファニー体験を描いた先達がいたことに目を向けておかねばならない。ホフマンスタールである。彼はすでに『チャンドス卿の手紙』★10のなかでエピファニーの瞬間について語っている。抽象的なものから日常的なものまで、言葉で語ることが出来なくなったチャンドスは、いわゆる言語危機に陥る。その果てに断筆に至った彼にも「歓喜の瞬間や高揚の瞬間」[50]がない訳ではない。そのような瞬間には「如雨露」、「畑に置き去りにされた馬鍬」、「日だまりに寝そべる犬」、「うらぶれた墓地」、「不具者」、「小さな農家」[50]のような取るに足らないものが啓示の器となり、「滔々とみなぎり溢れる高次の生の潮にみたされる」[50]のである。つまりこれがエピファニーの瞬間である。

言語危機の果てのチャンドスも、このようにエピファニーの瞬間には高揚感に満たされるのだが、ここで言語が再び問題にされる。高揚感に満たされても、やはりエピファニーを表現する言葉は彼には見出せない。そして最終的にチャンドスに「考える手だてとして与えられているらしい言語は」[54]、「単語の一つすら未知の言語」[54]となる。つまりここには通常の意味における「言葉」は存在しない。それを事物との直接の意思疎通と呼ぶことができるかも知れないが、霊的な交信にも似て「その言語を用いて物言わぬ事物が」[54]彼に語りかけてくるのは、反理性的・反論理的な「言語」によってである。それは彼にとってあくまで「いつの日か墓に横たわるとき、未知の裁き手の前で申し開きをする」[54]のに用いる言語なのであって、現時点においては、このエピファニーの瞬間は「抽象的な言語化」の手を逃れている。したがってホフマンスタールの描いたチャンドスは、「言葉」探しにおけるある種の諦念に至っていると結論づけることができるのである。

2――ホフマンスタールの『世界の秘密』

言葉を探す詩人の言葉探しの衝動は、喪失感によって初めて惹起されるものであるから、詩人の探しているのは失われた言葉である。詩人の詩的自我は、自らが確立される以前に経験した世界との、自然との、あの幸福な一体感をもう一度呼び戻したいがために、言葉を探すのである。ノヴァーリスは『ハインリヒ・フォン・オフターディンゲン』の詩人である主人公に、こう語らせている。「以前に太古の話を聞いたことがあるが、何でも動物も樹木も岩石も、人間と話せたという。ところがまさに今にも、その物言わぬものたちが、ぼくに語りかけようとしているし、ぼくのほうでも以心伝心でそれが読みとれるような気がする。思うに、ぼくが知らないさまざまの言葉がまだ存在するのだ。もしそれを習い覚えたら、いろんなことがはるかに深く理解できることだろうに[★11]」。

ハインリヒが想起しているのは、人間が動物や自然と意思の疎通が可能であった時代である。そこには彼の知らない「さまざまの言葉」が存在するのであった。しかしこの「言葉」は、人が日常口にする言語の範疇に含まれるものではない。自我はかつては世界のすべてを理解するために、まだ言語を必要としておらず、すべてが一つであるような全一の中に、人類と自然、自我と世界、主体と客体は、溶解して融合していたのである。自我が世界と一つであったからこそ、考えたり話したりする言語を介することなく、すべてと理解し合っていた。詩人ハインリヒは、自分自身の中にある、まだ言語を必要としなかった頃の「知」の記憶をよりどころに、「知」の中にあるすべての謎を解く「言葉」を探そうとするのである。

ホフマンスタールの「言葉」探しは、何も『チャンドス卿の手紙』で始まった訳ではない。彼は手記『アド・メ・イプスム』において、以下のような記述で、神秘の力と言語とのかかわりを詠った自身の抒情詩『世界の秘密』★12（一八九四）に言及している。「前存在と生のあいだのアンビヴァレントな状態。直接的な道で自分自身になること（より高次の存在に戻ること）［改行］この中心的モティーフは『偉大な魔術の夢』にはっきりと現れている。［改行］同様に「深い泉はそれをよく知っている」――この場合、自身の自我としての深い泉★13」。

わずか数行のこの記述が、良くも悪くも図式化されたホフマンスタール解釈の定式を支える一助となっている。つまり人間存在はおしなべて、失った「前存在［Prae-existenz］」と達成されざる「生［Leben］」を両極とした中間領域に立たされており、「生」を成就するためには、本来的な自分自身に戻らなければならない、つまりより高次の存在として自身を実現しなければならないという定式である。そしてホフマンスタールが自ら、「深い泉」は「自身の自我」であると注釈まで加えているのであるから、『世界の秘密』もこの定式に当て嵌めて解釈することは可能であり、またある点に至るまでは妥当でもある。

「深い泉はそれをよく知っている／かつては誰もが深く押し黙っていた／そして誰もがそれに通じていたのだった」。つまり自我は、本来的には「世界の秘密」と呼ばれる「知」に通じている。「前存在」においては、「誰もが深く押し黙った」ままで、言語を介することなく、「それに通じていたのだった」。「魔法の言葉のように、口真似されるが／奥底まで理解されることはなく／そして今では口から口へと伝わっていく」。しかしこの「知」は言葉にされると、本質から乖離し、「奥底まで理解されることはなく」ただただ口伝えされるばかりとなる。[★14]

「泉へとかがみ込み、一人の男がその意味を捉えた／それを捉えて、そしてそれから失った／／あらぬ事を口走り、うたを歌った」。そして言語に支配された世界の住人である男が、その秘密の意味を捉えても、それは須臾にして失われてしまう。神秘の「知」は、男の用いる言語では、保持しておくことができない。そればかりか一瞬神秘を垣間見た人間は、その果てに狂気に陥らざるを得ないのである。

　ところがこの「知」に近づくことのできる二つの存在がある。[★15]「その暗い水鏡にあるとき一人の子供が／かがみ込んでは魅了される／／そして長じては、自身について知るところもなく／女となり、一人の男に愛される／そのとき、驚くほどに愛は与えてくれるものだから／／愛はなんと深い知識を与えてくれることか」。子供のありかたは本来「前存在」とかかわりが深い。子供は「より高次の存在に戻る」までもなく、世界の秘密からそれほどまだ遠ざかっていないのである。そして世界の秘密に近づくもう一つの存在が、恋の陶酔に生きる者たちである。「驚くほどに愛は与えてくれるものであるから」、彼らは接吻の恍惚の中で愛の力によって、「より高次の存在」としての自己を実現し、「生」を達成するのである。「前存在」と「生」の二極対立を基礎とする定式による解釈は、ここまでは有効性と妥当性を有する。

しかしこの抒情詩はこの分析によって汲み尽くされることはない。ここで確かに恋人たちの「生」はある種の達成を見る。しかし最後の二連は、そのような「生」に対する賛歌ではない。言語を超越して達成された「生」を前にして、ここで「言葉」の問題が呈示される。「言葉」の問題が解決されずに残されていることによって、この詩に描かれている「過去」と「現在」は、一個人の「前存在」とその「アンビヴァレントな状態」とを描写したにすぎないと片づける訳にはいかなくなる。つまりこの詩に描かれている二つの時代は、一個人のものではなく、人類史における「過去」と「現在」と解釈した方がよさそうである。そしてこの両時代に截然と一線を画する事象は、人間が理性的な言語で世界を把握し始めたということである。主体と客体は対立し始める。人間と世界と自然とを分かちがたい相の中に捉えて、直感的に理解するような「知」を、これにより人類は失ってしまう。

そして「知」を失って以降の時代において、この「知」は実のところ少しも回復されていないことを、ホフマンスタールは示唆している。泉の中にある「知」を捉えたと思った男は、それを表現する「言葉」が見出せないままに、狂気に陥る。そして論理的な言語とは異なる音楽に身をゆだねる。泉に魅了される子供はそれを捉えたのではなく、まだその「知」から離れていない。子供と「知」とのあいだには、主体と客体の関係が成立していないからである。したがって「魅了された」体験を、その子は言語化することはできない。言語形成をなしえた子供なら、この「知」に近づくすべを知らないか、あるいは大人の「男」と同じように理性を失うことになる。一方、愛による生の達成は、愛の神秘であり、やはり恋人たちは神秘の「知」へと通じたわけではない。「朧気に予感されていたものが／接吻の中で深く想起される」のであって、官能的陶酔のなかでの体験は、白日の下で「言葉」によって語ることはできない。「私たちの言葉の中にそれは潜んでいる／そこで乞食の足はその砂利を踏む／それは宝石の牢獄」。神秘の「知」は「私たちの言葉」の中に、石の中に囚われた「宝石」として閉じこめられている。探し求めている神秘の「知」は、我々の言語の中にいわば名残として潜んでいるのである。したがって詩人の目指すところは、牢獄である言葉から、言葉の力によって「知」を解き放つこととなろう。

ところが「現在」の人類は、この「知」から遠く離れている。「深い泉はそれをよく知っている／かつてはしかし誰もがそれに通じていたのであった／今やその周りを一つの夢が円を描いてふるえている」。ふるえる夢は、その周りに終わりのない円軌道を描き続ける。この円軌道は決してその中心にある世界の秘密と交わることはない。つまりここでは神秘の「知」へと到達する方法は、何ら示されていない。まして言葉の牢獄から、言葉自体によって「知」を解き放つ試みなどなされようはずもない。「知」を解き放つ言葉についての具体的なイメージもない。人類にとっての太古の夢である、世界と自我の合一をもたらしてくれる「知」は、失われたものとして描かれているに過ぎない。その「知」によって全体性を回復する願望は、諦念のもとに退けられているのである。[★16] ホフマンスタールが「言葉」探しの方途を一切呈示することなく、この詩は閉じられている。

3――『騎兵物語』におけるドッペルゲンガー

さてそれでは一旦ここで、エピファニー体験の「抽象的には言語化されえない」という言語の側面を離れて、その認識が「事物の本質」とかかわっているという面に視点を移すことにする。ヴィーデマン＝ヴォルフは彼女のアイヒ論の中で、アイヒがエピファニーをめぐる作品を次々に発表した五〇年代前半と世紀転換期との文筆状況が比較可能であることを指摘し、さらに「私の見解では、アイヒのエピファニー描写の特別な形態を決定づけたのは、H・v・ホフマンスタールの受容である。ホフマンスタールはジョイスとは無関係ではあるがおよそ同時代に、エピファニーと定義されうる認識の瞬間を描写したのである」[★17]と述べている。その上でアイヒの「『もうひとりのわたし』におけるような、自我分裂の引き起こす決定的な邂逅による自分自身への道は、ホフマンスタールにおけるドッペルゲンガー・モティーフを想起させる」[★18]ことを彼女は指摘する。つまりアイヒのホフマンスタール受容が推論しうる作品として『もうひとりのわたし』を挙げ、「ホフマンスタールの『騎兵物語』の軍曹とは異なり、主人公エレン・ハーランドは、彼女のもう一つの自我を避けようとせず、したがって認識を拒絶しない」[★19]と論じる。

そこでヴィーデマン＝ヴォルフの見解を敷延して、『騎兵物語』と『もうひとりのわたし』との比較作品論を試みようと思う。両作品において、エピファニーとしてのドッペルゲンガーにつながる前段階として強迫的自己認識過程が見出されるが、この強迫的自己認識過程によって、アイヒのホフマンスタール受容をいっそう明確に跡づけられるであろう。

ホフマンスタールの『騎兵物語』（一八九八）は、B・v・ヴィーゼの言の如く、この作品で「語られたすべては、終局で一つの驚愕すべき結末にまとめ上げられる一つの事件に求心する」[★20]のである。多彩な出来事の描写は、主人公のショッキングな処刑へと収斂していくための準備作業である。それゆえR・アレヴィンの「軍曹アントン・レルヒはなぜ死ななければならなかったのか。なぜそんな形で死ななければならなかったのか」[★21]という問いかけが、これまでの『騎兵物語』の研究者を呪縛してきた。そしてこの問いに一様ならざる答えが得られたのは、それがまた作者が「習作」[★22]と呼んだ所以でもあろうけれど、この作品に多様なモティーフが盛り込まれていたからである。裏を返せば、『騎兵物語』には複数の問題が併存しているがために、軍曹の死の謎に一義的に明瞭な答えを与えることが不可能であった。そこで先行研究を手がかりにこの作品の外枠を把握した後に、この作品の内奥に分け入り、そこに現れた強迫的自己認識過程とエピファニーとしてのドッペルゲンガーとの意義を解明するのが最善の方法であろう。

『騎兵物語』のこの処刑事件は、近年この時代状況に精通した人によって、繰り返し社会批評的・政治史的に分析されてきたが、作者のそれに対応した意図がテクストに内在するかどうかというM・シュテルンの疑義は正鵠を射ている。[★23] 確かに歴史的時代的背景から、軍曹の死の謎を解明しようとする試みは、その原因を階級対立に帰すにせよ、[★24] 階級間の美意識の差異から生じる軋轢に求めるにせよ、[★25] それなりの成果を上げているが、作品全体の解釈としては不十分であると言わざるを得ない。

騎兵隊長と軍曹との対立が顕在化するのは、短編小説《ノヴェレ》の終局においてである。「一日に四度の戦勝」[★26] によって引き起こされた「全く通常どおりであるとは言い難い雰囲気」[47] が隊全体を支配していることを看取した騎兵隊長は、戦利品の馬を手放させることによって、さらなる獲得物への欲望を鎮めさせ、軍規の平静を取り戻そうとする。騎兵隊長が「引き馬を放せ」[47] という命令を下した後の軍曹レルヒと騎兵隊長との「心理描写」は注目に値する。軍曹レルヒ自身も「全然知らない内奥から、自分から馬を奪おうとする目の前の人間に対する野獣のような怒りが、この男の顔、声、態度、全存在に対する恐ろしい怒りがこみ上げてきたのであった。それは長年の密着した共同生活によってのみ不思議に生じることがありえるような怒りであった。しかし騎兵隊長の心に同じようなことが去来したかどうか、無言の不服従の瞬間に音もなく広がってゆく重大な状況の危険性が、彼に迫っているように思えたかどうかは疑わしい」[48]。語り手はここでレルヒの心理を詳細に描写している。彼の不服従の動機となった怒りは分析されて、この場限りの衝動的なものではなく、長年の軍隊生活からのみ生じうる遺恨めいたものであることが明らかにされる。ところが一方、騎兵隊長の心に去来したものが、軍務の中から生まれる積年の不快に基づくものであるのか、軍隊規律を危険にさらす物的欲望が軍全体に蔓延しかねないという危機感であったのか、語り手は「疑わしい」というのみで、判断を停止している。

シュテルンは「野蛮な処刑の詳しい動機のような決定的なものが、疑わしいままであり続ける」[★27]原因を以下のように見出している。「語り手は明らかに出来事全体の少なくとも二つの重大な視座のうちの一つしか表現していないからである。それは物語の犠牲者である主人公の視座であり、敵対者や集団の視座を同時に描いておらず、上位に位置する語り手の中立的ないしは全知の視座を描いていない」[★28]。つまりこの短編小説全体を貫いて、意図的に語り手は軍曹レルヒの視座に立って語っているると言うのである。処刑事件のもう一人の当事者騎兵隊長の視座はなおざりにされている。人物の内面描写に関しては、ただ一人レルヒの内面性しか描かれていない。『騎兵物語』には他者の視座が欠けており、語り手の記述はごく一部を除いてレルヒの視座に立っている。

それればかりか作品の構成を考慮しても、処刑の原因を階級対立に帰そうとする試みにおいて、分析に値する箇所が特定の場面に限定されている点が問題である。この作品は全体を三つに分けることができる。前段が明るい自然の中での軍隊の行進と小さな戦闘、それに続くミラノ入城である。中段はレルヒの軍務からの逸脱を描いており、昔なじみの女ヴィッチとの遭遇、鉛のような重さがのしかかる村とレルヒのドッペルゲンガーとの邂逅からなる。そして最後の戦闘とレルヒの処刑が後段を形作る。

歴史的時代的背景に基づく階級対立をめぐる視点で考察が可能なのは、前段と後段とであり、長さにおいては全体のおよそ半分であり、この方法では作品の中核をなす残りの半分は省みられることがない。またこの短編小説がレルヒの視座で描かれているにもかかわらず、前段と後段とにおいては、軍隊全体の行動の報告にかなりの記述が割かれているゆえ、あたかもこの両段は枠物語の「枠」でしかないかのようである。したがって処刑の原因としては、階級対立はあくまでも「枠」の外で語られる副次的なものであって、主たる原因はレルヒの内面性に求めるべきなのである。そこでこの作品の中核を成す中段部分を、レルヒが自己認識を迫られる強迫的自己認識過程と仮定しよう。これにより、初めて主人公の死と深くかかわっていると考えられるレルヒの内面の発露であるドッペルゲンガーの存在が、理解可能となる。

4──『もうひとりのわたし』における自我分裂

一方、アイヒにおけるホフマンスタールの受容を論じるために『騎兵物語』と比較するべきラジオドラマ『もうひとりのわたし』（一九五二）は、アメリカ人女性エレン・ハーランドの奇妙な体験の報告である。一九五一年八月五日、四一歳の誕生日をむかえたエレンは、夫と二人の子供との休暇旅行の途上フェラーラ近郊で、暑さのあまり海水浴に向かう。途上、漁村コマッキオを通り抜ける際に、彼女は車の中から一人の老婆と視線を交わす。水浴中に彼女は突然その老婆のことを思い出す。彼女は一人海水浴場をあとにして、コマッキオに引き返す。そしてこれと見定めた家へと歩を進めるが、そこで出会った女性は先ほどの老婆よりも遙かに若い別人であり、彼女はエレンのことをカミーラと呼び、自分の娘であると見なす。なるほどエレンが鏡の中に見出した姿は、黒髪の日に焼けた若い娘であった。

エレンはカミーラとしての人生を送り、豊かとはいえない生活の中で二度の結婚をし、四人の子供を育て、孫にも恵まれる。ある日カミーラの傍らを、一台の車が通りすぎてゆく。そこにはエレン・ハーランドが乗っていた。カミーラは車を追いかけるが、海に倒れ溺死する。エレンは家族に取り巻かれて目が覚める。彼女は海で溺れかかったところを救われたのであった。翌日彼女がカミーラの家を訪れてみると、カミーラの遺体が安置されている。

『もうひとりのわたし』に一年先だって一九五一年に放送されたアイヒの放送劇『夢』は、五つのドラマから構成されているが、それぞれのドラマの前と最後のドラマのあとに、合計六編の詩が添えられている。そのうちの一編には以下のような記述がある。「現にあるものを見よ。牢獄と拷問、／盲目と麻痺、様々な形をした死、／形なき苦痛と生を思う不安。／幾多の口から漏れる吐息を大地は集め、／お前が愛する人たちの目の中には驚愕が住まう。／すべてのこの世の出来事はお前にかかわっている」[351]。戦後六年の時を経ても、ドイツの起こした戦争の負の遺産が、ここには生々しく読みとれる。それは社会に残した制度であり、人々の肉体に残した爪痕であり、心を割く傷である。そしてそれらの現実から立ち直るためにドイツ人の多くが取った態度、すべての犯罪をナチスに帰して、心を硬直化させることによって否定的な現実を乗り切ろうとした態度がこの詩では批判されている。この世界全体を強制収容所にしないためにも、目を閉じて、耳に栓をし、口に緘をしておくことは許されない。アイヒは朝鮮やビキニで行なわれていることであっても、無関係ではないと呼びかける。「心せよ、恐るべきことのすべてに対してお前には責任があることを、それがどんなに遠く離れたところで起こるとしても——」[359]。

人間はこの世で行なわれているすべてのことにかかわりを持っているばかりか、責任もあるのだという社会への強い関心が、この当時のアイヒ作品の一側面として現れている。『もうひとりのわたし』においては、それは富裕と貧困の問題として提示されている。エレンはアメリカ合衆国の連邦判事の娘であり、二〇歳で政府官僚ジョン・ハーランドと結婚している。そして四一歳の今、家族四人自家用車に同乗して、ヨーロッパを休暇旅行しているのである。

五〇年後の現代ならともかく、戦場となり混乱したヨーロッパにおいて、彼らの裕福さは際だっている。そしてその裕福さが貧困に対して目を開かせることは、むしろまれである。夫ジョンは現在のイタリア人の日常生活に関心を示すことはない。彼は建築遺産の様式について語り、フィレンツェのウフィツィ美術館へ行くことを最大の目的としている。「フェラーラ、州都、人口一四万人。城と聖堂は一つ星だ」[597]、と述べるように、ジョンは無趣味で、ガイドブックの星の数で観光ルートを決定するような人間である。一八歳の娘リシーもジョンと同じように「ママ、ここのカモメもよそと同じように白いわよ」[600]と魚の腐敗臭が漂うイタリアの漁村の貧しさなど意に介そうとしない。

ところが漁村コマッキオにおいて、エレンだけが「胸騒ぎ」[600]を感じる。この貧しい漁村の生活と、自らの生活とのあいだにあるギャップにいたたまれなさを感じているのである。「エレン「ジョン、人々は何で暮らしを立ててるの」。ジョン「どこにでもあるものだ」。エレン「彼らには他に何があるの」。ジョン「たぶん漁業だよ」。エレン「どこにでもあるものって」。ジョン「酒と恋だよ」」[600]。ジョンの思考の中では、人間社会の最大公約数は「酒と恋」であり、彼にはこの地の人々の生活を具体的にイメージする能力が欠落している。一方エレンは「彼らがこの悪臭の中で生活しており、私たちは彼らを見つめ」[600]ているにすぎないことに後ろめたさを感じる。彼女の中に、同情にすぎないにしても、彼らの生活とかかわりを持ちたい願望が兆している。そのような心理状態で、車の中から視線を交わした老婆のことを思い出す。「なぜ彼女は私のほうを見ていたのでしょうか。ただぼんやりと、いいえ違うわ。驚いてかしら。ええ驚いてはいたわ。でも同時に私を待っていたかのようでもあったわ。彼女は私にうなずかなかったかしら。私は彼女と話をしなければならなかったのだわ……」［601］という思いに駆られる。

アメリカの富とイタリアの貧困に矛盾を見出したエレンだけが、この二つの世界を直に体験することになる。彼女がコマッキオに向かう途上、「道が飛ぶように過ぎ去った」［602］ことは、エレンがすでに経験的現実をあとにしてしまったことを表現している。そして彼女が漁村コマッキオに足を踏み入れる際に、「橋を渡って」［602］いることにも着目すべきである。アイヒも後述のホフマンスタールと同様に、異界への入口に橋を用意して、彼女が日常世界を離れて、別の世界に紛れ込んでいくことを示唆している。

カミーラの家でエレンは、父親と同年輩で、彼の債権者であり、後にカミーラの夫になるジョヴァンニ・フォスコーロに出会う。エレンの意識は、この時点ではまだ第二次世界大戦後のアメリカに暮らす女性であるがゆえに、第一次大戦以前のイタリアの寒村でジョヴァンニが漁船を何艘持っていようと、カミーラの両親と同じく「哀れで同情に値する」ようにエレンには思え、「勝利感に襲われる」［607］。その勝利感と「ガリバルディ港に戻れば、私はエレン・ハーランドで、すべては私には用がなかった」［607］という責任感の欠如から、エレンはカミーラの両親とジョヴァンニのために婚約を結ぶ。エレンがカミーラの家族やジョヴァンニに示した関心は、慈善家のそれでしかない。自らが貧困の中へ巻き込まれていくことは未だに思いも寄らないことなのである。それゆえ鏡の中の「黒髪の日焼けした」[603]「若い娘」[603]の姿を見て、エレンは「これは私じゃない」[603]といって鏡を取り外し、床に落として壊してしまう。彼女は今までのエレン・ハーランドから突然引き裂かれた別の自我としての自らの姿を認めようとしない。同情者の域を出ていないエレンにとって、貧困の中に突然巻き込まれることは耐え難いことでしかない。エレンは自分自身に戻るためにガリヴァルディ港へと向かう。しかし目に入るすべての風景は、先ほどまでとは異なっていた。通行人に尋ねてみると、今日は一九一〇年八月五日だという。エレンがアメリカで生まれた日であり、彼女はカミーラとしての生を送ることを余儀なくされる。

5——『騎兵物語』における強迫的自己認識過程

ホフマンスタールの『騎兵物語』の中段には、軍曹レルヒが隊全体から離れて、軍務から少なからず離反している様が描かれている。しかし前段において、軍隊全体に軍務から離れた気晴らしを求める願望が漂っていたことを見逃してはならない。ミラノ市に敵兵がいないとの報告を聞いた「騎兵隊長は、この大きな美しい無防備都市に入城することを、自分自身にも隊全体にも拒むことができなかった」[40]のである。隊長が「拒むことができなかった」この行進は、本来の軍事行動からは逸脱した行為である。それゆえに彼らは「美しい中隊」[41]となる。「形容詞「美しい」の中には軍事的現実と軍事的要請の途上から逸脱したということが表されている。「美しい」中隊は彼らの本来的な世界の外部にある軍隊なのである。戦争世界の中に平和のオアシスのように組み込まれた世界の中で、戦闘を離れて中隊は彼らの軍事的任務を忘れている」★29とターロトは指摘している。その行進の際に甲冑に身を包んだ兵士たちは、「天に向かって七八本の抜き身」[40]を煌めかせる。蒼穹に屹立した刀剣には、軍隊規律に縛られた兵士たちの性的な欲求の充足願望が読みとれる。そしてこの願望と軍務を離れた生活への憧れとが、レルヒの行動に色濃くにじみ出てくるのである。

レルヒ軍曹は、市門から出たところにある家の窓に昔なじみの女の顔を認め、その家の玄関先で下馬する。案の定、「かろうじてまだ若いといえる」[41]女が姿を現す。レルヒは九年か一〇年前、ウィーンで当時の彼女の恋人の集まりにおいて、宵から夜中にかけてともに過ごしたことがあった。今、目の前に立っている彼女が「彼に半ばへつらうようにスラブ的にほほえみかけると、血が彼の猪首を通り抜けて、目の下まで逆流した」[41]のであった。軍曹は「一週間の内にわれわれは駐屯する、そうなったらここが俺の宿営地だ」[42]という言葉を残して立ち去る。それ以来、彼女の部屋に足を踏み入れるという考えが、「肉に刺さった棘となり、その周りで願望と欲望のすべてが化膿し」[43]ていく。けれどもこのヴィッチと呼ばれる女性は、果たして血を逆流させるほどに魅力的な女性と描かれているであろうか。「いくらか破れた部屋着に身を包み」、人前に姿を現すようなだらしのない女であり、「一匹の大きな蝿がこの女の髪留めの上を飛んでいる」〔41f.〕体たらくである。そして実際、軍曹は「彼女の現在の肉付きのもとに、当時の豊満ながらもほっそりした姿を目で引き出そうと努め」〔41〕ている。身ぎれいさや清潔感とはほど遠く、若かりし日の美しさをその姿の中に認めるにも一苦労を要するような女性ではないか。このさほど魅力的でもない中年にさしかかりかけた女性を、「運命の女」に仕立て上げずにはおかない内発的要因が、レルヒの心の中にすでに準備されていたのである。

レルヒは長年の軍隊生活の中で、欲望を抑圧し続けてきた。そしてこの女性に向かい合っても、彼の性的欲望はゆがんだ形でしか現れることができない。隊列からの束の間の離反の時間を利用して彼女をたらし込んだり、あるいは計画的に夜陰に紛れて隊を離れ忍び入ったりなどということを、この男は思いつかない。彼は軍隊を離れては無能者であるがゆえに、軍隊規律の中で合法的に彼女のしもた屋を占拠して、たたき上げの軍曹に相応しく女性に対して専横に振る舞うことによって欲望を満たそうとする。このような卑屈な欲望の対象として、ヴィッチのようなみすぼらしい女性こそが、レルヒにとって「運命の女」となる。彼の性は本来的な欲望と軍隊規律にしたがった軍務遂行の中で引き裂かれており、もはや完全な形で充足させられることはない。

もう一つ看過できないのが、ヴィッチのベッドルームの鏡に映った「きれいにひげを剃った太った中年男」［41］の存在である。この男はほんの一瞬、鏡の中の像としてレルヒの眼前に現れるにすぎないが、彼はその姿を「鋭い眼差しで」［41］見逃しはしない。「きれいに髭を剃って」いる顔は、軍隊勤務とは無縁なこの男の市民性を象徴しており、ひと夜を過ごした娼婦めいた女ヴィッチの寝床から昼過ぎに起き出す男の姿からは、軍務のなかで生死をかけて干戈を交えることなど想像だにできない。この男の姿には性的欲望の満足のみならず、怠惰で安穏とした市民生活が映し出されているのである。軍曹はこの男の中に自己の願望が実現した姿を見出している。本来は自分自身の姿を映し出すはずの鏡を角度を変えてのぞき込むと、そこには自分とは異なる姿が、願望の実現したそれもかなり浅ましい姿が映し出されている。レルヒの性的欲望が軍隊規律によって台無しにされているように、彼の市民生活への憧憬も軍隊勤務によって実現を妨げられている。軍隊規律と軍隊勤務とから離れることを望みながらも、離れることができない彼のあり方には、自己分裂の徴候が見られる。別の自分を求めていながらその欲求を抑圧する葛藤状態が、彼の存在を地に足のつかないものにし、現在の時間から彼を引き離していく。

市民生活の夢想を金銭的にも実現するために、レルヒは報奨金を求めて「いかがわしいが、気を引かれる」［43］村へと陥っていく。「その村は死んだように静まりかえり、子供の一人、鳥一羽もいなく、そよ風一つ吹かない」［43］。朽ちかけた家の中では、半裸の姿が腰を抜かしたかのように、いざっている。レルヒの馬もあたかもこの村の雰囲気にのみこまれて、「後ろ足が鉛でできているかのように、動かすのがやっとである」[43]。そして花柄の薄汚れ破れたスカートを溝に引きずりながら、裸足につっかけを引っかけた、これまた半裸の女性が彼の馬の鼻先をかすめていく。家の門口からは噛み合う二匹のネズミが道の真ん中まで転がり出し、乳房の垂れ下がった雌犬と、醜く太ったグレーハウンドや柔らかい骨をした肌のたるんだ犬たちが姿を見せる。彼はこれらの生き物から逃れ、村を駆け抜けようと試みるが、今度は屠殺場へと向かう雌牛に道をふさがれる。軍曹には「このいやな村を通り抜けるのに計りしれない時間を費やしたかのように思える」[45]。

アレヴィンは「この場所はやはり通常の時間の外部にある。[……]軍曹が通り抜けたのはこの世の現実ではなく、内面の風景であり、荒れ果てて荒廃した魂の風景である」[★30]と解釈する。しかしことさらにこれらの風景を心象風景と解釈する必要もないだろう。「軍曹の状態を反映しているゆがめられた外観のよって来たるところは、[……]この作品に描かれている現実なのである。この騎行の挿話を規定しているのはシュールレアリズムではなく、そこに表現されているレルヒの内面状態によって引き起こされた空間・時間の歪みである」[★31]とタ－ロトは分析する。そしてそこに現れたそれぞれの形象は、「レルヒが曝されている葛藤からエネルギーを得ている」[★32]。この村の精気のなさは、彼の内面の寓意である。半裸の女性は「顔を見ることができない」[44]が、ヴィッチへの執着の反映であろう。動物や犬どもの歪められたイメージのよって来たるところは、前述のレルヒの処刑直前の内面描写に求められる。彼の眼差しの内では「抑圧された犬じみた何か」〔47〕が煌めいており、レルヒ自身も「全然知らない内奥から」〔47〕、「野獣のような怒り」〔47〕がこみ上げてきている。犬らは「抑圧された」彼の内面の寓意を担っており、動物たちは「全然知らない」彼の無意識から来る怒りによって歪められている。

「このいやな村」〔45〕での出来事は、彼の内面の寓話である。軍隊制度の中での彼の精気のなさ、暗いところで蠢く麻痺したような性的欲望、犬のような抑圧された心的状態、それに抗おうとする野獣のような怒りが次々に形象化されて、目の前に立ち現れる。その各々が、軍曹の意識に昇らないか、あるいは意図的に否定している彼の内面状態を認識するよう迫るのである。彼は、今や軍隊生活の葛藤の中で、分裂している自己を認識するよう求められている。ところが彼は、自己の内面の寓意である「動物の一匹に銃を発射しよう」〔44〕とする。しかし「ピストルはいうことをきかない」〔44〕。強迫観念が形象化されているにもかかわらず、自己認識を拒絶する男は、もはや自己の内面を力ずくで抑圧しておくこともできない。「計り知れない時間を費やし」て少しずつ分裂した自己の状態を受け入れねばならないのに、レルヒ軍曹は逃げ出すように村から離れようと出口の橋に駒を進める。そこに「分裂した自我を自我として受け入れる一度きりの可能性★33」を与えてくれるドッペルゲンガーが、エピファニーとして現れる。

6――エピファニーとしてのドッペルゲンガー

ドゥルもこのドッペルゲンガーをエピファニーと捉えている。「そのような瞬間にはツィオルコフスキーが定義しているように、「目にした事物の本質が開示され」、人間は直接に**Wirklichkeit**（真なる現実）に向き合うことになる」[★34]。ジョイスの『スティーヴン・ヒアロー』の主人公は、トマス・アクィナスの美の定義を援用して、エピファニーを明確に定義している。「アクィナスの言葉を知っているだろう――美にとって必要な三つのこととは全体性、調和、そして光輝である――と言うのだ」[★35]。スティーヴンによると、エピファニーが起こるためには、この三つの性質が事物に備わっていることが必要なのである。「われわれはまず対象が一つの全体性をもった物であることを認知する」[★36]。つまり認識する精神が対象とするのは、周りの事物から独立した一つの物である。「次にわれわれはそれが組織を持つ構成された構造であること、つまり一つの物であることを認知する」[★37]。ここでは、事物が調和のとれた一つの物であることが問題となっている。そして第三の性質に関しては、スティーヴンによるとアクィナスが「比喩的な言葉を使っている」[★38]のであり、「光輝〔claritas〕とは個物の本質〔quidditas〕のことである」[★39]のだ。第一、第二の性質が満たされるなら、「最後に、各部分の関係が精妙であり、各部分が特別な効果のために調整されているとき、われわれはそれがまさにそのもの自体に他ならないことを認知するのだ。その対象の魂、その個別的本質がその外面の覆いを突き破ってわれわれに跳びかかってくるのだ」[★40]。これがスティーヴンのいうエピファニーと呼ばれる瞬間に他ならない。

このスティーヴンの定義を、ツィオルコフスキーは再検討する。第一、第二の性質である「全体性」、「調和」は「エピファニーの瞬間に必要不可欠な前提」[★41]にすぎないのであり、彼は「本来のエピファニーとは認識の瞬間であり、それはトマス・アクィナスの挙げる第三の性質とのみ符合する物である」[★42]という。ツィオルコフスキーは、「個別的本質」の顕現の瞬間、「光輝」の認識の瞬間という第三の性質のみをエピファニーの本質と見なす。そしてジョイスの言説をもとに、彼はエピファニーにさらに三つの不可欠の指標を与えて、啓示やその他の神秘現象とのあいだに截然とした境界線を引く。

その第一は「個物の本質」あるいは「個物の魂」とジョイスが呼んでいるものを認識することである。その第二はそのような認識が「現在の瞬間」に訪れることである。つまり認識の瞬間に、記憶や過去の体験が問題になる訳ではない。そしてその第三は「経験的現実」を越えた事物の本質が、その事物から放たれているように思える光輝を通じて認識されることである。ツィオルコフスキーによると、これらの指標がジョイスの残したあらゆるエピファニーにかかわる断章に当てはまる。

さてこれらの指標をもとにしても、エピファニーと区別をつけがたいのが幻視体験である。しかしツィオルコフスキーは、まず第一に幻視体験の根底には陶酔と恍惚とがあることを、一方エピファニーにおいては主体の観察が分析的で冷静であることを挙げている。さらに重要なことは、認識主体の独立性である。「幻視体験においては自然はもはや客体として体験されず、心的な現実を表現する素材となり、幻視は主体と客体とのあらゆる境界の解消を意味する」★43。つまり幻視では主体と客体との融合が起こっており、それぞれの自律性は失われている。一方エピファニーにおいては、主体は客体を客観的に認識するのであり、事物はその瞬間に「経験世界の硬直状態から詩的な生へと呼び覚まされるのである」★44。

　橋を挟んで対峙したレルヒとドッペルゲンガーであるもう一人の軍曹の騎馬は、「同時に各々が白いソックスをはいたような前脚を橋に踏み出す」[45]。レルヒはここで鏡面に映ったかのごとき姿に向かい合うが、ヴィッチの寝室の鏡とは異なり、今度の像は自己の願望の反映ではない。これまで村を通り抜けるに際して、分裂した自我の寓意的形象によって自己認識を迫られてきたレルヒは、「現在の瞬間」に立ち現れた「この幻像の中に自分自身を認めること」[45]で「個物の魂」ならぬ「自己の魂」と直面することになる。ドッペルゲンガーとのあいだに橋梁が横たわるのは、この魂の受容が自我の統合がなされた真なる生への架橋を意味するからである。

　レルヒは、ドッペルゲンガー像を、客体として客観的に認識している。それは決して陶酔と恍惚とに基づく幻視体験ではない。しかしその形象は「経験的現実を越えて」おり、光輝を放つかのように軍曹に近づいてくるので、レルヒは「その存在に対して指を広げた右手を差し出」[45]さずにはおれない。するとその姿は、同じ姿勢を取るやいなや消えてしまう。レルヒの身振りは拒絶の身振りであり、ここにいたって最後の自己認識のためのエピファニーをもレルヒはなおざりにしてしまう。

レルヒは、内面の寓意を見せつける強迫的自己認識過程において、自らの分裂した生のあり方を、ついには認めることができなかった。そのため彼はドッペルゲンガーとの合一により、統合された生を達成することができず、彼の分裂した自我は解体へと向かう。彼はいまや生の迷妄の中で、鬼神のように敵軍に斬りかかり、敵の将校から「鹿のように軽やかで、優美な芦毛」を奪い取る。その馬が原因で、彼に文字通り死の引き金が引かれる。その銃口を前にしてさえ、「軍曹の意識はこの瞬間の途方もない緊張にほとんど満たされることもなく、軍務を離れた安楽さの多様なイメージにのみつくされていた」〔47〕。彼の生は軍務と市民的な快楽とに完全に引き裂かれている。「主人公が分裂を受け入れるときにのみ、生き延びることができる、という定式を出発点とすることは『騎兵物語』においても誤っていないであろう」★45とヴンベルクはレルヒの死を分裂病の末路と解釈している。分裂した生のあり方が直接に死に結びつくのではなく、レルヒが統合された生へと向かうために、受け入れなければならない強迫的自己認識過程を拒絶したがゆえに、死へと向かうことになるのである。

7――『もうひとりのわたし』における見出された自己

エレンは若い娘カミーラとしての生を送ることになる。このような事態がエレンにだけ起こったことはゆえなきことではない。ハーランド家で彼女のみが、悪臭漂う貧困の現実に関心を示したことはすでに指摘した。エレンは二〇歳まで両親の元で裕福に暮らし、それからの二一年間を夫と子供に取り巻かれて過ごしてきた。彼女は「ヘミングウェイとジイドを読み、女性の集いにおいて講演をし、バルチモアのメソジスト司教と神学問題の往復書簡を取り交わす」〔607〕という、そこそこの教養と社会への睥睨するがごとき関心とを持っている。その慈善家エレンが、別世界のような現実を目の当たりにして、貧困ゆえの憎悪、激情、嫉妬など根元的な苦しみがあらかじめ除去されている自己の生のあり方に、疑問を感じたとしても不思議ではない。そして現実に彼女は、今までの生を否定されてカミーラとなり、自分がなおざりにしてきた貧困の生み出す問題とそこから生まれる感情とに巻き込まれて、自分自身を探すことを強いられる。★46

ジョバンニと結婚した、エレンの意識を持ったカミーラは、この漁村に嫌悪感を示しアメリカへ移住することを懇願し続ける。ジョバンニは、彼女の願いを叶えるために雇い人カルロとともに懸命に働く。そして戦争が起こる。ジョバンニは年齢のために兵役を免れ、少し財産を蓄えることができる。カミーラよりも五歳若いカルロは、ようやく二〇歳になり出征するが、休暇ごとに実家に戻らず、一緒に船を出してくれる。そして彼はあるときカミーラに愛を告白する。長年クリーヴランドへの移住を望んでいたカミーラは、ジョヴァンニからアメリカ行きを持ちかけられたとき、妊娠を理由に拒絶する。カルロの子であることは公然の秘密である。カミーラとなったエレンはここで不義の子を産むことで、自らの人生を切り開く。彼女は「カルロともはや離れることができない」[615f.]。これによりカミーラとなったエレンからエレンの人生を「盗み、快適な暮らしの中で安穏と暮らし」[611]、カミーラであるエレンを「情け容赦なくコマッキオのひどい臭いのする潟の中に置き去りにした」[611] エレンの住むアメリカへと向かう願望は萎える。エレンはカミーラの生を本当に生き始める第一歩を踏み出す。

その後カミーラは、二人の夫の死を体験する。ジョバンニは漁に出て嵐に遭い、帰らぬ人となる。カミーラはジョヴァンニを裏切った罪の意識を抱きつつも、「怒っているかって。そんなことはないよ。カミーラ」[616] という彼の最後の言葉に救いを見出す。一方ジョヴァンニの死以来、結婚を経て、カルロは人が変わったように飲んだくれてしまう。「私は私の人生について考えたが、それは私のものではなく、その人生が私を放してくれないのであった。私は人生における喜びに際しても苦しみに際しても、同意を求められることはなかった。この人生を逃れたいという希望は一層萎んでいった」[621]。こうして彼女は次第に苦悩に満ちた生を受け入れ、カミーラの生へと浸ってゆく。カルロはある晩、かつてジョバンニを手ずから殺したことを告げ、明け方になって縊死している姿で発見される。一九三〇年のことであり、この年「私からすべてを盗み取り、自分の人生からは苦しみ以外の何ものも私に与えなかった」〔623〕エレンがアメリカで裕福な男性と結婚したのである。

フェラーラに働きに出ていた長男アントニオは、ミラノに行くという言葉を残したきり、姿を消してしまう。カミーラのもとからアメリカ行きのために蓄えられていたお金が、持ち去られていた。「最愛の子である彼が去ってしまった。彼は私のお金のみならず、私の夢のすべてを盗んだのであった」〔626〕。ある日アントニオは脱走兵となって家に戻ってくるが、お尋ね者であるがゆえにすぐにまた立ち去ってしまう。後日、彼がパルチザンとして戦死したことが、彼の子ジョバンニをつれた未亡人マリアから告げられる。そしてこの親子の生活をカミーラが支えてやる。

その後母は亡くなり、父が身を寄せてくる。「お母さんのもとからそんなに遠くには行かないよ」〔626〕といっていた次男ウンベルトも一九四〇年には出征し、Uボートで東地中海に出航し、行方不明になる。カミーラは二度の夫の死に続いて、息子の死の苦悩も二度まで味わわされる。長女リディアは結婚し、夫とともに八百屋を営んでいるが週末に訪ねてくれることもある。次女フィロメナはカミーラと名付けた庶子を残して、工場に働きに出たが、日曜日には帰ってくる。カミーラは魚の腸を出す仕事をして、父、マリア、ジョヴァンニと自分の生活を支える。今や彼女は「笑いとおしゃべりと子供の騒ぎでいっぱいのこの家」〔631〕の中で、貧しいながらも血縁者に囲まれて、彼らへの愛を惜しむことがない。エレンの意識を忘れ去ったカミーラは、かつてのエレンのように同情からではなく、隣人への愛に心の底から目覚めている。

エレンはカミーラの生としてもうひとつの人生を体験する。彼女はカミーラの生によって、自己の生に欠落している多くのものを体験、認識するようになる。死へと揺らぎやすい不安定な生であり、相反する感情を伴う揺れ動く愛情であり、貧困と絶望であり、家族の絆と無償の隣人愛である。これらエレンの生のなかで体験できなかった苦悩と歓喜を体験することによって、エレンはカミーラと完全に同化する。カミーラの生全体が、エレンに欠落していたものを認識させるエレンに向けられた強迫的自己認識過程であったのだ。

幾多の苦悩を体験し、自己認識を遂げたカミーラとして、エレンはドッペルゲンガーと出会うことになる。「エレン・ハーランドがそこを走り去った。私は彼女のことを忘れていた。この瞬間にすべてがよみがえった。通り過ぎたのは確かに私自身であり、私の生であった。車はカーヴを曲がり、私は数歩あるいた。私は飛ぶことができるに違いないと思えたし、彼女を捕まえることにもう一度すべてがかかっているかのように思えた」[631]。「飛ぶことができる」と思うのは、この瞬間が「経験的現実」を越えた超越的体験であることの証である。カミーラとなっているエレンはドッペルゲンガーとしての自分自身を見るが、決してその姿を忌避しようとはしない。彼女にはもうひとりのわたしを受け入れる準備ができているので、エレンの生を取り戻すために、自ら近づいて自己の姿との合一を目指すのである。

エレン自身の姿は、カミーラとしてのエレンの目の前に、主体から截然と区別される客体として「現在の瞬間に」現れる。ドッペルゲンガーは、彼女に自己認識と本来的な生とを与えてくれる体験の最後に訪れたエピファニーである。それまでのエレンに欠落していた生の要素が、カミーラの生を通して体験され、統合された生として達成されるのである。そしてこれらの一連の過程は、経験的現実の尺度で言えば、エレンの疑似溺死体験の一瞬のうちに出来する。二人の生がエレンの中に統合されるとき、エレンには新たな認識の地平が開かれている。エレンは幾多の苦悩を経験し、隣人愛に目覚める。「私にかわってこの世の苦悩の一部を引き受けてくれた彼女は、亡くなった。私はその苦悩の一つとして引き受けることがなかった。私がその苦悩を何一つ引き受けなかったなんと多くの人がいたことか」[635]。彼女はもはや富裕の高みから、貧困を睥睨する慈善家ではない。

ホフマンスタールとアイヒとの両作品を考察してきた中で、ジョイスのエピファニー定義に立ち返って、それぞれのドッペルゲンガーが認識を媒介するエピファニーであるというヴィーデマン゠ヴォルフの見解を再確認した。軍曹レルヒの性的欲望と市民生活への憧憬は、軍隊生活から離れることのできない彼の存在とのあいだに葛藤を生み出し、彼を分裂へと導いた。そしてこの分裂した彼のあり方が、迷い込んだ村で、奇妙な生き物たちの姿を借りて、彼の目の前に呈示されたのであった。しかしレルヒはそのような強迫的自己認識過程を受け入れなかったのである。彼は統合された生へと向かう準備を怠っているがゆえに、エピファニーとしてのドッペルゲンガーとの合一を果たすことは思いも寄らない。

一方エレンは根元的な苦悩の欠落した裕福な生活のなかで、自分自身の生に欠けているものに気付き、自己分裂に襲われる。そして分裂した自己が陥った貧困、アンビヴァレントな愛情と憎悪、罪悪感から、彼女の強迫的自己認識過程は形成される。彼女はこの過程を忌避することなく、分裂したもう一つの生の中に融合し、それまでの自分に欠けていた苦悩とそこから生まれる隣人愛を身につけていく。これにより彼女は強迫的自己認識過程を克服し、統合された生へと向かうことができる。それゆえエピファニーとしてドッペルゲンガーが現れたときに彼女は合一を果たすことができるのである。

この両作品を検討するとき、ヴィーデマン゠ヴォルフはエピファニーとしてのドッペルゲンガーに注視しているにとどまっている。しかしいずれの作品においても、強迫的自己認識過程がエピファニーの前提として描かれている。ホフマンスタール作品で拒絶されるこの過程を、アイヒが克服すべき対象と描いていることも、ホフマンスタールのアイヒへの影響として読みとるべきである。

8——アイヒにおける二つの世界

『もうひとりのわたし』のように、二つの世界が対比的に描写される作品は、アイヒのラジオドラマにおいては少なくはない。アイヒのラジオドラマの中でも、最も多くの議論を招いた『夢』（一九五〇）の「第一の夢」では、四〇年来貨車の中に封じ込められた生活を強いられている家族が描かれている。ここでは貨車の内部と外部の世界が二つの世界を構成する。曽祖父母はかつて見た野原一面のタンポポや乳を搾った山羊の話をするが、孫やその子らは花や動物の存在すら信じようとしない。そして貨車の中に一条の光が漏れ入ったときにも、彼らは何が起こっているのか、闇を貫く光線が何であるのかもわからない。外の現実を体験したことのないものたちは、現実世界を目の当たりにすることに不安を抱き、薄闇に支配された貨車の内部に安住して、外部世界との接触を拒絶する。そして最後には、現実世界とのつながりを遮断するために、その穴を塞ぐのである。

ラジオドラマという文学ジャンルは、受容者の想像力を頼りに、多様な表現が可能である。空想上の生物やもの言う動物であっても、登場させることが可能であるばかりか、二つの世界を描くのにも適している。これらの点において、一羽の「大鴉」ザベトを介して、現実世界と別の世界が邂逅するという民話のように空想的な『ザベト』★47（一九五一）ほど、アイヒの数ある作品の中でも、ラジオドラマという表現媒体を巧みに活用した作品はない。舞台上の効果に縛られることもなく、人間の感覚世界を越えた、「大鴉」ザベトの故郷である「永遠世界」の「まばゆいほどの青い闇」［457］も、受容者の想像力を借りれば、ここでは表現可能になる。

さて、前述の『夢』においては、貨車の中の闇の世界と外界の光の世界とが対置されている。そして内部の人々は、プラトンの洞窟よろしく、闇の中で生を展開している。彼らは現実世界に背を向けて、真の実在を知ろうとしない縛められた人々である。一方、『ザベト』においては、人間世界で暮らす「大鴉」ザベトが、「私の生は今、闇の中で繰り広げられています」［460］と言うとき、プラトンの「洞窟の比喩」はより尖鋭化した形で我々に突きつけられる。つまりザベトの「永遠世界」が真の実在世界であり、人間世界は、真の実在を知るザベトにとっては闇の世界なのであり、我々人間は押しなべて洞窟の闇の中に縛められた人々なのである。

一方、アイヒは『戦争失明者のための講演』（一九五三）において、「個人的な見解であり、個人的な告白」［IV 611］であると前置きした上で、「記述されるものすべてが神学に近づくことが肝要である」［IV 611］と述べている。全集版において僅々四頁のこの講演の終演間際に現れた「神学」という語は、少なからず唐突である印象を与える。この謎めいた「神学」という語で、もちろん彼は「記述された言葉による教義の確認」［IV 611］や、「説教」、「精神修養」［IV 612］などというような宗教的な行為を意図しているわけではない。そうではなく、「神学」がアイヒの言語観にかかわっていることは、それに続く言語にかかわる陳述「あらゆる言葉は、言葉が語られる対象と一つであり、造化と等しい魔術的な状態の名残を保ち続けている」［IV 612］から示唆されている。しかしこの講演からは、言語と「神学」という語とにいかなるかかわりがあるのかは、これ以上明らかにはされない。

アイヒのラジオドラマ古典時代を論じるなかで、もう一つのテーマはアイヒの「神学」の謎に迫ることである。そのために『ザベト』を論じた多くの研究者が扱ってきた「永遠世界」と現実世界との関係をネオプラトニズムを援用して考察する。そしてこの両世界の関係を基礎に、「大鴉」ザベトの言語習得、それに伴う「知」の喪失について論じる。それにより言語習得以前のザベトが有していた「知」が、人間言語の対蹠物として浮き彫りになろう。さらにはアイヒに多大の影響を与えたと考えうるヤーコプ・ベーメの思想をよりどころに、この「知」を具体的に論究するとき、アイヒの意図する「神学」が像を結ぶことになる。

9――『ザベト』へのネオプラトニズムの影響

ザベトは地上を離れるに際して、一枚の大きな羽を残していく。後日、ザベトがこの世に存在した証拠としてこれを保存しようとしたとき、その羽はすでにプラタナスの若枝に変容している。これのみならず、ザベトが地上にいながら故郷の世界を幻視し、後述する「全知の知」を体験するときにも、プラタナスの木が啓示の器となる。この南方産の樹木は、ドイツではむしろ珍しい。そして文学上の伝統においては、プラタナスは「黄金時代またはアルカディアの小道具である。［……］そしてその下でパイドロスやソクラテスが神々しい熱狂やエロスについての教説を展開している」[★48]ことから、『ザベト』の思想的背景にネオプラトニズムがあることはすでにS・シュルテによって指摘されている。

B・シェファーは「アイヒの思想を西洋神秘主義の基礎をなすネオプラトニズムの哲学と関連づけることは難しいことではない」[★49]と述べている。ネオプラトニズムの主唱者プロティノスは、そもそも感覚される世界〔感覚界〕の彼方に、直知界を認めている。この直知界は「一なるもの」――「知性」――「純粋魂」の三階層からなる始源的な存在である。「一なるもの」を最高始元とし「知性」を経て、この「純粋魂」は発出〔流出〕と呼ばれる因果関係によって産出されたものである。我々人間はこの「純粋魂」のごく一部を有しながら、感覚界と呼ばれる感覚によって知覚される現実世界に存在している。それゆえ人間は、もはや離れてしまった原像である「一なるもの」の世界を憧れ求め、「一なるもの」との合一を目指す、という思想がプロティノスの根底にある。

シェファーは特に『ザベト』においてではなく、アイヒの作品全体にネオプラトニズムの影響を読みとろうと試みている。シェファーはプロティノスに見られる「失われた全一への憧憬と個別化〔Individuation〕の苦悩が〔……〕アイヒの作品においてもまた重要な役割を果たしている」[★50]ことを指摘している。ザベトは「私たちが数羽の大鴉であると仮定しましょう。それならば少なくともこの個々の存在の上位に、遙かに明瞭で普遍的な大鴉の存在がもう一つあるに違いありません」〔464〕と語る。直知界の存在様式と大鴉のそれとには、階層的な存在様式という共通点が見出される。

さらにシェファーは、ネオプラトニズム的理解にしたがえば、直知界の存在が現実世界において個別化すなわち個体へと分裂する要因は、この現実世界が時間に支配されているためであるという。[★51] プロティノスによると、『エネアデス』第三章第七節「永遠と時間について」において、「永遠と時間はそれぞれ別のものである、そして一方は永久の本性〔直知される世界〕のもとにあり、他方時間は生成しつつあるもの、つまりこの世界のもとにあるのだ」[★52]とされている。直知界の「永遠」においては発出と呼ばれる因果関係も無時間性の中で生起する。一方、感覚界と呼ばれるこの現実世界は、時間に支配されているので、無時間性の中にあった存在は個別の存在へと分裂していく。アイヒもまた『現実世界〔Realität〕の前に立つ作家』（一九五六）において、「私の推測によると、現実における不快は、時間と呼ばれるものの中に存する。私がこれを話しているこの瞬間も、直ちに過去になってしまうことは不条理なことだと思う。今、私たちの目の前にある現実を現実として受け入れることは、私にはできない」〔IV 613〕と述べている。常住不滅の世界を真の現実と見なすアイヒには、移ろいゆく時間の中に存在することは、苦悩の原因に他ならない。シェファーは個別化の苦悩を時間の中に見出すことも、「ネオプラトニズムのアイヒへの影響が特に明白」[★53]な点であると指摘している。

さて、ザベトは故郷の世界の記憶を探ってみても、「死、愛、生殖、誕生、不死――私はこれらすべてに対応するものを何も見出せない」〔463〕。この記憶の不在は、時間の観点からザベトの世界を解明する上で重要な示唆を与えている。「不死」を除く残りの四項を「誕生」、

「愛」、「生殖」、「死」の順に並べてみれば、人間の一生を概観していることがわかる。人類はこの営みを連鎖状に無限反復している。けれども個体レベルでは「誕生」は始まりであり、「愛」、「生殖」は新たな個体の「誕生」の準備であるとともに、もとの個体の「死」の準備でもある。そして「死」をもって個体は終焉を迎える。ところがザベトの世界には生命の始まりである「誕生」も、終わりである「死」もないのである。ならば無始無終のこの世界を、「永遠世界」と呼ぶことができるだろう。ザベトは「遙かに明瞭で普遍的な大鴉の存在」から、発出により産出され、地上において個別化した存在である。ザベトはこの個別化ゆえに「永遠世界」に憧れ、苦悩するのである。

　プロティノス哲学の目指すところは、思索の中にいる人、あるいは神秘的な啓示に近づこうとする人が、時間の中に巻き込まれて個別化した偶然的な存在から離れて、時間を克服し、啓示の一瞬としての瞬間を達成することにあると、詰まるところシェファーは見なしている。それゆえシェファーは、プロティノス哲学の目的地へ向かう試みと、時間から解放され、時間の存在を否定することを「詩作の助けを借りて証明しようとするアイヒの試みとが一致している」★54と述べている。「大鴉たちが一羽の大鴉にすぎない瞬間があるように、いずれにせよ私には思えます」[465]とザベトが語るとき、そこには時間から解放された神秘的な啓示の一瞬が想定されている。全一的な大鴉へと再び合一することをザベトは熱望する。そして個別化していた存在は、「炎と稲妻の焼き尽くす力とを持つ瞬間」[465]に、無時間性の中で全一性を回復することになるのである。

時間に支配された現実世界から、「永遠世界」へ飛び立つことのできる存在のメタファーとして、アイヒは鳥を用いることが少なくない。ここにもシェファーは、プロティノスが「生まれながらにして知を愛し求める人、その人はすでに上への道をたどる用意のできている人であり、いわば「翼のそろっている」人でもある」★55と述べていることから、アイヒの用いる鳥という形象にネオプラトニズムの影響を読みとっている。ザベトが大鴉の姿で人間の目に映ることも、シェファーの論理展開を承ければ、プロティノス哲学と無縁ではあるまい。

10——「永遠世界」と全一世界

ザベトの世界の本質を具体的には表現できないまでも、その世界と人間世界との関係の核心に迫っているのは、教師テレーゼの上司ヴォトゥルバである。この二つの世界の本質的な差異が時間の流れの中にあることに、彼は気づいている。「ザベトには私たちの意味での時間は存在しない」〔470〕と彼は言う。ヴォトゥルバはザベトの世界の本質である「永遠」を「私たちが時間と呼んでいる謎めいた恐ろしいものの中に感じ」〔470〕ている。しかしまた「永遠」は「私たちの空間には組み込むことができない」〔470〕ものである。

二つの世界の本質的な差異のありかをヴォトゥルバは、一人だけ「永遠世界」の内部へと分け入ってゆく機会を得るエリーザベトの「永遠」体験から確信する。森の中でザベトが「エリーザベト」と叫ぶやいなや、エリーザベトは彼の脚に摑まって空高く舞い上がる。周りの木々や野原は一瞬にして姿を消し、彼らの周りには「何も」〔452〕見えなくなる。「まばゆいほどに、青く暗い」〔452〕空間を二人は飛翔する。「そんなに青く暗いのは永遠だよ」〔453〕とザベトが言うことから、これが「永遠世界」である。そこでは此岸とは異なった時間の流れが支配している。「数時間が過ぎたように思えたわ」〔453〕とこの飛翔をエリーザベトが表現しているにもかかわらず、二人がもとの木立の間に戻ると、出発前のザベトの叫び「「エリー」ザベト」が木霊となって響いている。時間は少しも経過してはいなかった。「永遠」は「瞬間」の中で我々の時間と交差するのである。

そしてザベトの「死」が、「永遠」と「瞬間」との関係を再確認させてくれる。ザベトはフォルトナー家の人々の前から、忽然と姿を消してしまう。彼が姿を消した瞬間について、農夫はこのように証言する。「確かに彼はそこにいて、その同じ瞬間にいなくなってしまったのでした。いや、それはさらに次の瞬間のことでした。そのあいだに永遠は過ぎ去っていました」〔468〕。この「瞬間」に「永遠」が顕現したことを農夫は確信する。この事実をエリーザベトの発言もまた裏付けている。エリーザベトは、「ザベトと青いまばゆい闇の中を飛んだあのときのようだ」〔468〕と述べている。ザベトが姿を消すにあたって、エリーザベトはもう一度「青いまばゆい闇」に似た体験をする。これらの事実から類推するに、ザベトが消えたその瞬間に、彼は永遠と時間とのあいだにある帳を開いて、「永遠世界」へと帰還したと考えられる。

「永遠世界」から群れをなして飛来した大鴉たちについて、ザベトは自分たちが「数羽の大鴉であったのか、二〇羽であったか、三〇羽であったか、百羽であったかわからない」〔464〕。いやそれどころか「自分たちはたぶんたった一羽である」〔464〕と主張している。ザベトの世界では、個と個の関係は曖昧なままであり、全体と個の関係は成立しない。全体は個であり、個は全体であるという我々の常識では矛盾している関係が、彼らにおいては成立しうるのである。つまりザベトの自我は世界の中心を占めており、絶対的自我として他者との個別な関係を成立させることはなく、世界と一体化していた。ザベトは「私たちは人間の目に大鴉のような姿でのみ見えていたのかもしれません。これが、私たちが人間の目に映ることができる形態なのかもしれません」〔460〕という。大鴉の姿は彼らにとって何ら本質的ではない。人間の目に映るための仮象に過ぎない。大鴉のように見えていたにすぎない存在を、人間世界の算術で、一羽、二羽と数え上げることは無意味だろう。したがって彼らの「永遠世界」は、「遥かに明瞭で普遍的な大鴉の存在」を戴く、自我と世界とが融合した全一世界なのである。

11——ザベトの言語の習得と「知」の喪失

しかし人間世界に紛れ込んでしまったザベトは、全一世界の「大鴉」に本来的な存在様式である絶対的自我の状態に、とどまることができなくなる。その契機となるのが人間言語の習得である。「永遠世界」から人間世界に来たザベトは、そこで人間の言語を習得し、「人間であるかのように、私たちと同じように話す」〔452〕ようになる。しかしザベトが言語を身につけて人間化していく過程は、農婦の「以前には彼はもっと多くのことができたのです」〔446〕という発言が示すように、同時に「大鴉」の超越的能力を失っていく過程でもある。女教師の「いつから忘れ始めたと思いますか」〔459〕という問いかけに対して、「話し始めてからだと思います」〔459〕と答えているように、言語を習得する過程で、彼は以前に属していた世界の記憶を、超越的能力とともに失ってしまったのである。

ザベトが最初に人間の言葉を話すのは、エリーザベトとの出会いにおいてである。「エリーザベト「あなたたちはみんな同じように見えるわね。〔間〕私はエリーザベトよ」。ザベト〔ゆっくりと苦労しながら〕「ザ…ベト」。エリーザベト「あんた話せるの」。ザベト「ザベト」。エリーザベト「いいえ、ザベトじゃないわ。エリーザベトよ」。ザベト「ザベト」。エリーザベト「それじゃ、私はあなたをザベトと呼ぶわ」」〔451〕。この単純な言葉のやりとりを皮切りに、彼は言語を身につけていく。そして言語で事物を認識することは、必然的に事物と自我の対立を引き起こす。対立の中に立たされた自我は、全一世界の絶対的自我から一歩を踏み出すことになる。

さらにここにはザベトの命名というもう一つの局面がある。名前のない「大鴉」はザベトと命名されることによって、彼はそれまでの「みんな同じように見える」［451］存在から、他の「大鴉」から截然と区別される「ザベト」として、エリーザベトをはじめとする人々に認識される。多数の中の一でしかなかった「大鴉」は、自己同一性を獲得するのである。[★56]

人間言語の習得の第一歩と命名による自己同一性の獲得とが、ザベトにおいては同時に出来する。この二つの事態は、言語で世界を認識することと、全体から個別化された個体として認識されることとを意味する。人間言語のなかに取り込まれることは、全一世界、すなわちザベトの「永遠世界」との離別を引き起こす。

そしてザベトの個別化により人間化が始まり、その超越的能力は蝕まれていく。ザベトたち「大鴉」の群が最初に現れたとき、エリーザベトの父である農夫は「聞くことができなかったものを聞いた」［447］と言う。論理的に矛盾した表現である。エリーザベトも「人の体に触れる手のように、それは聞こえる」［447］と述べている。本来触覚に属するはずの感覚が、ここでは聴覚を通じて体験されているのである。[★57] このように個別化以前は、ザベトとの意思疎通は言語以外の媒体によってなされていた。当初、ザベトには自らの意思を人に告げる超越的な力が備わっていたのである。しかし「最初の言葉を話し始めた刹那に、記憶を持ち始め、同時に忘れ始めました」〔459〕とザベトは告白している。ここでは人間言語によって失われる「永遠世界」の超越的能力は、人間言語の対蹠物なのである。人間と世界と自然とを分かちがたい相の中に捉えて、直感的に理解するようなザベトのこの力、あるいは「知」は、「永遠世界」を統べる発出の根元である普遍的な「一羽の大鴉」〔465〕に由来するものである。

12――追放から「死」へ至るザベト

そして「追放」〔455〕によって、ザベトの「知」の喪失が確認される。それまでザベトはたとえ仲間たちと離れていても、「彼らがどこにいるか、いつもわかっていた」〔454〕。ザベトは仲間を捜さねばならないという事態によって、彼らがいなくなってしまったことに気がつく。「大鴉」たちの「知」による結合の世界には、ザベトが今習い覚えた「捜す」ということの「悲しくむなしい言葉」〔455〕は存在しない。ザベトは人間の言語を習得し、その言葉で他の「大鴉」たちに呼びかけるが、彼らは「違う耳を持っている」〔455〕のでその叫びが聞こえない。「知」によって、もはや交信することができないザベトには、自分が彼らにとって「無価値」〔455〕であるように思える。ザベトはこの境遇を「追放」されたと表現する。

ザベトは言語の世界に組み込まれることにより、「知」の支配する全一世界から脱落してしまった。「僕は君たちの言語を学んでしまって、もはや「大鴉」ではないし、人間にも成れなかった」〔455〕と彼は述懐する。内面においては彼は限りなく人間化していく。人間世界で見て覚えたことを考察するにつけて、ザベトには数々のイメージが浮かび上がってくる。彼は「それが記憶というものであること」〔463〕に気づき始める。彼は人間世界の記憶体系を持ち始める。

　そして記憶によって人間的思考を身につけたザベトの心の中に、次に紡ぎ出されるものは死の認識である。「ザベト「私が死ななければならないということです」。女教師「あなたが死ぬですって。あなたは以前は不死だったのですか」。ザベト「私にはわかりません。〔……〕私の今の生活においては死ぬということが注意を引くわけですから、私は以前は本当に不死だったのかもしれません」」〔461〕。ザベトは言語の習得を契機に、記憶を持つようになり、生死の認識に至った。そして死の認識こそが人間化の何よりの証であり、当然の帰結としてザベトは「不安」〔455〕を抱くようになる。[★58] しかし彼はどんなに言葉を巧みに操ろうとも、人間に成ることはできない。その容貌のためにせいぜい「変装した人間」〔458〕と見誤られるのが関の山である。このような中間的な存在として、人間と同じく死の不安にさらされて、彼は次第に精気を失っていく。そしてすでに述べた「死」によってザベトはこの地上から姿を消す。しかしその「死」は、永遠世界におけるザベトの再生を意味するのであろう。

　他方、ザベトの故郷である「永遠世界」を一度ならず二度まで体験してしまったエリーザベトは、ザベトが去ったあと「ぼんやりと上の空」〔473〕の状態でザベトの世界を憧れ続ける。この世界に取り残された彼女は、ザベトが乗り移ったかのように「動物だけがするような荒々しくも悲しげな眼差し」〔473〕でテレーゼを見つめる。★59「永遠世界」を離れ、憧憬と苦悩を深めていたザベトの不幸を、エリーザベトが今は一人で担わなければならない。こうしてこの九歳の少女は、雪の校庭に「舞い降りた鴉の群」〔473〕をむなしく見つめ続けるのである。

13――『断章』における神秘の言葉

ザベトは「永遠世界」の「知」の回復を希求し、「永遠世界」へと帰還する。その一方でエリーザベトは、ザベトの「知」のありかであり、ザベトの力を借りて二度まで垣間見た「永遠世界」を憧れ続けることになる。このエリーザベトの姿こそが、「知」である言葉、すべての謎を解く神秘の言葉を探すロマン主義詩人、またはアイヒ自身の比喩となっている。

アイヒは自らの作品に注釈や解説を加えることを嫌う作家であるので、作品の背後にある論理やそれを形成した理論についての言及は少ない。それだけにそれらにかかわる数少ない言及がいきおい重要性を帯びてくる。作家であるということは「世界を言語であると見なす決意である」〔IV 613〕と、「すべての記述は神学に接近することが肝要である」〔IV 611〕、というアイヒの二つの発言から、シェーファーはそこにロマン主義の影響を読みとる。★60つまりアイヒの思想の根底には、自然は神の言語であるという発想があるというのだ。

例えばノヴァーリスの『ザイスの弟子たち』の冒頭に、ロマン派のそのような思想が顕著に現れている。「多様な道を人間は歩む。それらの道をたどり、比較する人は、不思議なフィグーアが立ち現れるのを見るだろう。いたるところ、鳥の羽、卵の殻、雲、雪、水晶、石、氷、山や植物や動物や人間の内と外、天上の緒光の中に、こすったピッチやガラスの板の上に、磁石の周りの鉄くずに、偶然の織りなす奇妙な巡り合わせに、偉大なる暗号文書の一部であると思えるフィグーアを見る。それらの中にこの不思議な書物を解く鍵を、この書物の文法を朧気に感じる。しかしながらこの朧な感覚は決まった形を取ろうとせず、もっと多くの謎を解く鍵にはなろうとはしないかのようである」[★61]。これらの自然現象の背後にあって、様々なフィグーアをとった「暗号文書」を人間のもとに送り届けているのは神であると考えられている。

したがってここでいうロマン主義の影響とは、アイヒに見られる以下のような思想のことであろう。世界は神の創った言語であり、自然のさまざまな様相に、神の言語が暗号のように形象化されている。しかしそれらの暗号を、現在の形骸化した言語を用いる我々は読み解くことができない。それらを読み解くために一旦は言語を捨てて神秘に近づき、言葉が本来持つ魔術的力を内に秘めた「言葉」を見出さねばならないのだ。そして全知の「知」であるその言葉を用いて謎を読み解き、読み解かれた謎を詩的言語によって記述するのだ、という思想である。

さてここで一旦『ザベト』を離れて、この神秘の言葉を求める姿勢を、抒情詩の中に見出してみよう。アイヒは、ラジオドラマにおいて、具体的に日常性の中で寓話へと窯変した世界観あるいは言語観を、切りつめた言葉の中で抽象化して、抒情詩という形で呈示している。したがってアイヒの抒情詩を探ることは、ラジオドラマの淵源に遡ることになるのであろう。詩集『地下鉄』（一九四九）の掉尾を飾る詩『断章』［I 80］に、アイヒのこの「言葉」探しが最も顕著な形をとって描かれている。「言葉よ、唯一の言葉よ！　いつも我は探している／「ごま」のように山の扉を開ける言葉を／それは透けてみえる事物のあわいから煌めいて／目に見えないものへと至る――」。アイヒはここで探すべきは、「唯一の言葉」であることを宣言している。そしてその言葉は魔術的な力を持ち、「目に見えない」事物の本質へと至る言葉である。「汝、言葉、唯一の言葉よ、あらゆる言葉に似てはいないが通じており／我は汝を色彩に感じ、葉群の中に聞き耳を立てる、／なんと汝は我の舌の上にあるではないか！」アイヒにおけるこの神秘の「言葉」は、あくまで言葉である。日常的に我々が使う言葉とは異質ではあるが、唯一の言葉は「あらゆる言葉に」「通じて」いる。チャンドス卿に「言葉」探しを断念させたホフマンスタールは、『帰国者の手紙』においてドイツに帰国した商人に、言語を含めたヨーロッパ文明に対する絶望を語らせる。そして言語によっては到達できない問題の解決を、商人はゴッホの色彩に求める。[★62] アイヒはホフマンスタールとは異なり、「色彩」に、「葉群」の中に探し求めるのは「言葉」である。

　しかしその「言葉」は「舌の上」に乗っているのに、通常の言葉のように音声となって発せられることはない。それは「舌の上」から離れることはないのである。「汝、汝を我は知っていた、／汝、汝に我はかかわっていた、／汝、汝は耳の響きの中でとても近しい――／だが我は汝を捉えられない／けっして、けっして、けっして！」アイヒのこの詩においても、この「言葉」は詩的自我にとって、過去に属するものである。現在は決して「捉えられな」くなっているが、過去においては詩的自我はこの言葉を「知っていた」のであり「かかわっていた」のであった。ここでもこの詩的自我を一個人と見なすか、あるいは人類史における自我と見なすかが問題になる。つまり「汝」である言葉を知っていたのが、一個人の幼少期であるのか、人類の太古の昔であるのか、という問題である。その答えは最終連から自ずと明らかになる。「汝、初めに[im Anfang]あった言葉よ／汝、神のように確実で、聞き取りえない／我にいかにして受け入れろというのか、汝の恐ろしいこの矛盾、／口にすることができないのが、／汝の本質、おお、言葉よ」。そしてここでもホフマンスタールの場合とは異なり、アイヒの探す太古の「言葉」には明確な像が与えられている。「神のように確実」な「初めにあった言葉」という表現が、『ヨハネによる福音書』に典拠を得ていることは想像に難くないであろう。この福音書の冒頭の詩句は、「初めに言《ことば》があった。言《ことば》は神とともにあった。言《ことば》は神であった」（1,1）である。アイヒが探しているのは人類の夜明けにあった言葉なのだ。

アイヒがロマン主義の影響を受けていることはすでに述べたが、アイヒとノヴァーリスとの思想の底流には、通奏低音としてネオプラトニズムの所産を引き継ぐドイツ観念論が流れており、そして彼らに特に影響を与えたのはヤーコプ・ベーメの思想の流れをひくドイツ観念論であるといわれている。[★63] とりわけベーメの影響が強く見られるのは、アイヒの言語観においてである。

14――「全知の知」に見られるベーメの影響

アイヒは、前述の『戦争失明者のための講演』のなかで「造化［Schöpfung］」［IV 612］という概念を用いている。人間を含めたこの世の自然は、造物主によって創造されたものであることを表現する言葉である。またアイヒは『現実世界の前に立つ作家』において、作家であるということは、「世界を言語であると見なす決意である」［IV 613］と語っている。「造化」という概念を勘案すると、アイヒが言語であると見なしているのは、神の創造による世界である。そのように自然や事物が言語であるのなら、造物主は自身の言葉によって、世界を創造したことになる。この思想は旧約聖書『創世記』の「天地の創造」あるいは新約聖書『ヨハネによる福音書』の冒頭を想起させる。シェファーは、それゆえ「言葉と事物が一つである魔術的な状態」［IV 612］についてアイヒが語るとき、「まさしく創造の出来事、いわば魔術または魔法を思わせる神の言葉による事物の生成の瞬間に、アイヒは言及している[★64]」と考える。その瞬間には「事物はまだ言葉であり、神が下図を描いたままのものであり、したがって本来的に事物そのものである[★65]」。

このような事物からなる世界を、本来的な世界と考えるアイヒの思想と「ヤーコプ・ベーメの自然言語とが注目に値するほど一致している」[★66] ことをシェファーは指摘している。彼は、アイヒへのベーメの影響を直接的な記述から証明することができないゆえに、「いくつかの示唆的な記述に甘んじなければならない」[★67] ことを確かに認めてはいる。しかし例えばR・リーバーヘア＝キュープラは、アイヒの言語理解と「類似の宗教的根拠を持つ言語理解に、私たちは一七世紀に出会う。神秘主義者ヤーコプ・ベーメは、神が事物を創造し、アダムが楽園で動物を命名するのに用いた原言語あるいは自然言語を前提にしている」[★68] と述べている。さらにE・クリスピンも「自然のヒエログリフというロマン主義的観念」[★69] とアイヒとの関連を論じる文脈で、「あらゆる魔術的言語使用の根底に必ずある、名称と事物との太古の神秘的合一と、神の創造的ロゴスというキリスト教の伝統とを結びつけた最初の人物」[★70] としてベーメの名前を挙げている。ロマン派を介しているとはいえ、クリスピンもアイヒへのベーメの影響を認めているのである。

ベーメの言語理論における思考の出発点も、『ヨハネによる福音書』の最初の詩句である。「初めに言《ことば》があった。言《ことば》は神とともにあった。言《ことば》は神であった。この言《ことば》は、初めに神とともにあった」(1.1-2)。つまり原初の世界で最初に、神のもとよりはき出されるのが言《ことば》である。言《ことば》は神の客体化である。

そしてこの言《ことば》が目に見える世界を創造する。言《ことば》は霊的な存在のエッセンスを核として、それを事物へと物体化する。この際に、霊的なものにおける表象と、物体としての事物とが言《ことば》によって結びつく。「万物は言《ことば》によって成った。成ったもので言《ことば》によらずに成ったものは何一つなかった」(1.3) ということになる。このようにして世界が創造された後、初めて事物がアダムにより命名される。堕罪以前の人間は後世の人間よりも、遙かに優れた「知」を有していた。アダムの「知」は、あらゆる事物を完全に認識する「全知の知」であった。アダムはそもそも事物を成立させた言《ことば》を認識していたので、それにしたがって命名することができたのである。これにより成立したのが自然言語である。ベーメの言葉を引用するなら、「自然言語はこの世にあるあらゆる言語の根元であるか、あるいは母である。その中にこそ、この世の事物のまったき完全なる認識がある。なぜならアダムが最初に話した時、あらゆる造化にその性質と内在する働きにしたがって、名前を与えたのであった。これぞまさに全自然の言語である」[★71]。アダムによって与えられた事物の名称は、事物の中でその後も生きている神の言葉を人間の言語に翻訳したものである、とベーメは考えている。

このような完全なる認識を持つアダムによる言語は、全知であるという点において、ザベトの「知」と符合している。ザベトは人間化の過程で確かに意気阻喪していった。しかしそのような状況においても、故郷である「永遠世界」の「知」を体験する瞬間がなかったわけではない。人間世界の言語に代わる「永遠世界」の「知」を、彼は人間世界にいながら、一瞬自らの故郷を幻視する体験の中で語っている。その瞬間には「何も［Nichts］起こっていないか、あるいはとても多くのことが起こっており、それは光のように私の体を駆け抜けていきます」〔461〕。神秘の刹那には「何も」〔461〕と「とても多くのこと」〔461〕とに差異はなく、あらゆる対立は止揚されて「激しく途方もない恍惚状態」〔461〕に支配されており、その中でザベトはあらゆるものが一つである全一なる「永遠世界」を体験することができる。全一の中に融合した自我はその瞬間には「すべてを知っていた」〔461〕と思える。ここに「まったき完全なる認識」による「全知の知」が達成される。

フォルトナー家の人々の体験からもわかるように、ザベトの世界の言語は、人類の言語によって理解しうる一言の言葉もない言語である。ザベトの「全知の知」は、人間言語を介さずに、フォルトナー家の人々に理解可能であるという点において、「あらゆる言語の根元であるか、あるいは母である」と言える。そしてここには「まったき完全なる認識」があるがゆえに、アイヒの求める「言葉と事物が一つである魔術的な状態」〔IV 612〕がある。神より発し、表象と事物が結びついたベーメの自然言語と、アイヒの求めている「魔術的な状態」にある言語とはここに重なり合う。

このような自然言語からなる魔術的な言語世界を、アイヒは「原テクスト」〔IV 613〕と呼ぶ。そしてアイヒが詩人として記述するという行為は、彼岸の世界にある「原テクスト」への接近を意図した行為なのであり、そこからの「翻訳」〔IV 613〕である。彼が「記述されるものすべてが神学に近づくことが肝要である」〔IV 611〕と言うとき、この「神学」の対象となるのは、アダムによる自然言語の世界であると結論づけることができる。そしてそれをアイヒが「神学」と呼んだとき、自然言語は神の客体化である、というベーメの思想が彼の念頭にあったに違いない。

しかしアイヒをも含めた人間は、バビロンの言語混乱以降、アダムの持つ完全なる認識である「全知の知」を失っている。それゆえ我々の現実世界においては、そのような言語は、「我々の周りにありながら、それでいて同時に存在しないのである」[IV 613]。したがって「最もうまくいった翻訳」[IV 613]であっても、「原テクスト」に「最も近づく」[IV 613]にすぎない。その結果、詩人は「原テクスト」への憧憬を抱き続けることになる。かつて体験した「永遠世界」との合一を、人間の時間世界からエリーザベトが希求するように、詩人アイヒは「全知の知」を失ったまま、此岸の詩的言語を用いて、「神学」を探求し続けるのである。★72

15――アダムの言語への接近

アダムは後世の人間よりも遥かに優れた「知」を有していたから、自然言語を生み出すことが可能であった。一方、我々後世の人間は、日常的には、自然言語に包含されていたはずの事物の本質を、日常言語の中に感じることができない状況に置かれている。アイヒも人間の認識の不十分さに言及している。「人間の感覚器官はどんなときでも、現実のごく一部を把握しているにすぎない。我々の耳はコウモリの叫びを聞くことができないし、赤外線や紫外線といった色彩を認識することもできない」［IV 609］。その代わりに人間はレーダーのような代用器官を作り出そうとするのだと、アイヒは続ける。「しかし多くのものを見ようとすれば、その分だけ人間はものが見えなくなっているかのよう」［IV 609］である。なぜなら「愛情を持っているものだけしか、人間は本当に認識することができない」［IV 610］からである。

そしてこのような不十分な認識しか持たない人間が、言語を、言葉を用いるのである。次の箇所のアイヒの記述は、ベーメの言語理論の影響の下にある。アイヒは「あらゆる言葉の中に魔術的状態の名残」［IV 612］があると信じている。魔術的状態とは「言葉がその対象と一つであり、造化に等しい」状態である。そのような言葉からなる「本来的な言語」［IV 613］は「その中に言葉と物が融合している」［IV 613］。まさにこれが自然言語である。

アイヒによると、詩人の本来目指すところは、自然言語すなわちアダムの言語を呼び戻すこと[★73]なのである。アイヒの言語にかかわる発言の中でも特に問題にされがちな「すべての記述されたものは、神学に近づかなければならない」［IV 611］とはこの謂である。人間の認識が不十分であるがゆえに、アダムの言語、「この聞いたこともなければ聞くこともできない言語から」［IV 612］は、「いわば翻訳することができるにすぎない」［IV 612］のである。そして、「たとえ我々に翻訳が成功したとしても、完全ではない」［IV 612］。人間はそれほどまでにアダムの認識から遠ざかっているのである。

しかし我々にも自然言語を理解することができるまれなるときがある。「神によって啓示を与えられた人、その心に聖なる霊が働いている人、事物が内的実体をその外面から語りかけてくる人は、自然言語を理解する。この事態はさしあたってはある言語とは関係がない。重要なのは実体と働きの認識である。アダムがこの能力の助けを借りて、対応するふさわしい名前を付けたことによって、初めてそのような関係〔自然言語が事物の内的実体を表現しているような関係〕が成立するのである」★74。「神によって啓示を与えられた」『ラツェルティスの年』のパウルや、「心に聖なる霊が働いている」ザベトや、「事物が内的実体をその外面から語りかけ」てきたチャンドスも、アダムの言語の「実体と働き」を認識していた。しかし彼らの探す「言葉」は、特定の言語とは関係なく、神の言語であるがゆえに、やはり口にすることができないのである。それならば直接言語で表現することのできないこの「言葉」にいかなる方法で接近するかが、詩人の次善の課題となる。

16――アラーの百番目の名前

全知の言葉へのアイヒの接近は、ラジオドラマ『アラーは百の名前を持つ』（一九五八）に受け継がれる。アラーの百番目の名前を知ることを希求する一人の青年が、ダマスクスのエジプト大使館の清掃夫であるハーキムのもとに現れる。アラーの名前には、例えば「唯一無二なる者、永遠なる者、第一の者」[361]というような尊称が九九あると言われている。そしてそれら九九番目まではすべて知られているのである。ハーキムはかつて「百番目の名前」を求めて、パリにまで出向き、イスラム教徒にあるまじき行為をしてまで探求した経験を持つ。彼は、「私はそれを知らない」[345]と言いながらも、自分が「いかにしてそれ［アラーの百番目の名前］を体験したか」[346]なら話せると前置きして、語り始める。

三〇年前、まだ青年だった頃に、ハーキムは一五人の叔父とともに、遺産相続争いでイマム・フォン・アラムートのもとにやってくる。そのときどこからともなく「羊の肉を食べるなかれ」というお告げを彼は受ける。その夜晩餐に行く前に、目だけを開けてベールに顔を隠した女性を見かけ、彼女と言葉を交わしたがために彼は開宴に遅れてしまう。ところが彼が到着するや否や、叔父たちは次々に倒れ死ぬ。料理の羊肉に毒が盛られていたのであった。生き残った彼は命をねらわれるが、お告げの声にしたがって、先ほどの女性、実はイマムの娘であるファーティメの部屋に逃げ込み、難を逃れる。

ハーキムは四日間「情愛に満ちた時」[350]を過ごすが、そのあいだは預言は途絶える。イマムの宮殿からの逃亡方法を教えてくれないでいる預言者を、彼は訝しく思い始める。ファーティメの部屋の床の間に寝転がっていたハーキムは、そのとき天井に蜘蛛が巣を張ろうとしているのに気が付く。彼に言わせると「美しい大きな蜘蛛の巣で、いわばそれは永遠の蜘蛛の巣である」[350]。このとき彼はまだファーティメと自分とが、お釈迦様の掌の上の孫悟空よろしく、アラーの「永遠の蜘蛛の巣」に絡め取られているということに気付いてはいない。

ファーティメはハーキムが一人で逃げることを許さない。そのときまたもや、お告げが彼に下る。「ハーキム、彼女を連れだし、汝の妻にせよ」〔351〕。ハーキムは彼女とともに館から逃げ出し、二人は結婚する。その晩出し抜けにファーティメは、海から遠く離れた「ダマスクスへ行って、魚を商う」〔353〕と主張する。ハーキムはこの無謀とも思える行為が、神のお告げによって裏付けられたがために、同意することになる。商売は大当たりを取り、二人は大金持ちになる。

ところがある日、ハーキムは、ファーティメの今までの行動が、すべて神のお告げに基づくものであったことを、彼女より告白される。お告げが「選ばれしものだと見なしていた自分」〔357〕にだけ与えられていたのではないことを知り、二人が預言者の手の内にあったことが判明する。これがハーキムの人生の転換点となる。以来ハーキムは商売に対する意欲を失い、コーランと信仰に関する書物に熱中するが、預言は絶えて聞こえなくなる。

『ラツェルティスの年』のパウルと同じく、ハーキムも自らの「感覚と目標を向けるべき対象」〔358〕として、「すべてを理解し、天地を動かす」〔370〕「アラーの百番目の名前」〔358〕を求めるようになる。彼によれば「その中に世界の秘密が隠されている」〔358〕のである。しかしどんなに読書を重ねようと、「世界のあらゆる学術協会や図書館と遣り取りを」〔358〕しようとも、その名はどこにも書かれていないのであった。

ある日また、不意に預言が聞こえる。この預言に導かれて、これまでの人生を捨てたハーキムは、三人の人物に出会い、三つの体験をする。まず最初に預言は、「アラーの百番目の名前を知っている」［358］、パリに住む靴屋★75デュポンを訪ねよ、と彼に告げる。ところが彼の期待とは裏腹に、キリスト教徒である靴屋からは、「アラーの百番目の名前」に関して何も得ることができない。靴屋は「紛れもない足の熱愛者」［360］であり、ハーキムの足の寸法を入念に測り、ただ靴の注文を取るに終わる。彼はデュポンが選ばれたことを「預言者の錯誤」［362］であると思いこむ。一週間後、デュポンの靴を受け取りにいってみると、デュポンがその朝亡くなったことが、彼の妻よりハーキムに告げられる。そして彼には完成した靴が残されている。死んだデュポンの残した言葉によれば、「その靴はある種の「芸術のための芸術」」［372］であった。しかしハーキムは、この靴がデュポンの白鳥の歌であることに気が付かない。

次に預言者はハーキムを、「アラーの百番目の名前を知っている」、「赤い魚亭」の女コック、ジャニーヌのもとへ差し向ける。彼女は経営者が余所からの引き抜きを恐れるほどの優秀な料理人である。しかしハーキムが「アラーの百番目の名前」について尋ねると、ジャニーヌは「もしそれであなたの気が済むのなら、私はある料理をそう呼んでもいいのよ」［367］と言う。この発言はハーキムを大いに失望させるが、後に大きな意味を持っていたことが明らかになる。しかしこの場では、彼は、いずれ女友達とともに食事に訪れる約束をするだけに終わる。「モハメッドが誤りを犯すことがありえるのだろうか」［368］とここでも彼の疑念は深まるばかりである。

後日、若くはない郵便局員オデットとともに、ハーキムはジャニーヌの店へ行く。そこで彼は、イスラム教徒に禁じられているワインを注文して、預言者の声を待つ。ハーキムとオデットとはジャニーヌの料理を口にして、そのおいしさに驚く。オデットは「この日まで食事というものがなんであるかを知らなかった」[378]と感激をあらわにする。今まで恋をしたことのなかった彼女には「今ほど幸せなときはなかった」[378]。彼女は来年六〇歳を迎えるというのに、この輝いている瞬間には、「少なくとも二〇歳は若く見えるのであった」[378]。

彼女はこのすばらしい晩をこう表現している。「今宵、なぜだかを言うことはできないけれど、すべての秘密を解き明かす晩だわ」[379]。ハーキムの求めていた「アラーの百番目の名前」が告げられたことが、このオデットの言葉から読みとれる。このジャニーヌの料理によって至った至福こそが、「すべての秘密を解き明かす」神秘体験であり、「アラーの百番目の名前」であるのだ。しかしこの至福は、人間の日常経験世界を越えた体験にまで至っているがゆえに、オデットは「なぜだかを言うことは出来ない」。つまりこの体験の本質が人間の言語世界の外にあることを、オデットは直感的に理解しているのである。それは紛れもない神秘体験であった。その後ハーキムは、幸せのあまり輝いているオデットが、通り過ぎていくのを街で目の当たりにする。「オデットは今や三〇歳であり、二〇歳のように見えるのだった」[380]。「アラーの百番目の名前」によって、今後の彼女の人生が変容を被ることは確実である。

その一方、残念ながらハーキムは、この神秘体験の持つ意義に気づかずにいる。彼は相変わらずジャニーヌが自分に「最も重要なことを自らきっと語りたいのであろう」〔378〕と、料理のみならず、彼女と面会することを待ち続ける。ところがジャニーヌは、彼女の料理の腕を求めている商売敵によって、その間に誘拐されてしまう。彼女を捜すためにハーキムは、オデットとともに店を飛び出し町をさまよったが、それは徒労に終わる。

三度目の御声が「アラーの百番目の名前を知っている」人物として指し示したのは、ニノンという名の女性であった。「私の胸の中でいくつか傷が付いてしまった預言者の無謬である叫びを修復するのが、預言者にとって間違いなく重要だ」〔368〕と今回はハーキムは考える。ところが訪ね当てた住所は娼館のそれであり、ニノンは果たして娼婦である。ハーキムはニノンが「アラーの百番目の名前」を知らないとわかるや早々に引き上げようとする。ところがまたしても預言者の声が「彼女のもとで夜を過ごすがよい」〔371〕と告げる。一夜を過ごして、相変わらず「アラーの百番目の名前」に関しては、何の手がかりも得られないことにハーキムは思い悩む。彼はこれら無益に思える行為がすべて、「アラーの百番目の名前」に到達するために、神が課した試練であると考えるようになる。ニノンとともに明かした日の午後、デュポンの靴の代金を払おうとしたハーキムは、ニノンの部屋に財布を忘れたことに気が付く。娼館に財布を取りに行くと、ニノンは財布とともに姿をくらましている。

当座のお金を得るために、郵便局に行って、小切手を見せるとすでに口座が閉じられているという。妻に当てて電報を打つと、「振替不能、即時帰還を待つ」〔377〕との知らせを受ける。なすすべもなく、徒歩で三ヶ月かけてダマスクスに帰り着いたハーキムは、全財産は当局によって没収され、無一文になっていることを知る。彼の妻ファーティメは、エジプト大使館に逃げ込み、そこに清掃係の職を得ている。そして「振替不能、即時帰還を待つ」の電報を打った日のことを、ファーティメは話し始める。その苦境のとき、商売上の救いを求めるファーティメに預言者が授けた言葉は、あたかも禅問答のような「ナツメヤシはナツメヤシ」〔383〕であった。

アダムの昔、すべての言葉は個々の物質を越えたその事物の本質を、本来語ることができるはずであった。ところが我々の語る個々の言葉は、現在では形骸化の果てに、「宝石」である事物の本質を閉じこめておく「牢獄」に堕している。その宝石の輝きは今や誰にも見えず、輝きがあったことすらも忘れ去られている。「ナツメヤシ」という言葉が、本来は「ナツメヤシ」という事物の本質と合致して、それを表象しなければならないことを、事物の名称と本質が言葉の中で融合しなければならないことを、預言者の格言は示唆している。主語の「ナツメヤシ」は言葉としての「ナツメヤシ」であり、補語の「ナツメヤシ」は事物としての「ナツメヤシ」の本質を意味する。しかし人間にとって「決して聴くことのないものがナツメヤシ」〔383〕の事物としての本質なのであり、それゆえにこの格言の意味内容が実現されることは「あらゆる奇跡の中の奇跡」〔383〕なのである。

そこで初めてハーキムは気づく。あの一日が、「デュポンが死に、ニノンが財布を持ち逃げし、ジャニーヌが誘拐された」［384］試練の日ではなく、ニノンの隣で目覚め、デュポンの生涯の傑作である靴を受け取り、ジャニーヌが料理してくれた特上の焼き肉をいただいた至福の日であったのだと。そして至福の体験の本質は、言語で捉えることのできないものであったのだ。それゆえにそれらの本質は「アラーの百番目の名前」と呼ばれるほかはないのである。

ハーキムが「アラーの百番目の名前」を求める青年にこの体験を語り終えたとき、それらの体験すべてに「事柄の域を出たものが少しもない」［385］ことを青年は指摘する。それに対してハーキムは、「私が蒙を啓かれたとき、アラーの百番目の名前が百通り、千通りに訳されているのを見聞きした。鳥の声、子供の眼差し、雲、瓦屋根、駱駝の歩みの中に」［385］、アラーの百番目の名前を見出したと答える。

青年「英知の父よ、あなたが訳すのですね。」
ハーキム「私はそれをそう呼んでいる。」
青年「あるがままの名前を知りたい。」
ハーキム「オリジナルを理解できないときには、訳さなければならないのだ。」
青年「ぼくはこだわります。」
ハーキム「我慢しなさい、若い方、そなたは自らの死を求めることになりますよ。」［385］

「オリジナル」を直接体験することは、人間には通常不可能なのである。神秘の体験によって知ることができるのも「翻訳」されたものでしかないのだ。「アラーの百番目の名前」は全知の知である。すなわちそれは「絶対」であり、「絶対」は決してそのままの形で経験できるものではない。彼はこれを「翻訳」〔übersetzen〕でしか体験できないと説いている。したがってハーキムは「アラーの百番目の名前」を「いかに体験したか」〔346〕しか話すことができない。我々に可能なのは、その置かれている状況に応じて、形を変えた、あるいは「翻訳された」絶対を体験することである。

しかしその「翻訳された」ものは、その話を聞いた青年にとっては「事柄」の域を少しも出ていないものでしかない。★76 それゆえに青年は「オリジナル」を求める。しかし、もしそれを体験しようとするなら、それは死に至る、とハーキムは言う。直接に「オリジナル」を体験するためには死を経るしかない。「翻訳された」ものであっても、それを体験するためには神秘の瞬間が必要であった。つまり我々のいる日常世界の表層を支配している現実から抜け出して、その背後にある真の現実をその瞬間に体験するのである。しかしあくまで体験者は、体験の後にはもとの日常世界の現実に戻っていなければならない。精神だけを向こう側に置き忘れてくればそれは狂気となる。もし「絶対」である真の現実へと完全に渡ってしまえば、それは死となるのである。逆に言えば、死によってのみ「絶対」はオリジナルの形で開示されるのである。

死だけが、原テクストである「アラーの百番目の名前」に触れることを許してくれるのである。

アイヒは抒情詩においてすでに以前にも、死を媒介としての神秘の言葉の獲得に言及していた。彼は『夏の終わり』(一九五五)において、死による認識への到達を最後の三行で表現している。「忍耐が肝心だ/やがて鳥の文書は開封される/舌の根では硬貨の味がする」[I 81]。自然の中で鳥が作り出す謎めいた様々な形象は、日常世界に暮らす人間には読みとることのできないヒエログリフである。しかしそのような形象の持つ意味が、開示されるときが来る。「舌の根では硬貨の味がする」時である。渡し守カロンによって、三途の川ステュクスを渡し[über-setzen]てもらう代価として支払うために、オボロス硬貨が死者の舌の根に用意される。その硬貨の味を舌で感じながら、死者は黄泉の国ハデスの門に到着することができる。そしてそのときに新たな認識の地平が開けるのである。

アイヒにおいては「アラーの百番目の名前」に代表されるような神秘の言葉、全知の知に至るには二つの道があることがこれで明らかであろう。「翻訳」[übersetzen]と、死によって向こう岸へ「渡し」[über-setzen]てもらうこととである。しかしオリジナルを「翻訳」された形で体験する方法は折衷的な方法でしかない。それは『世界の秘密』において、ホフマンスタールが愛の神秘を持ち出して、「言葉探し」を断念したことと大同小異と言わざるを得ない。直接に全知の知の国へ「渡し」てもらうには、結局のところ死しかないのである。

5　アナーキズムの言語へ（一九五八～一九七一）

1――アイヒ詩学の転換

アイヒは最初期の『詩集』においては、技術革新によって破壊されていく世界から離反し、全体性を備えた自然への回帰を目指す詩人と見なされていたために、一世代上の自然詩人オスカー・レールケやヴィルヘルム・レーマンの後継者と考えられた。また、彼の詩の中における経験的な現実の崩壊の表現に着目し、そこに人間の実存の危機を見出し、その言語表現にトラークルの影響を認めて、アイヒを遅れてきた表現主義者と刻印するものもあった。[★1] 詩的自我が自然の中へ、とりわけ植物へとあたかも退行するかのように、死を伴って越境していく表現から、そこにゴットフリート・ベンの痕跡をかぎつけるものもあった。[★2] これらの指摘はすべて、個々の局面に対する指摘としては、的を射ているように思える。しかしこれらの作家たちの影響は、あくまで初期抒情詩の中にとどまるものであって、五〇年代以降、アイヒの作品は彼らの影響圏から離れていく。その原因の一つとして、彼らのアイヒ作品への影響が、あくまで個々の作品の有する言語表現上の問題にとどまっていたことが挙げられる。つまりこれらの作家たちが持っていた影響力は、作家としてのアイヒの根底的な思想にかかわるようなものではなかったのである。この点に関して言えば、初期抒情詩から五〇年代を越えて、六〇年代に至るまでアイヒの根底的な思想に影響を与えたのは、ドイツ神秘主義の衣鉢を受け継ぐノヴァーリスであった。

ノヴァーリスの『ハインリヒ・フォン・オフターディンゲン』のなかには、アイヒのラジオドラマの数編に決定的な影響を与えたと思われる場面がある。アウクスブルクでマティルデと出会い、胸高鳴るハインリヒはその夜、夢のなかでマティルデに再会をする。「「僕たちは一緒にいられるのかい」。「永遠によ」、と彼女は答え、彼に口づけをして、二度と離れることが起こりえないために、彼を抱擁した。彼女は彼の口にすばらしい神秘の言葉を吹き込んだ。それは彼の体全体に響き渡った。彼がその言葉を繰り返そうとしたとき、祖父の呼ぶ声がして目が覚めた。彼はその言葉を思い出せるのなら、命を捧げてもよかった」[★3]。五〇年代のアイヒのラジオドラマには、この「すばらしい神秘の言葉」を「命を捧げても」手に入れようとする主人公たちが登場する。

まずは『ラツェルティスの年』のパウルである。パウルも「あらゆる神秘を解き明かす」[★4]言葉を、ハインリヒと同じように、眠りのなかで耳にして飛び起きる。「その語が響いていたあいだだけ、世界は変容して理解され、その同じ息吹のうちにまた忘れ去られてしまった」〔15〕がために、彼は「ラツェルティス」〔Lazertis〕と聞こえたその言葉を探さなければならなくなる。そしてトカゲを意味する「ラツェルテ」〔Lazerte〕という語を教えてくれたラパルテ〔Laparte〕という名の爬虫類学者に導かれて、ブラジルの原生林へ迷い込む。この人生の漂流の途上で出会ったベイヤード博士は、ラツェルティスという言葉を聞いて、それはオデッセウスの父の名前ラエルテス〔Laertes〕の間違いではないか、と指摘する。この言葉の探求者パウルは、森のなかで『ルカ伝』の全身腫れ物の男ラザルス〔Lazarus〕のような「レプラ」患者に出会う。この男の世話をするうちに自らも感染したと思いこんだ男は、修道会の名にちなんだ「レプラ」院「ラ・ツェルトーザ」〔La Certosa〕にたどり着く。後に彼が感染していないことが判明するが、病人を献身的に看病するうちに、彼は隣人への愛「ラ・シャリテ」〔La charité〕に気付くのである。結局、彼は「ラツェルティス」という「誤った語」〔51〕に導かれて放浪の生を送るが、「ラツェルティス」に似ているはずの本来の神秘の言葉を見出すことはできない。その代わりに彼は神秘の言葉を経験世界の言語へと「翻訳」したものとして、最後に彼の生き方を決定づける「ラ・シャリテ」を得るのである。

五〇年代のアイヒの詩学の根底にある発想の一つが、この「翻訳」であった。すべての神秘を解き明かす言葉とは、『ヨハネによる福音書』に見られる神の創造的なロゴスである。アイヒのいう「原テクスト」とは、このロゴスをもとに書かれた言語である。しかしこの「原テクスト」を人間は直接知ることはできない。それゆえ神秘的な「原テクスト」体験を、我々の用いる経験世界の言語に「翻訳」しなければならないのである。この不条理をユーモラスに表現したのがラジオドラマ『アラーは百の名前を持つ』であった。主人公ハーキムはアラーの百番目のおくり名を求めて、預言者の命ずるままに様々な体験を積む。天の声にしたがって、靴職人のもとで靴屋の白鳥の歌とも言うべき入魂の靴を手にしたり、娼婦とともにすがすがしい朝を迎えたり、この上ない料理人のまたとない料理を味わったりする。そしてこれらの体験こそが「アラーの百番目の名前」の「翻訳」されたものであったことに後日気付くのである。「原テクスト」を知ろうとすることは、「自らの死を求める」[385] ことだとハーキムが言うように、死によって経験的現実世界から、真実在の世界へと越境することなしには、神秘を解き明かす言葉そのものを手に入れることはできない。したがって、「オリジナルを理解できないときは、翻訳しなければならないのである」[385]。

アイヒのこれらの主人公たちは絶対を垣間見んと、刻苦勉励努力を重ねる。しかしシジフォスが山の頂近くまで運び上げた岩を必ず突き返されてしまうように、彼らも結局、経験世界の枠内にとどまるよう突き戻されてしまう。ノヴァーリスは箴言集『花粉』の嚆矢として「私たちはいたるところに無制限なものを探すが、見出すのはいつも単なる事物にすぎない」★5 という一文を据えている。この百以上に及ぶ箴言集の劈頭に冠せられたこの言葉が、アイヒのラジオドラマ古典時代の作品の結末に反映しているといえる。アイヒの主人公たちは、あらゆる能力を超越した「無制限なもの」である神秘の言葉を探し続けるが、見出されるのはいつも「単なる事物」あるいは全体性を失い個別化した真理の体験でしかないのである。

これらの主人公は、いつも本当の答えつまり真実在を得られず、代用回答に満足を見出し、妥協的に折り合いをつけるに終わる。これら妥協的であった主人公の行動に対して、五〇年代半ばから次第にアイヒは否定的な見解を示すようになる。アイヒは真理を求めても、その答えをいつも得られないという不条理に、代用回答で報いることを厳しく自戒するようになる。そしてその背後に潜む宗教的並びに社会的構造に対して、彼は批判の矛先を向け始める。

2――ラジオドラマの放棄

晩年のアイヒには、文学に関して自らの前半生を否定するかのような発言や記述が散見される。例えば一九七一年、ジャーナリストであるコレトとの対話において彼は、「ラジオドラマは、私にはすでに疎遠なものになってしまいました。最後の四作品をのぞいて、私はそれらすべてから距離を取らなければなりません」［IV 533］と述べている。アイヒを有名にした多くのラジオドラマの傑作をも、彼はもはや是認していなかった。彼が否認しなかった最後の四作品とは、最後に着手した四作品ではなく、改訂を施して最終的に成立したのが遅い四作品『フキタンポポの時代(II)』、『ヴェネチアの眺め』、『私の七人の友人』、『ベルをお鳴らしください』であると推定される。[★6]

アイヒの作風の転換期と見なされるのは、一九五八年から五九年にかけてである。一九五〇年以来毎年、作品系譜において重要なラジオドラマを少なくとも一つは発表してきたアイヒは、五九年からラジオという媒体から離れていく。自らの文名を高めた作品群を否定するに至る背景には、彼の詩学〔Poetologie〕の大きな転換、それに伴う抒情詩から散文詩への作風の完全な変容があると考えられる。上述の対話において、その理由を尋ねるコレトに、アイヒはこう答える。「その場合には広い意味での宗教の領域が関わっています。私の詩集『雨の便り』においては、私はまだ造化〔Schöpfung〕を受け入れた自然詩人でした。今日、私は自然をもはや受け入れてはいません、たとえそれが不変であるにしても。私は造化の中にある事物の合意にも反対しています」〔IV 534〕。「宗教の領域」という語をアイヒが用いているように、「造化」とは神の創造からなる世界である。

そしてこの「造化」の根底には、『ヨハネによる福音書』における、神による事物の創造があると考えられる。「万物は言《ことば》によって成った。成ったもので、言《ことば》によらず成ったものは何一つなかった」(1,3)のであるから、「造化」という語の背後には神の言葉が存在するのである。事物が神の言葉によって作り出されたことが、「造化の中にある事物の合意」である。そしてアイヒにおいては神秘の言葉の探求が、ラジオドラマ『ラツェルティスの年』、『アラーは百の名前を持つ』、抒情詩『断章』などに明確な形を取って現れ、五〇年代の創作の重要なモティーフの一つとなったことはすでに繰り返し述べてきた。しかし作風の転換期以降、アイヒは神の創造的ロゴスを否認する。神の創造による自然や事物を受け入れられなくなり、神の言葉の探事態である。

求を放棄するのである。アイヒが「造化の中にある事物の合意に反対」するとは、このような

一方、このアイヒ詩学の変容とともに看過してはならないのが、ほぼ同時期に催された『ゲオルク・ビュヒナー賞受賞演説（以下『ビュヒナー賞演説』と略す）』（一九五九）における、アイヒの政治的発言の尖鋭化である。ここで用いる「政治的」という語は、政党間の角逐にかかわるものでもなければ、イデオロギーの対立を指すわけでもない。作家が現実社会との繋がりを念頭において、容認しがたい現状を生み出している根底的な構造を批判するという意味において「政治的」なのである。「もし私たち作家の仕事が批判として、敵対や抵抗として、不愉快な問いかけとして、権力への挑戦として、理解されることができないのなら、そのときは私たちは何を書いても無駄であり、私たちは現状肯定的となり、屠殺場をゼラニウムで飾ることになります。統制された言語の無の中に一語を差し挟むチャンスは浪費されてしまうでしょう」［IV 627］。この態度は彼が作家としての緒に就いた三〇年代初頭の発言と比較すれば、好対照をなしている。しかしアイヒ研究において、「造化の中にある事物の合意」に反対する彼の詩学の変容と政治的な発言の尖鋭化とのかかわりは、未だ充分に論証されていない。神の言葉の探求をアイヒが放棄するに至る事態と、彼の政治的な発言の尖鋭化の関係を次に見出し、ラジオドラマ『フキタンポポの時代』の改稿と彼の詩学の変容の反映をそこに認めてみよう。

3――戦前から戦後のアイヒの詩学と政治性

アイヒの詩学の変容を的確に捉えるためには、まずは最初期の詩作に関する発言から確認しておく必要がある。一九三〇年二月のドレスデンの若い詩人たちの雑誌『縦隊』において、編集部より五〇人の新進作家に宛てられたアンケートに、アイヒは答えている。「私はこれっぽっちも言うことがありません。私は自分自身に「自分の創作の理由と傾向」について問いかけたこともないので、それに答えることはできません。他人には私が創作したものを唯一の十分な答えとして、指摘しておきます」[IV 457]。労働者による革命文学が礼賛される当時の文学議論の時代状況を考慮すれば、自作についての言及を拒否するアイヒの態度は、自己の立場を守り抜こうとしたものであったと理解できる。

当時、彼の周りでは新即物主義の潮流が文学議論の場を呑み尽くしていた。舞台上演に強い影響力をもっていたエルヴィン・ピスカトールが、表現と構成の簡素化によって、労働者観衆の感情に明確に一義的に影響を及ぼすことを目指し、あらゆる芸術的意図を革命目標に従属させようとしていたことを例に挙げれば、その時代状況は明らかであろう。★7 アイヒはこのようなイデオロギーに支配された芸術観に対する反発から、さらにこう述べている。「私は自分の詩を弁解したり、社説を前に頭を垂れたりすることは、全くもって沽券にかかわることだと思います、[……]。たとえ左翼雑誌の共感を得られない危険を冒しても、「今日的」と見なされないもっと恐ろしい危険を冒してもです。時代に対する責任ですって。わずかばかりもありません。ただ私自身に対する責任があるだけです」〔IV 457〕。アイヒは文学活動の出発点において、自らの詩作を政治とは一線を画するものであると表明し、時代から超然とした場所に位置づけ、左翼陣営の主張する革命に奉仕する文学を認めない。

翌年、『ヨハネス・R・ベッヒャーの『偉大なる計画』に寄せて』において、アイヒは文学と社会主義イデオロギーとのかかわりを明確に拒絶している。彼は、文学と政治的プロパガンダとの統合はこの叙事詩のみならず、いかなる文学作品においても成功しはしないという。「文学は、その本質上、間接的なものであり、五ケ年計画についての「詩」は、統計や冷静な断言の効果に比ぶべくもない」〔IV 551〕のである。プロパガンダとしての効率性が遙かに高いのは、数字による統計の方であり、「文学が何物にもかえがたいものであるときに初めて、文学は絶対に必要である、ということができるであろう」〔IV 551〕とアイヒは言う。文学作品は革命が求める必要に応じて作り出せるものではない、そもそもプロパガンダの道具には適していないとアイヒは述べ、それゆえベッヒャーの書くような「傾向文学は、その本質上十分な傾向でもなければ十分な文学でもない」〔IV 551〕と断じている。つまりアイヒは、ソ連の躍進を肯定するイデオロギーに満たされた文学活動を否認して、文学を政治の道具にしないことを主張しているのである。

その後、時代は激変し、一九三三年ナチスによる政権奪取以降、アイヒの社会に対する批判的発言は残されていない。ナチス政権下のベルリンに居を定め、彼は多くのラジオドラマを発表する。三九年には召集され、運転手兼無線通信士、さらに国防軍図書館の検閲官として従軍する。四三年にベルリンが爆撃され、敗色濃厚な戦局のもと、彼は空軍に動員され、バイエルンに続いてルール地方に出撃し、四五年四月レマゲンのアメリカ軍捕虜収容所に収監される。この体験に基づいて『在庫品調査』や『共同便所』といった捕虜体験詩が生まれた。戦前、戦中、戦後の体験のためにアイヒの詩学が政治的な色彩を帯びていったことは注目すべきであろう。この事実をL・Z・ヴィットマンもまた「第三帝国、戦時下、戦争捕囚とその後における体験が彼をして、ドイツにおける社会的、政治的状況、文学とその社会に対する依存あるいは非依存関係、現実性とその信頼性について省察せしめた」★8と表現している。

一九五二年に『もうひとりのわたし』で「戦争失明者のための文学賞」を受賞したアイヒは、翌年受賞記念講演である『戦争失明者のための講演』において、多くの社会的及び現状批判的発言を残している。彼は科学技術による物質文明の発展について否定的な見解を述べる。「人工知能」［IV 610］に代表されるような「このようなものすべてと、それに伴って私たちのもとへと東からも西からも一様に押し寄せてくる全体主義的な趨勢とを、人間精神の正当に発展した表現形態として受け入れなければならない」［IV 610］状況に私たちは曝されているとアイヒは慨嘆する。社会主義と自由主義との板挟みとなり分裂したドイツに暮らすアイヒの、両陣営の権力に対する不信感がここに表れている。そして機械文明礼賛による価値の空洞化を指摘する一方で、それに対する文化批評が、自己憐憫以上のものを生み出さない諦念、あるいは絶望に陥っていることを指摘する。その結果、彼の論調は政治的な呼びかけとなる。「もし人間の内面の力を退却戦に投入するなら、もちろん敗戦は確実です。地球全体を最終的に強制収容所に組織化しようといそいそと働いている人民委員や管理者たちのあざけりに抗して、この力を一つの核と、結晶点と見なして、それを信じて育てましょう」［IV 610f.］。この時期、四〇歳代半ばであった彼の発言は、活気に溢れており、社会変革の希望に満ちてもいる。「将来、世界が大強制収容所や巨大墓場になるのを防ぐ」［IV 612］役割を担う意欲を示していることからも、アイヒは戦前とはうってかわって、文学に社会内部での果たすべき機能を認めているのである。

しかしこのような社会変革にかかわる発言だけではなく、ヴィットマンが指摘しているように「現実性とその信頼性についての省察」がアイヒの詩学として現れてくる。この同じ講演の中でアイヒは「記述されるものすべてが神学に近づくことが肝要である」［IV 611］と述べている。アイヒによると、私たちが用いる「あらゆる言葉は、言葉がその意味する対象と一つであり、造化と等しい魔術的状態の名残を保持している」［IV 612］という。そしてそれらの言葉からなる「言語から私たちはいわば翻訳することができるにすぎないのである」［IV 612］。E・クリスピンはアイヒへのロマン派の影響を論じているが、その中でさらに遡ってアイヒの詩学の源を指摘する。★9 つまり「翻訳」というこの術語が「話すことは翻訳することである。天使の言語から人間の言語へと」★10 というハーマンの表現に由来するものであるというのだ。『ヨハネによる福音書』の記述に従えば、世界は神がはき出した言葉から生まれたのである。また一方でアイヒは、五六年の講演『現実世界の前に立つ作家』において、作家であるという決意は世界を神の「言語と見なす」[IV 613] ことである、と述べている。したがって「記述されるものすべてが神学に近づくことが肝要である」とは、神が人間に与えたままの言語への接近を目指すということを意味する。つまりアイヒは神の言葉からなる造化の存在を五六年には肯定している。そして「造化の中にある事物」を生み出した神の言葉は、事物を介して人間の言語となる。そのような言語を預かる唯一の存在として、人間存在はこの地球上で特別な地位を占めている。五三年に「人間の品位と地位とは、品位に基づいて生きている人間がまだ一人でもいる限り、不可触であると、私は考えます」[IV 610] とアイヒが語るとき、人間存在の地位はゆるがせにはできないものと彼は信じている。

4——『フキタンポポの時代』における造化の意義

ところが同じ五六年にすでにアイヒの中で、人間を地上における第一の存在と見なすことに対する揺らぎが始まっている。アイヒは、人間存在の没落を表明する『フキタンポポの時代(I)』〔以下初稿と呼ぶ〕の草稿に、五六年の一〇月にすでに着手しているのである。その後、この作品には都合七度の改編が繰り返されるが、中でも二年後、二番目と三番目の作品のあいだに、形式、内容ともに決定的な改稿がなされる。こうして成立したのが『フキタンポポの時代(Ⅱ)』であり、そこにはアイヒ詩学の大きな転換が見られる。なお、全集に収録されている『フキタンポポの時代(Ⅱ)』（一九五九）は最後の八番目に成立したものである。

内容的には『フキタンポポの時代』は一貫して、人類の終末を扱っている。初稿では、ある日オットブルンの町で、季節はずれにもフキタンポポの花が咲き誇り始める。この植物は音を立てて巨大に成長し、明くる朝にはこの町のみならず、ラジオの報道によるとヨーロッパ全体を覆い尽くしてしまう。オットブルンの町の住人の生き残りは、半年後には数人となり、共同生活を営みながら一〇年の月日を過ごす。ある日、彼らは巨大な食料貯蔵庫があるフランスのオーヴェルニュを目指して旅に出るが、到着したときには四人だけになっている。さらにおよそ二〇年を経たとき、彼らは空が見え始めたことに気付く。「フキタンポポの生殖力は失われた」［Ⅲ 303］が、その代わりに山が動き出したという。フキタンポポに取って代わるのは、人格化した山であって人類ではない。人間が今まで自分たちを「唯一の可能性であると考えていたことは思い上がりであった」［Ⅲ 304］ことに彼らは気付くのである。

初稿では出来事が年代を追って語られているために、受容者はようやく結末に至って人間存在の没落を認識することになる。一方『フキタンポポの時代(Ⅱ)』は、オーヴェルニュの洞窟における四人の人類の生き残りのドラマと、フキタンポポに襲われたオットブルンの町のドラマとが交互に展開する。彼らはアルファ、ベータ、ガンマ、デルタと呼ばれ、もはや自分たちの名前すら思い出せないほど年を取っており、性もなく、彼らの中で新たな生命が芽生えることはない。人類が死滅へと向かっていることは明らかである。ある日彼らは、フキタンポポが人間に細い小道を開けてくれるとともに、空には稲光らしきものが引き続き輝いていることを発見する。この稲光とともに地響きが起こる中、新たに登場したイプシロンと呼ばれる人物は、観察に基づいて「フキタンポポの時代」［III 616］はすでに終わったと言う。彼の言によると、アルファが今まで稲光と呼んでいたものは、動き出した山の吹き出す火である。フキタンポポに覆われていて快適に暮らせた日々は「黄金時代であり、［……］人間はフキタンポポと仲良くやっていけたし、フキタンポポを理解してもいた」［III 620］。ところが「学問、それは今や私たちだ」［III 621］とイプシロンが言うように、もはや従来の学問では理解できないことが起こりだしたのである。山が噴き出している火は、地球内部のマグマではなく、それは「挨拶であり、愛撫であり」、「発話であり、愛情である」［III 621］。それは「生きている山」の「火の言語」［III 621］である。フキタンポポの時代は、山の時代に取って代わられる。

数十年にわたって人間世界を占領しているフキタンポポが後退し始めたときに、登場人物たちは語る。「アルファ「我々に道を開けてくれたって、どういうことだ」。デルタ「どういうこと」。アルファ「あの植物が人間の地位に、〔躊躇しながら〕こう言ってよければ、人間の高い品位に気付くということだ」。〔遠雷に似た物音〕」［III 600］。ここでは「人間の高い品位」がまだ何らかの力を世界に対して誇っているという考えを、アルファはすでに「躊躇」なしには語れない。この作品では人間存在は特別なものであるという発想に疑義が、彼らに、そして聴衆に呈せられているのである。自然は、「遠雷に似た物音」をたてて、世界を一旦は支配したが今や衰退の途にあるフキタンポポの後継者が、人格化した山であることを明らかにする。「人間の高い品位」が、世界における第一の地位を取り戻すことはもはやない。

アイヒの遺稿の中から『フキタンポポの時代(Ⅱ)』について書かれた二つの書簡が発見されている。そのうちの一方において、「このラジオドラマは、厭世的な未来像として考えられたのではなく、人類は自己崩壊の危機が存在しないほど、造化の意義として非の打ち所なくかけがえのないものであるかどうか、あるいはこの確信が思い上がりを表現していないかどうかを、暗黙のうちに問いかけている」〔IV 490〕とアイヒは述べている。フキタンポポによって万物の霊長の地位を追われ、二度とその座に帰ることのない人間存在は、神から言葉を与えられた特別な存在であることも疑わしくなる。神の庇護のもとに安住することのできない人間存在が、「造化の中にある事物」すなわち神の言葉からなる自然と競合・敵対関係となる様をアイヒは描いているのである。

5――「不条理」の時代と『ビュヒナー賞演説』

一九四〇年代に、カミュやサルトルによって「不条理」という言葉に新たな息吹が吹き込まれ、この時代の一感覚を表現することになる。カミュによれば、この「不条理」という感覚は「理性に反して沈黙する世界に問いかける人間を対峙させることから生まれる」[★11]ものの謂である。レジスタンス活動の中での、大地に足がつかないかのような不安を表現するこの言葉が、多方面に影響を及ぼしたことは周知の事実であろう。フランスでは日常の人間存在のあり方に対する言語による批判として、ベケットやイヨネスコらの演劇に「不条理」感覚が受け継がれてゆく。

特にイヨネスコはこの不条理感覚を極端な形にまで押し進め、『禿の女性歌手』（一九五四）や『椅子』（一九五八）においては、人間の生の無目的性を表現するために従来の演劇が持っていたストーリー性を完全に解体してしまう。これらの作品は、開幕とともに無意味とも思える不条理な対話を展開し、そのやりとりのうちに閉幕を迎えるために、アンチ・テアトルと呼ばれるようになる。このフランスに始まった不条理劇の波は、ドイツにも押し寄せてくる。

アイヒの『ビュヒナー賞演説』の前年、一九五八年にアンチ・テアトルに影響を受けた三作品をものしたヒルデスハイマーは、二五年後に当時の状況を振り返って以下のように述べている。「今なら私は、当時ドイツやヨーロッパの政治を形成していた出来事に、いわゆる不条理の綱領をそれほどまでに完全に適用しないすべを心得ているでしょう。それは実際当時においては、現在考えている以上に知らないうちにやってくる方向性でありました」[★12]。「不条理の綱領」が一群の作家に圧倒的な力で方向性を与えたことと、当時の社会情勢に対する批判として現れたこととが、この言説から読みとれる。レジスタンス活動の落胤である不条理感覚は、いきおい社会批判と結びついた道を辿ることになる。

五月に『フキタンポポの時代(II)』が最終的に成立したと推定される五九年の一〇月に、アイヒの『ビュヒナー賞演説』が行なわれている。このような「不条理の綱領」が強い影響力を発揮していた時代状況を想起して、アイヒの『ビュヒナー賞演説』を検証すれば、この演説の別の相が見えてくる。ここでは観念的な詩学は姿を消し、権力に対する文学の言語を軸に詩学が展開される。それゆえ拒絶的な反響も大きく、例えば通常ビュヒナー賞受賞演説をすべて掲載していた『フランクフルター・アルゲマイネ』紙が、新聞社が文芸欄に掲載するべく期待していた文学的なものではないことを理由に、アイヒ演説の掲載を拒否する。この事実からも彼の演説の政治的濃度を、窺い知ることができるであろう。

彼はこの演説で、「唯一の正当性を唱えたり、僭称したりする」［IV 620］体制化した権力一般を批判する。そしてそのような権力は、自らに批判を向ける言語を必ずや統制する。そこで彼は、言語を統制する権力と、文学言語を操り権力に立ち向かうべき作家との対立図式のもとに、議論を展開する。アイヒはまず、動物の群の特徴や、人間社会の発展過程から権力の正当性を演繹する権力の姿勢に、自らの「アナーキーな本能のルサンチマン」［IV 620］に基づいて批判の矛先を向ける。根底においてアナーキズムを信奉するアイヒは、「権力を世界共通原理であると宣言することによって、権力は正当性をすでに僭称している」［IV 620］という。そしてこのように批判されるべき権力に対して、同様に批判を行なったビュヒナーの同時代の作家たちが忘れ去られた中で、ビュヒナー一人が未だに文学史から消え去ることなく、自己を主張し続けている理由をアイヒはビュヒナーの言語に見出している。この点に関して言えば、「アイヒの批評概念を依然、目下焦眉のものとしているのは、批評の媒体の決定である。それは彼にとっては言語である」[★13]のだと言われるように、アイヒの批評に現在に至る命脈を保たせているのも、ビュヒナー同様に彼の言語なのである。

　さて、ここで用いられる言語という語で、アイヒは「あらゆる様式に共通する質を表現しようと試み」[IV 618]ている。その「共通する質」とはビュヒナーにおいても、ゲーテにおいても、表現主義においても同様に認められる「文学の言語」[IV 619]である。このような「文学の言語」にむかって言語統制を試みる権力に対して、文学の問いかける能力が敵対的に作用する。文学の中にあって言語統制に敵対するものとは、「文学の存在そのものであり、あらゆる統制を逃れている言語における文学の存在であり、さらに言えば、すなわち登場人物の中に自己を表現する文学の能力と傾向です。登場人物は問いかけることもできるし、問いかけを表現することもできるのです」[IV 619]。すなわちこの演説における「文学の言語」とは、読者に、今ある現実に疑念を抱かせるべく問いかけを行なう言語なのである。

　そこでこの時代の政治的権力に対する抵抗運動であった「不条理の綱領」とアイヒの言説を比較しよう。ヒルデスハイマーは、一九六〇年に『不条理劇について』のなかで「不条理劇は観客に自分自身の不条理さを目の当たりにさせることによって、観客を不条理に対峙させることに仕える」[★14]のであると述べている。しかし現実の不条理に観客が問いを発しようとも、世界は沈黙しているのであり、答えが得られることはない。「人生の不可解さは、そのまったき偉大さと容赦のなさのなかでベールを剝がされ、あたかも修辞疑問であるかのように未解決にしておかれることによってのみ表現されうる」〔17〕。不条理劇は、どのような結末を迎えようとも、「問い続ける状態を表現しているのである」〔17〕。

アイヒも同様に「文学」には問いかける能力を認める一方で、答えを与える能力はほとんどないという。アイヒの詩学においては、造化を司る神の言語、すなわち原テクストを求めても、人間は原テクストから「いつも翻訳できるにすぎない」〔IV 612〕のであって、人間に「翻訳が成功したと思えるときであっても、いずれにせよ完全であることはない」〔IV 612〕のである。アイヒには神の言語に近づこうとしても、原テクストを得ることができないという認識がある。彼の詩学においても神の言語は沈黙しているので、本来的に「文学」の問いかけは答えを得られない。答えはいつも代用回答なのである。アイヒの言う「文学の言語」の背後には、決して答えが得られないという時代と通底する不条理感覚が潜んでいると言えよう。

その一方、アイヒによると作家たちが置かれている状況は、少し事情が込み入っている。つまり「問いかけがなされる前に、すでに答えが用意されている」〔IV 620〕のである。そしてその答えを用意しているのも、権力であるとアイヒは主張する。権力は「文学を無害化し、その不愉快さから逃れようと試みる」〔IV 619〕ゆえに、「言語をその目的に適合させようとする」〔IV 621〕のである。権力は統制された言語を押しつけ、すべてを正当化して作家たちを自分たち権力の側に引き入れようとする。そのときに問いかけを発しようとしても、やはりすでに答えは準備されているのである。その答えが代用回答にすぎないにしても、権力は倫理的に高い水準の答えを用意しているので、問う側が「自らの卑しさをさらけ出さずには反論することができないのである」〔IV 622〕。

こうして権力の用意した「巧みな証明によって、〔……〕正当化されないような非人道的なこと、良心の欠如、流血そしてテロが」〔IV 621〕正当化されていく。権力は「芸術が無害さの境界を越えない」〔IV 624〕ことに心を砕き、「統制された言語や許可された言語を越える言語」〔IV 624〕が存在すること自体が「批判を、統制とそれに伴う権力自体と敵対する何かを表現する」〔IV 624〕と見なしている。そして権力がそのような言語を迫害するのは、「好ましい内容がないからではなく、その内容を味方に取り込むことができないから」〔IV 624〕である。権力に敵対することになるのは、そこに書かれている内容ではなく、その内容を表現している言語なのであるとアイヒは考えている。つまり『ビュヒナー賞演説』の力点が置かれているのは以下の主張である。作家は「自分の（批判的）関心事を、言語統制やその背後にある権力から逃れている言語で表現することを試み」[★15]るべきであり、権力が「その内容を味方に取り込む」ことができない言語で語らなければならないということである。

6——不条理劇『フキタンポポの時代』

権力に統制されない言語というこの観点から『フキタンポポの時代(Ⅱ)』に見られる形式の変更と言語とを考察しよう。初稿では、オットブルンの住人たちの物語が年代を追って語られた。一方『フキタンポポの時代(Ⅱ)』では、年代を追う構成を廃し、オットブルンの様々な場面が百年以上前の出来事として、オーヴェルニュの洞窟の場のあいだに挿入される構成へと改稿がなされている。筋書きが前後することなく年代を追って先に進む初稿の形式では、聴くものは奇異なストーリーに胸を高鳴らせて、立ち止まって考える機会を見出せない。リスナーは興奮の中で終局を迎え、その意義を問うこともなく、無害な楽しみとしてこの作品を消費してしまうのである。一方『フキタンポポの時代(Ⅱ)』においては、交互に現在の時間に過去が挿入されるため、もつれたストーリーと錯綜する言語との脈絡を解きほぐすのに苦労を要する。アルファをはじめとする登場人物の断片的な回想によって、彼らとオットブルンの住民との繋がりがかろうじて看取されうる。リスナーは、場景の変転がもたらす効果によって、各々の場面の持つ意義に絶えず問題意識を持たなければならない。

そしてこのような問題意識を持ってこのドラマを受容する者は、現実に対する人間の姿勢が、もう一つの問題となっていることに気付くはずである。アルファは洞窟の中から出ようとはせず、観察を怠り、自らの思いこみに頼る。「私たちは目を持っている。だから見る」〔III 618〕というガンマの呼びかけにも、「特に何も望まないよ」〔III 618〕と「落ち着かない」〔III 618〕が寛大ぶった態度で、現実を直視せずむしろ忌避する。それゆえ、フキタンポポの勢力が衰微し始めたときも、「〔信念を持って〕これを私は進歩と名付けよう。フキタンポポと私たちはお互いに調子を合わせなければならない存在だ。フキタンポポが私たちに場所を譲り、私たちに気付いていることを思え」〔III 617〕、と手前勝手な解釈から、彼は誤認に陥る。そして山が動き出したことにより、人類の没落が決定的になったときにも、そのような事態を報告するイプシロンに対して彼は、「お前が私たちの言うことを拒絶する怪しげな急ぎぶり、そいつはこの没落よりもなお悪い。ああ、お前が来なかったなら」〔III 621〕と不平を漏らす。現実の変化を悟らせに来たイプシロンに、アルファは逆に責任をなすりつけ、自らの責任を回避する。

他方、ベータも現実に目を背けるために、食料貯蔵庫の誰も食べない缶詰を探し続ける。彼も闇の中を望み、光の中で現実を捉えようとはしない。「私たちの状況においては、知ることが問題なのではなく、行動することが重要なのです」〔III 614〕と彼は言う。フキタンポポを食べることに慣れた仲間がもはや見向きもしない缶詰を探すことが、彼にとっての「行動」なのである。山が動き出して他の四人が混乱に陥ったときも、彼は洞窟の奥で缶詰を探している。「カボチャ、にんじん、ほうれん草。火を君たちは見たのか。〔沈黙〕なぜ黙っている。私をじっと見つめるな。ここに野菜がある。全部新鮮だ。まるで昨日缶詰にしたように」［III 622］。現実を認識しない人物への揶揄あるいはその戯画化は、聴衆を現実に対峙させるための挑発となる。

ある時、突然アルファの口から「市民的偏見［Bürgerliche Vorurteile］」［III 608］という言い回しが漏れ、その語は「し、み、ん、て、き、へ、ん、け、ん［Bür-ger-li-che-vor-ur-tei-le］」［III 608］と細かく分断されて改めて発音される。アルファは過去の記憶が薄れているので、その語を意味のあるまとまりとして捉えてはいないし、もはや何も思い浮かべることもできない。しかし彼は、市民的偏見から解放されているわけではない。シャフロートは、市民的偏見の「破棄こそが、このラジオドラマの本来的な意図である。破棄されるのは、人間の住んでいる特定の世界である。このことが初めてこの世界を根本的に議論の対象にし、問題視する。終末状況は、現代を考察する際の偏見なき刷新への要求である」★16と述べている。つまりシャフロートは、アイヒがこのラジオドラマを通じて、受容者にこれまで持っていた「市民的偏見」とも呼ぶべき権力による代用回答に覆われた視座を放棄して、人間世界をその根底から見直すように求めているというのである。

しかしこのラジオドラマが求めているものはそれにとどまらない。遺稿の中のこの作品に関するもう一つの書簡では、「確かにこの作品の中には、社会参加的なものが、隠され、偽装され、書き換えられていますが、しかし私にとってはそれが中心的なものなのです」［IV 491］と述べられている。『フキタンポポの時代(Ⅱ)』では、ラジオドラマを聴いた受容者が、社会に向かって問いかけるのみならず、「社会参加」することまでをアイヒは念頭に置いていたのである。そのような意図と社会の現状に対する批判とが前提としてあるならば、このラジオドラマの改稿におけるストーリー性の解体も時代の流れと無縁とは言えない。イヨネスコの『椅子』を代表とする本来の「不条理劇は、ストーリーの論理的流れの中で表現されるものを表現するのではない」〔16〕と、ヒルデスハイマーは述べている。初稿の時系列に沿った展開を捨てて、物語性の乏しいドラマへと改編された『フキタンポポの時代(Ⅱ)』は、時代の産物である不条理劇なのである。

そしてこの不条理劇の中にアイヒは、権力が「その内容を味方に取り込む」ことができない言語を様々な形で表現している。「あるいは私はジルヴェスターという子だったのだろうか。私がすべての家の鍵を持っていることはうれしいことではない」〔Ⅲ 583〕というような謎かけのようなせりふもその一例である。もちろんこれは、初稿に照らせば整合性をもって理解できる内容なのであるが、しかしこのテクストの中では暗号化されている。このようなせりふは、聴き手に問いかけを引き起こすよりも、むしろ実際には、聴衆の心に滑稽さを引き起こすべく作用する。このような滑稽さは、また別の言語表現にも現れている。「アルファ「重要なのは真理だ」。デルタ「それはポワチエの町にあるとアルファは言ってるよ」。アルファ「ため息をついて」「真理、砂がくっついたその根っこ、その足跡――」。ガンマ「具合でも悪いのか」

[III 609]。アルファの「真理、……」というせりふは、後に詩集『決済済み』(一九六四)に収められる『真理の由来』の一節である。せりふの中で意味が完全に断絶しており、滑稽さに陥っている。初稿から『フキタンポポの時代(Ⅱ)』への改編のなかで、このように意味を解体し暗号化した言語表現が用いられるようになる。これらの言語表現は、後に『ベルをお鳴らしください』において、さらに極端な形へ、すなわち断片的なせりふへと変化していくのである。

五〇年代半ばに成立した『フキタンポポの時代』の初稿の中心的なテーマは、人間存在の地上における絶対性に疑義を投げかけ、独り人間が尊厳を持つという信念に対する不信の表明であった。神は人間からの問いかけに沈黙しているばかりか、人間の滅亡の危機に際しても、いかなる手をも差し伸べようとはしないのである。人間の問いかけは神によって拒まれているにもかかわらず、その一方で現実には権力による代用回答が人々の目を覆っている。権力は「内容空疎な言葉を、真理であると称して」[IV 623] いる。アイヒはそのような権力の言葉に批判を浴びせる。「言語が何であるのかを知らずに、神について語ることはできない。にもかかわらずそうすれば、神の名を破壊し、神の名をプロパガンダの言い回しへと貶めることになる」[IV 623f.]。神の名をもプロパガンダという統制された言語のなかに取り込んでゆく権力によって、「宗教の領域」全般にその統制は波及していく。それゆえに神の創造による事物、すなわち造化という概念も、権力に取り込まれて体制化することになる。アイヒはこう述べている。

「私は体制化したものに反対して、社会参加〔engagiert〕しています。単に社会においてだけでなく、造化全体のなかで体制化したものに反対してです」〔IV 533〕。アナーキストであるアイヒは、そのように体制化した造化をもはや受け容れない。

ストーリー性の解体によって不条理劇へと改編された『フキタンポポの時代(II)』において、「文学の言語」をも「味方に取り込もう」とする権力に対する、もう一つのアイヒの戦略が見られた。形式の変更だけではなく、ここでも求められるのは、権力に取り込まれることのない「文学の言語」である。「とりわけ私に重要であるように思えることは、〔人間の〕変化と発展とは、内容によってではなく、言語によって生じるのだということ、それゆえ言語を硬化させ、凝固させ、言語が何らかの権力によって利用されないように言語を保つべく、私たちが絶えず努力しなければならないということ、〔……〕です」〔IV 508〕とアイヒはあるインタヴューで語っている。したがって『フキタンポポの時代(II)』では、さらに意味を解体し暗号化した言語表現が、滑稽なまでに「非合理なこと」を表現するようになる。「私はこの世における非合理なことを、それが何らかの方法で表現されなければならないほど重要であると考えています。〔……〕ばかげたことは文学において、全くもって特定の重要な機能を持っているのです。たぶんまた世界との不合意という機能でもあるでしょう」〔IV 508〕とアイヒは語る。つまりアイヒが滑稽なまでに「非合理なこと」を表現するとき、その背後には権力に利用されない言語を用いなければならないという意図がある。アイヒはこのような言語によって、権力の統制を逃れ、権力に利用されない言語による創作を目指すようになる。その結果、彼はラジオドラマのなかで最後に改稿を施し、権力に利用されない言語によって記された四作品だけを是認したのである。

7――「アナーキズムの言語」と『ベルをお鳴らしください』

アイヒは『ビュヒナー賞演説』において、「文学の言語」〔IV 619〕と「統制された言語」との対立図式のもとに、代用回答が生み出される構造を明らかにした。アイヒのいう「文学の言語」にあって、「言語統制」〔IV 619〕に敵対するものは、文学の中に表現された登場人物の問いかける能力であった。しかし「文学には答えを与える能力がほとんどない」〔IV 619f.〕。それゆえここにつけいって、権力は代用回答を提供する。つまり「問いかけがなされる前に、答えが用意されているのである」〔IV 620〕。それどころか権力にとって不愉快な問いかけを避けるために、権力は「私たちに向かって善意の」〔IV 620〕仮面をかぶって、「いい答えがあるんだから、問いかけなんてやめてしまいなさいよ」〔IV 620〕とすり寄ってくるのである。このような状況下にあって、読者に代用回答を与えることに、手を貸したり、加担したりすることがない「文学の言語」をアイヒは生み出そうと意図する。アイヒは一九六七年にこう語っている。「私が文学において、一つの機能を持っているかどうか正確にはわかりません。しかし私はある種の意図を持っています。詳しく言えばアナーキーなものを意図しているのです。根底において私は世界との合意に反対です。単に社会的なものだけではなく、創造による事物にも合意できません。つまりそれらを私は拒絶しているのです」〔IV 510〕。神の「創造による事物」をも否定した思想に基づくものが「アナーキーなもの」であり、その「文学の言語」による表現を「アナーキズムの言語」とここで名付けることにする。そこで「アナーキズムの言語」と「統制された言語」との対立を、アイヒが一九六四年に発表した『ベルをお鳴らしください』の中に見出し、彼の「アナーキズムの言語」の実体を明らかにする。そしてアイヒの創作の前半生と深くかかわっている「無制限なもの」を探求するノヴァーリス世界との決別に至った過程をつまびらかにするのである。

　この作品の舞台となるのは、ローマのプロテスタント墓地のそばにある聾唖院の門衛詰め所の一室である。作品全体は十四の節から構成されている。そしてほぼ中間に位置する第八節の「インターメッツォ」〔717〕をのぞいて各節は、「きのこ愛好家協会」会長でもある門衛のモノローグ、電話での対話、そして聾唖院の住人との対話から成り立っている。ラジオドラマと演劇とでは、作劇上異なる利点と制約とがあることは明白である。ラジオドラマにおいては、場面転換が劇場での上演に比べて容易である。例えば電話の会話を舞台で見せれば、リアリズムに傷を付けることになりかねないが、ラジオドラマでは対話のすべてを無理なく表現することが可能である。『ベルをお鳴らしください』はこのラジオドラマに本質的である利点を逆手にとって、あえて不可解な表現に挑んでいる作品である。電話での対話においては、ラジオドラマであるにもかかわらず、テクストは門衛の話のみから構成されており、相手の話は沈黙で表現され、門衛の話の内容から相手の対応を類推するほかはない。アイヒ自身が言うように、元来「スピーカーには物言わぬ芝居がない。沈黙することができない」[IV 511]のである。それゆえ何らかの音声によって「沈黙」を表現することが必要であった。ところが音声で「沈黙」を表現するのではなく、「沈黙」で言葉を覆い隠すのであるから、この点においてもこの作品はラジオドラマのドラマトゥルギーから逸脱している。

また聾唖院の住人との対話で、音声言語として表現されるのは当然門衛のせりふのみである。したがってテクストにおける言語表現は、門衛の登場する十三の節すべて[以下、これらの節を「本編」と呼ぶ]にわたって、彼のモノローグのみにより構成されているかのような外観である。そして各節はすべて「ベルの音」により始まるが、ト書きによるとこの「ベルの音はすべての箇所において同じ音で、電話や入口のドアを想起させてはならない」[700]のである。したがって、門衛の対話が電話越しのものなのか、直接の対話なのかを判断するのはかなり困難である。対話を含めても独白としか呼べないような本編について、「純粋に音声的な媒体において、言語能力を奪われた人々を登場人物にすることは馬鹿げたことではないだろうか。アイヒはこれによりもはや進むことのない方向へと動いているのではないか[★17]」というような非難があるのも当然である。ストーリー性を解体した芝居が「アンチ・テアトル」と呼ばれたように、ラジオドラマの特性を放棄した本編は確かに「アンチ・ラジオドラマ」とでも名付けるべきかも知れない。

一方「きのこ嫌いたちの声」〔717〕という副題を伴うインターメッツォは、二つの対話とバロック詩の合唱とから構成されている。インターメッツォは一四節のうちの一節にすぎないが、テクストの長さの点では全体の五分の一を占めている。二つの対話は「きのこカード」で作られたカルテットゲームに興ずるおよそ八〇歳ぐらいの四老人の対話と、きのこを探して薮の中に分け入る二人の恋人の対話とからなり、三度の老人の対話のあいだに二度の恋人の対話が挿入されている。そしてそれぞれの対話の継ぎ目には、ト書きが明らかにするところによれば、カスパー・シュティーラー、ジーモン・ダッハ、フリードリヒ・フォン・シュペーの手になるバロック詩が挿入されている。本編との対比において、インターメッツォの多様さは注目に値する。このインターメッツォの分析が、アイヒがこの作品で目指した極北を知るためには不可欠である。

8——門衛の「統制された言語」

この聾唖院の門衛は、自らの趣味であるきのこ狩りを主催する「きのこ愛好家協会」の会長であり、門衛の詰め所をその事務局として利用している。したがって電話での会話は、きのこに関心のある仲間とのやりとりが大半を占めている。それにもかかわらず彼の発言の中に、宗教、特に神の問題が頻出していることには着目しなければならない。門衛は一見宗教に信仰を寄せているように見える。「シェークスピアとは誰だったか。貨幣制度、銀行制度、株式制度、すべては遠心的である。宗教のみが確固としている」〔702〕と彼は電話で語る。この理屈っぽさは、あたかも彼が布教にもいそしむ神学者であるかのようである。さらに「われわれの協会の目的は自然における神の讃美である」〔711〕という表現から、きのこを介して人間が神の造物である自然を讃えるのだ、というこの門衛の意図が汲み取れる。彼は、「われわれは造化のなかに据えられており、われわれがそれを受け入れるのが最高の時である」〔705〕というような神学的表明をも行なう。門衛は人間が神の創造した造化の一部であることを認め、自然が神の創造物であることを是認し、そこに至上の喜びを見出している。このような門衛の是認は、自然を神の言語であると認めていた初期から中期にかけてのアイヒの思想と符合する。しかし作者がもはや認めていない思想を語る門衛は、作者と同一視できるような人物ではなく、むしろ以下に挙げるような点で、敵対的な人物なのである。

「宗教のみが確固としている」というように、制度としての宗教を是認していることに、門衛の体制的な心性が現れている。体制と結びついた彼の宗教観は、当然独善的になっていく。ユダヤ教徒であるラムフォート夫妻に向かって門衛は言う。「あなた方もキノコ集めをするべきですよ。これはあらゆる宗教徒にうまくいくというわけではありません。たかだか仏教徒までですが、たぶん彼らはチチタケの蛆を傷つけまいとおびえるでしょう。彼らは真理を知らないのです」[709]。ユダヤ教徒をキノコ狩りに誘うに当たって、彼は「真理」を彼の宗教の独占物であると主張することによって、他宗教に対する彼の排他性を露わにする。それと同時にどうやら門衛は、ジャイナ教徒のような不殺生主義を貫いていると誤解して、仏教徒をあざ笑っている。しかしこの非暴力に対する嘲笑から、彼と同じ宗教徒が行なってきた暴力を容認する姿勢がむしろ窺える。

そもそも聾唖であるラムフォート夫妻を、この門衛が「神の讃美」であるきのこ狩りに本気で勧誘したかどうかは疑わしい。聾唖の障害を持った人たちに対する偏見に、この男は満ちている。「話す分だけ多くのことを思いつくものだ。沈黙は愚鈍である。あるいは無神論だ。聾唖者は神に背く話をする。それゆえ彼らは聾唖なのである」[703]と彼は述べている。この差別的意向の持ち主は聾唖者を神に背くものとして断罪する。彼は自らが権力の側にあることを宣言し、弱者を攻撃するのである。このような暴力性の正体は、このラジオドラマの終局にいたってようやく明らかになる。この男は印刷業者の女性カルモーゲンとの電話において「数字は誇張されている。残念ながら、しかしそれによって私の存在の喜びが曇らされることはない。結局のところほかの奴らは良心に疚しいところがあるんだとも。ユダヤ人たちが戦後にどんな振る舞いをしたことか。それをあなたは『シュテルン』誌で読んで確かめられるさ。オーストリア版だよ。賠償だって、そんなものはないよ。この略奪に対する怒りは、だってみんなに共通だろう」〔730f.〕と正体を露わにする。「数字」とは、言うまでもなくホロコーストの被害者数である。門衛は「存在の喜び」を失うまいと、ユダヤ人虐殺の被害者数を認めようとしない。被害者の遺族に対する賠償を「略奪」とさえ呼ぶのである。障害者に対する差別観、反ユダヤ主義およびナチスの犯罪の実在を否認する言説から類推して、彼が戦中においてナチスに奉じる暴力的人物であったことは明白である。

彼のこの暴力性が、神への礼賛と結びつくとき、支配システムとしてのキリスト教が顔をのぞかせてくる。聾啞であるラムフォート夫妻との対話の中で、断片のように現れてくる人物の名前に、この門衛の性向が反映している。例えばゲルトルート・フォン・ル・フォールの名が彼の口から語られるのもこの文脈上にある。一八七五年生まれの彼女については「核武装に関しては間違いに陥った」〔708〕という表現でのみ言及されているが、この事実よりも門衛の関心の中心は、彼女が「中世の栄冠に輝く教会と帝国の超個人的な絶対の力を讃えた」[★18]点であろうと思われる。それに続いて彼は、ここでも断片的に「本当のことを言えば、トマス・アクィナスは難しすぎるので、ショットがいるだけにすぎない」〔708〕と述べている。このショットとは『聖なる教会のミサの書』を書いたベネディクト派修道士アンゼルム・ショットのことである。「キリスト教の護持と布教に役立ったこれらの著作を彼は絶対必要なものとして認めている。宗教的価値は正しく彼の関心をカムフラージュするのに適しているからである」[★19]。門番は体制化したシステムを欲しているのであり、そのシステムを「栄冠に輝く」宗教により粉飾するのである。

ここで粉飾された体制は、暴力を伴う支配欲に満ちているため、彼の神への礼賛は暴力性と表裏一体である。「human〔人間の・人間的な〕の反対語は inhuman〔非人間的な〕ではなく divin〔神の〕であると、どこで読んだのだったろうか」〔705〕というとき、この門衛は divin に新たな意味を付与することを試みている。human の反対語として divin を挙げる際に、彼は inhuman をもちだすことによって、divin の中にある inhuman な点を際だたせようとする。彼が divin の中に確認したいのは、この語の名の下になされてきた inhuman な行為であり、それをも divin の範疇に含まれるものとして積極的に肯定したいのである。門衛は電話でキリストの贖罪を讃え、自己の存在の喜びを語る。これに続く沈黙の中で、電話相手の女性カルモーゲンはキリスト教の歴史における異端審問の存在に言及したのであろうと推測される。それに対してこの確信犯のような男は「異端審問によっても、人類は陽気にかつ賢明になった」〔730〕とキリスト教世界内部の暴力を全面的に肯定する暴論で切り返す。ここに至ってこの男の信仰は神に向けられているのではなく、キリスト教教会の体制に向けられていることが明らかになる。

すでに上述したユダヤ人虐殺への門衛の言及に対して、次の「間」でカルモーゲンは虐殺を目の当たりにしながら沈黙する神へ不信を表明したと推定されうる。それに対して「神もまた何か言うべきだったのだろうか。すべてが無意味であったときに。神自身は事実また何も言われなかったではないか」〔731〕というように、神の沈黙を彼は肯定する。門衛には世界の不条理を感じる能力が欠如している。彼には神の沈黙は、特に都合の悪い事態ではなく、それ自体は何の問題もないのである。この男は独白する。「もちろん問いかけのない人はいない。しかし問いかけは世界から作られなければならない。答えによってではない。問いかけは答えとは比較的つながりが薄く、ラディカルに現実的に考えるなら、むしろ鞭とかかわっている」〔714〕。問いかけとは、世界のなかにいる存在が、世界に対してあるいは神に対して持つものであることを門衛は認めている。したがって答えが先にあってはならない。しかし問いかけと答えは関連しあっておらず、問うものには問いかけに対する答えが得られないか、あるいは代用的な答えが一方的に与えられるのが、現実である。そしてこの代用回答に満足を見出さないものは、権力によって鞭で報いられることになるというのがこの門衛の主張である。彼は、いきおい権力による代用回答に甘んじるので、神の沈黙は問題にはならない。

代用回答に甘んじ続けるこの男の世界観は結局のところ、「世界は全体として信用するに足らないが、個々の点においてもそうである」〔729〕となる。神が世界を創造し、創造による造化の中に人間が含まれていることを是認してはいるが、究極、門衛は神の造った世界自体を信用していないのである。つまり彼が神の名を口にすること自体が、『ビュヒナー賞演説』でアイヒが述べたように、「神の名を破壊し、神の名をプロパガンダの言い回しへと貶めることになる」〔IV 623f.〕瀆神的な行為である。門衛の神に対する讃美はあくまで便宜的なものであり、利用価値がある限りにおいて讃美するのである。神の世界と人間世界との断絶を容認しておきながら、都合に応じて神を引き合いに出しているにしかすぎない。彼の話す言語は、あるときはナチスによって、あるときはキリスト教教会の体制によって統制されている「統制された言語」なのである。

9――「統制された言語」とアナーキーな世界観

門衛はこの作品の本編を彼の言語で埋め尽くしているが、その長広舌に比して語られている意味内容は希薄である。その一方、インターメッツォにおいては各々の登場人物が語る言葉少なせりふは、推量しうる限りにおいて、多くの意味を包含している。さて、インターメッツォを考察するにあたって、まずは老人たちの対話と恋人たちの対話のあいだに挿入されているバロックの詩を位置づけることから始めなければならない。挿入されているバロック詩の「似像でありうるとかつて見なされていた世界をモデルに創られた詩的形象は、ここでは偶然のように満たされた言語空間の中で無関係に存在している」[★20]わけではない。ト書きによればこれらの詩は「ある学級のコーラスによって唱えられなければならない」〔700〕のである。それゆえ「ある学級がこの韻文を暗唱するということは、説得や教育の効果的な契機を、詩連の独白的で、権威的なまでに断定的な回答的性格を強調する。暗唱は記憶と告白とを意味し、支配的な思想とその言語をこの形式で無批判に受け入れることを意味する。〔……〕「詩的な」バロックの言語は統制された権力言語のあらゆる特徴を備えている」[★21]という見解には説得力がある。ここに引用されたバロックの詩が、「造物主が讃えられなければならない」〔723〕という表現によって神を礼賛しているものもあれば、結婚を強く勧奨しているものもある点にも注目すべきである。二番目のバロック詩は「結婚を逃れようと／思う者は／太陽の黄金の光を／見るに値しない、／さもないとこの人生は／憂いと苦悩とに取り巻かれる、／結婚が忘れられれば、／この世界はいったいなんなのか。」〔720〕と結婚の絶対的価値を説いている。本編において、権威主義的な教会制度に立脚した統制された言語を語った三七歳の独身男は「億万長者の娘たちはどこにいるのだ、一九歳でスタイルのいいのは」と一人つぶやき、金目当てではあるが結婚願望を強く抱いている。キリスト教的秩序像であるインターメッツォ内部のバロック詩は、教会のドグマ性を肯定している門衛の思想と符合しているのである。

一方、インターメッツォの四老人の対話では、アナーキーな世界像を語るテオバルトとは、三女性のうちの「誰もが結婚をしていない」〔717〕。彼は「移住してきた」〔721〕と言われるように、流れ者の身であり、生涯独身であったのであろう。この解釈が正しいのであるとするならば、「アイヒは詩歌を挿入することによって、バロックの言語表現におけるキリスト教的秩序像に、このラジオドラマが描いているアナーキーな世界像を直面させる」[★22]ことを目指したのである。逆に言えば、バロック詩全体がアナーキーなインターメッツォの人々に対する批判なのである。それならば、本編の門衛の統制された言語とインターメッツォのアナーキーな世界像との対立関係を考慮に入れるとき、このバロック詩はインターメッツォに挿入された門衛の思想なのではないか。門衛のいる聾唖院が墓地のそばにあることは意味のないことではない。このドラマが進行しているのは、時間的には真夜中の前後であり、特にインターメッツォが真夜中に位置している。それは「幽霊の時間」〔729〕である。忽然と現れ、また消えてゆく四老人や恋人ティートゥスとアルファとは幽霊なのである。したがって聾唖院の入口にいる男は、鍵番をする単なる門衛ではなく、人間の体制化された世界へと死者の世界のアナーキーな幽霊がさまよい込まないように見張る番人でもあるのだ。それゆえ彼は幽霊の対話にバロックの体制化した世界観を差し挟むのである。

それでは、門衛の体制化した世界観に対立する、アナーキーな世界観とはいかなるものであろうか。カルテットゲームに興じる四人の老人の立場はそれぞれ異なっている。彼ら四人すべてがアナーキーな世界像を代表しているわけではない。きのこの絵が描かれていると推測される札を用いたカルテットゲームを、ローザが「とにかく切って続けようか」〔723〕と問いかけるのに対して、ゾランゲは「生の原理よ」〔723〕と答えている。きのこカルテットゲームは彼ら四人の幽霊にとっては、生存競争の比喩なのである。それゆえヴィクトリーネは「話を逸らさないで、あんたたちテオバルトとぐるなのね」〔717〕といかさまを指摘し、生存競争において自らの名前の通り勝利にこだわり続ける。

彼女はテオバルトとゾランゲとのおしゃべりも許さない。「中断しないで、合意しなさい」

〔718〕。いったい何に合意をするのだろうか、ゲームを継続することにであろうか。ゾランゲは「喜んで合意するわ、でも何によ」〔718〕と問い返している。ヴィクトリーネは「テオバルトに一四点与えることに、父の家に、カマキリに」〔718〕と答える。「テオバルトに一四点与えること」はすなわちゲームの継続を意味する。「父の家」に関してはインターメッツォの冒頭で語られている。「ローザ「七〇年前、父が最後のオオカミを撃ったわね」。ゾランゲ「覚えているわ。〔……〕祖母を食べてしまったオオカミじゃなかったかしら」」〔717〕。メルヘンの中では否定的な含意を伴うオオカミであるが、ここでも暴力性を担っていることは明白である。そのオオカミを銃によって射殺する父も同様に暴力の行使者である。「父の家に」という言い回しは、このような暴力性に基づく生存競争に合意する要求であろう。

この要求の性質は、次の「カマキリ」においていっそう鮮明になる。「テオバルト「雌が雄の頭を切り落とすのだ」。ローザ「立派なSchüppling〔きのこの名〕が私にはないわ」。テオバルト「上半身を雌が食い尽くすのだ、雄の下半身と交尾しながら」」〔718〕。カマキリの雌は、たとえそれが同種の雄であって、交尾の最中であっても、目に入る動く生きものを食い尽くさずにはおれない。途方もない暴力性である。カマキリの雌はいかなる場合にも、強者が弱者を肉にするという原理を貫徹するのである。つまりヴィクトリーネはこの世に行なわれる、昆虫、動物、人間といった生物の恣意に見える行為も、背後に神のいる造化の意志として合意し、彼らの暴力を容認しているのであるから、むしろ門衛に近い心性の持ち主である。

ローザの立場は少し異なる。彼女は「繰り返すわ、立派なSchüpplingよ」〔718〕ときのこの名前を繰り返している。ノイマンは価値評価の伴う「立派な〔ansehnlich〕」という形容詞に着目して、「Schüpplingという語が音声的にSchöpfungという語に非常に近いこと」[★23]を指摘し、ローザのせりふ「立派なSchüpplingが私にはないわ」は、実は「尊敬すべき造化」〔die ansehnliche Schöpfung〕の欠如を意味していると解釈する。ノイマン解釈が正しいのなら、ローザはヴィクトリーネとは異なり、カマキリのような暴力的な生物を前にして、神の造化を容認するのに躊躇していることになる。

もちろん彼らの中で、最も造化に対する不信を抱いているのは、カマキリの話を持ち出したテオバルトである。ゾランゲはカマキリの話をテオバルトの作り話と思いこみ、「テオバルトはちょっとばかりひどすぎなかったかしら」〔718〕と非難しているが、これはそのまま造物主に対する批判である。それでも彼女は「みんな合意しているわね」〔721〕と造化の中にある暴力性を否定しない。「含むところがあるのは」〔722〕テオバルトだけであり、その結果彼はゾランゲに「私のアナーキスト」〔722〕と呼ばれることになる。彼は確かに造物主の創造に不信を積極的に表明する点で、アナーキストである。しかしカマキリに関する文脈で、「あの方はこれ〔動物に雄雌があること〕を自慢に思っている」〔718〕とこのアナーキストは言うように、神の存在自体は否定していないのである。

10——実在喪失

『ベルをお鳴らしください』の中の門衛のせりふとカルテットゲームのテオバルトのせりふとに、「統制された言語」とアナーキズムとの対立が見出された。そしてこのテクストの中で、最もアナーキズムに満ちた表現であるがゆえに、多様な解釈の可能性を含むのがインターメッツォにおけるティートゥスとアルファとの対話である。この場面のテクストは、「内容を表現しているのではなく、それを隠蔽するのである」[★24]と言われるように、せりふが多くの意味を隠している。そして、それらのせりふのやりとりには、まま断絶がある。「論理的に繋がって自然にではなく、脈絡のない連想的なものとして、このテクストは展開するように思える。行間では、文の内部と同じくらい多くのことが起こっている。このテクストは沈黙の性格を帯びているのだ」[★25]という解説は正鵠を射ている。字義通りの解釈だけでは理解できない上に、せりふとせりふの行間を埋めるものを見出さなければならない。つまりキーワードとなる言葉だけを断片的に呈示して、その読解を読者にゆだねるのである。思想は背後に隠されており、個々の言葉だけが前景に押し出されているのである。この限りにおいて、このテクストは表現自体がアナーキーであり、散文で書かれた抒情詩と呼べるであろう。

幽霊であるティートゥスとアルファとは、かつてこの「広々とした野原」[719]にやってきたとき、「そこに日よけ棚がなかっただろうか、僕たちを見えなくするハンノキの木立がなかっただろうか」[719] と言うように、二人だけの空間を求める恋人同士であった。そして探していたものが愛の語らいの場所だけではないことが、「思い出してみよう、僕たちは沃野からも野原のはずれからも緑の原からも何も手にいれなかった」[719] という表現から読みとれる。「アルファ「薮じゃなかったかしら」。ティートゥス「薮だったとも」」[719]。彼らは求める事物を薮の中に探しにいったのであった。

ノイマン[★26]やシュルテ[★27]がすでに指摘しているように、薮に分け入る恋人のモティーフをアイヒは、詩集『雨の便り』のなかの『ラズベリーの蔓』[I 107] で描いている。ここでは恋人たちは「思考の背後にある森」の前に立ちつくす。この森の中では、経験的現実世界の思考は役に立たないのであろう。「ああ、ラズベリーの蔓を語り、／その実を君の耳にささやき入れる、／その赤い実は苔の中に落ちてしまった」。「私」が語ろうとするのは言葉ではない。「ラズベリーの蔓」や「その実」といった事物そのものなのである。「私」は事物と言葉とが完全に一致した表現を求めて、物自体を「ささやき入れる」ことを試みる。しかしその試み、すなわち事物の言葉への完全な翻訳は、言語の不完全性ゆえに「苔の中に落ちて」しまい、必然的に頓挫する。「君の耳はそれを理解しないし、／僕の口はそれを語ることがない、／言葉はその実が朽ちるのをとめることはない」。口からでる言葉の不十分さによって、愛の成就を阻まれた恋人たちは、「考えられない思考のあわいで手に手を取り合う。／薮の中で足跡は消える」のである。彼らは此岸において、言葉と事物の一致が、換言するなら言語による真実在の獲得が阻まれていることに気づき、完全なる愛への憧憬に満たされて、彼岸を目指して旅立とうとする。その具体的な行為が、開けた野原から森の前にある薮の中への越境である。消えた「足跡」は死のイメージを喚起する。二人の憧れは、薮の中での死を介しての「もうひとつの世界」における愛の成就である。

ティートゥスとアルファがかつて死者となる以前にこの地を訪れたときに、彼らが薮の中に見出した物とは、きのこであったと推定される。確かにアルファが「ここよ、私たちがそれを見つけたのは。ここで私たちはそれを味わったわ。ボジョレーのような赤くすばらしい液体を」［720］と述べている表現は、見出された物がきのこであることへの反証であるかのようだ。ところが本編において、伏線がひかれている。門衛はきのこ協会について問い合わせた女性にこう語っている。「きのこワインですって、そんな物はばかげたもんです。どうしてかって。［間］きのこの酩酊させる性質にさらにアルコールを加えるんですか。それならあなたは毒きのこを召し上がらなきゃならないでしょうな」［713］。インターメッツォと本編を結ぶモティーフがきのこであり、インターメッツォの内容が本編に対立していることを考慮すれば、ティートゥスとアルファは見つけたきのこをワインのようにして飲み、そして門衛の発言に裏付けられるように、この愛の妙薬の毒に当たって彼らは死んだのである。『ラズベリーの蔓』の恋人たちと同じように、彼らも死によって愛を完成しようと試みたのではないだろうか。

愛の成就、事物と言葉の一致、個別化した個体の全一への融合などが可能である「「真なる世界」への到達は、プラトンやプロティノスの見解にしたがえば、一方では一なるものとの神秘的な合一行為である「脱我」において、他方では「肉体からの魂の救済あるいは分離」を意味する死において、その目的を達成する[★28]〔……〕」。この引用の後半に語られている、プラトン的あるいは新プラトン主義的な死による真なる世界への到達を描いている、ドイツ文学史上における先達として、やはりノヴァーリスが挙げられるであろう。彼の『夜の讃歌』の第六歌『死への憧れ』では、死はこのように描かれている。「私たちに異郷〔現世を指す〕の喜びがつきたとき、父の家へと戻ってゆこう[★29]」。「私たちは故郷へ帰ってゆかねばならない。この聖なる時を見るために[★30]」。表現はキリスト教的であるが、この死生観はプラトン的に解釈した方がわかりやすいであろう。感覚界に降りてきて時間の中で個別化して肉体を持った魂が、失われた故郷である無時間的な直知界の中へと戻ることを憧れるのである。つまり魂にとって死は、故郷への回帰なのである。そしてそこにはこの世で愛を成就できなかった恋人が「愛しい花嫁[★31]」となって待っているのである。

ところがティートゥスとアルファの存在は戯画化されている。彼らは死によってノヴァーリス的なユートピアである真実在の世界に到達できなかったのである。二人が毒きのこの霊液を飲んだ刹那をアルファは、「私たちの瞬間」〔720〕と呼ぶ。それを受けてティートゥスは「一ドル紙幣、流通から引き上げられた。他の人々が永遠と呼ぶもの」〔720〕と訥弁に応じている。彼らが当時ここへやってきたのは、アラスカにおける「自筆の文書のオークションの直後」〔719〕のことであった。商人であるティートゥスは、「私たちの瞬間」を「一ドル紙幣」に喩えるのである。その一ドル紙幣が「流通から引き上げ」られるとは、「流通」が時間の流れの比喩であることは容易に推し量れることから、時間の断絶を表現しているのである。そしてその時間が断絶した「瞬間」には、「他の人々が永遠と呼ぶもの」が示現するはずだったのだ。ここで言う「永遠」とは「時間」と対立するものである。プロティノスによれば、「時間」が我々の経験的現実世界である「感覚界」の時間にかかわるものであるのに対して、「永遠」は真実在からなる「直知界」を統べる時間原理であり、その特徴は無時間性である。ティートゥスとアルファとは毒きのこによる死の「瞬間」に無時間的な「永遠」が司る真実在の世界での愛の成就を希求したのであった。しかし彼らは、五〇年代前半にアイヒが描いた『ザベト』の主人公エリーザベトのように「瞬間」の中で「永遠」との邂逅を果たすことができない。それゆえに毒死した彼らは、この世をさまよう幽霊となっているのである。

かつて見出したきのこをもう一度求めてさまようなか、ティートゥスは「経度と緯度を知るやいなや、格子システムが力を貸してくれる」〔720〕と述べている。「格子システム」とはここに述べられている「経度と緯度」のような直角に交叉する直線によって、一点を指し示し位置を認識する方法である。しかしここではそれと同時に人間認識の方法の比喩としてこの言葉は用いられていると考えられる。経験的現実を認識するにあたって、人間は縦糸と横糸によって様々な現象や事物を格子の窓にはめ込むように分類していく。そして「ティートゥスとアルファと。私たちがそれらの文字をきのこの襞に刻んだときのことだったわね」［719］とアルファが述べているように、彼らは格子システムの中に見出された事物に命名をしていく。しかしこのような認識システムは、この格子をいかに細かく狭めていこうとも、多くのものが認識の網から抜け落ちてしまい、本来的な事物と格子システムが生み出す概念とが、一致することはない。それは詩人が原テクストへの接近を目指しても、近似的接近にとどまり、究極のテクストが見出せないのと同じである。結局のところ「死における永遠と自由との慰めを彼ら［ティートゥスとアルファ］は失った。それに反して生涯にわたって「格子システム」の現実を獲得したのである」[★32]。つまり彼らの認識は、超越的な真実在の世界を認識することのできないシステムの上に成り立っているのである。

　死によっても彼岸における愛の成就をなしえず、超越的な世界へ認識の道も得られず、経験的現実にとどまる恋人たちは、当然の帰結として真実在の世界の存在に疑念を抱き始める。「アルファ「それとも私たちは合意していたのかしら」。ティートゥス「してないよ。ヒメバチだけで僕らには充分だった」」［720］。アルファの言う「合意」とは人間の自然との合意であり、神との合意である。つまり自然を神が創った造化であると認めることを、ここでも合意と呼んでいるのである。ティートゥスは、自分たちが自然を神の造化であると認めていなかったと主張し、その理由として「ヒメバチ」の存在を挙げる。シュルテによると、ヒメバチはその卵を他の虫の幼虫に産み付ける。そしてこの寄生虫は、宿主となった幼虫を空洞化するまで食い尽くす。そしてこの生存のための争いはこの第一段階で終わることなく、異種のヒメバチとのあいだでも繰り返されていくのである。[★33] このような暴力に対する暴力による応酬を、彼らは自然の中の調和と認めることができない。なぜならこの昆虫の行動は、人間社会において寄生しているにすぎないと思われていた権力が、その社会を空洞化していく比喩となっているからである。神が創ったはずの自然が持っている本質的な暴力性が、人間社会の権力構造の比喩であることによって、ティートゥスとアルファとの真実在に対する疑念は、その不在の確信へと変化していく。

真実在不在の確信をティートゥスは、「世界は二次文献である。昆虫図鑑、誰も私たちが無罪であるとは言わない」〔722〕と表現する。アイヒは一九五六年に作家であるということは、「世界を言語であると見なす決意である」〔IV 613〕と表明している。世界あるいは自然は、神によって書かれた文書であるという認識を、当時アイヒは是認していたのであった。そこから生まれるのが「書物としての世界」というトポスである。つまり世界を神の手になる一次文献と見なし、その書物を読み解くことを、この言い回しは意味するのである。ところがティートゥスは、ヒメバチの暴力性を例にとって、自然が神の造化であるという思想に合意をしていない。この世界に神の支配が及んでおらず、世界の支配原理は、そこに暮らす生物の放恣な生への意志であると彼は考える。ならば世界は、各々の生物の放恣な生への意志が記す「二次文献」ということになる。これによりティートゥスの世界認識の根底に、神の絶対性を拒絶したアナーキズムがあることが明らかになる。

「昆虫図鑑」は、すでに述べたように、ヒメバチとの関連を示唆するための表現である。それに続く「誰も私たちが無罪であるとはいわない」という陳述は、シュルテが指摘しているように、ティートゥスの原罪意識の反映であろう。★34 原罪を抱いて生きていると考えていたティートゥスにとって、神の創造行為によって世界が創られたのではないのなら、もはや無罪の判決を下してくれる神も不在であるということになる。真実在の世界における普遍的な愛の成就、永遠との合一を目指してきのこを探していたティートゥスとアルファは、ここに至ってすべての目標を失うことになる。アイヒは、「あなたのアナーキーなものとは、普遍妥当性と永遠への要求の中で現れるような、世界における生あるものの実在喪失に抵抗しているのでしょうか。」という問いかけにこう答えている。「はい、単にそれだけではありません。私はすでに永遠を実在喪失そのものであると見なしています」[IV 510]。アイヒの認識では、経験世界における存在が、その原像である真実在を見失ってしまっているだけではない。永遠、神、真実在の世界といった超越的な存在そのものが、もはや概念の空虚な殻となり、実体を無くしてしまっているのである。

「ノヴァーリスの手紙一束が二〇ドルよ」[722]というアルファの発言もここに至って謎が解けてくる。彼女はかつてのオークションにおいて、一九三〇年代にアメリカで人気と実力を誇ったヘビー級のプロボクサー「デンプシーのサインに二〇ドル」〔719〕の値段が付いたことをすでに述べている。死によって彼岸のユートピアを目指すノヴァーリスが書いた手紙は、今や超越的な存在を否定した彼らにとって、プロボクサーのサインと同じく二束三文の値打ちしかないのである。このうえは目指すところを失った「同じ心ばえの二人には会話がない」〔723〕のであり、二人は別れの挨拶を交わして立ち去ることになる。

個別化の結果、限定された能力しか持たない人間が、彼岸の超越世界において「無制限なもの」の獲得を目指すというシェーマを持ったノヴァーリスの世界像は、長きにわたって、アイヒの著作を支える思想であった。しかしアイヒは、彼の作家活動における晩節の入口において、ティートゥスとアルファとの姿を借りてノヴァーリスのユートピアに決別したのである。そして彼は、代用回答を与え続ける超越的世界の存在を否定して、権力によって利用されて「統制された言語」に決して陥ることのない「アナーキズムの言語」を生み出したのであった。その言語の特徴は、表現上は個々の言葉が前景化された簡素な散文詩のような表現であり、内容上は超越的世界の「実在喪失」に基づく世界観の表明である。

しかし「アナーキズムの言語」によって表現された『ベルをお鳴らしください』や、その後の作品散文詩『もぐら』は、以前の作品ほど聴衆や読者を魅了しなかった。大衆の支持は等閑に付すにしても、果たしてこれらの作品が生産的な議論を社会のなかで喚起できたかという問いにも、やはり否定的な答えを与えずにはおれない。インタヴューでコレトは、「あなたは社会参加することによって、現実を変更することができるという印象をお持ちですか」［IV 533］と問いかける。それに対してアイヒは、『フキタンポポの時代』の改編から一三年、『ベルをお鳴らしください』の最初の放送から七年の歳月を経て、「テクストによっては、何ら変更することができません」［IV 533］と答えている。このときアイヒは、自分の文学が社会の変革において機能を果たしたり、影響力を持つことなど、もはやありえないとの諦念に達している。

「私がアイヒと違う書き方をすることを、あなたは私から要求することはできません。アイヒは自分の楽しみになるものを書くのです。［……］たぶんアイヒは近いうちに過去の人となります［……］後世の人が私をどう見なすかは、私にはどうでもいいことです」［IV 534］とアイヒが語るとき、やはり自嘲の気味を感じずにはおれない。アイヒの詩学の変容の後に生まれた、権力に利用されない「アナーキズムの言語」の試みが、最終的に彼をこのような諦念に至らしめたことは、ある種の挫折と呼ぶほかはなかろう。しかし権力に統制されない言語を意図したアイヒの試みが現代にも意味を持ちうることは、現代の人々にも確認されるはずである。

終章——「もうひとつの世界」をめぐって

終章　「もうひとつの世界」をめぐって

現在の自分が置かれている状況に満足できないとき、あるいは現実の状況において他者または社会との軋轢に耐えかねるとき、人は現状を変更することを望むであろう。そしてこの願望が外部へと向かう者は、現実世界を分析し、現実世界を別の現実世界へと再構築または転換することを目指す。一方、現状を変更する願望が内部へと向かう者は、自己の内面の中に「もうひとつの世界」を築き上げようとする。個人の力をもってしては変更不能な現実の補償を、この「もうひとつの世界」に支払わせようとするのである。そしてこの「もうひとつの世界」を文学に表現しえた者は詩人となる。さらに文学に表現された「もうひとつの世界」が多くの人々の共感を喚起した場合には、現実世界を変革することもありうるだろう。アイヒとヒルデスハイマーの文学は、現実世界と葛藤する二人が、彼らの内面に築き上げた「もうひとつの世界」を表現しようとする試みであったと捉えることができる。

一九九一年八月二一日、ポスキアーヴォで七四年の生涯を閉じるまで、ヒルデスハイマーは晩年の一〇年間を画家として過ごす。「バイエルン文芸アカデミー文学大賞」を受賞した『マルボー』(一九八二)以降、彼は断筆宣言を守り通し、小説やフィクションをもはや書くことはなかった。ヒルデスハイマーは最後のフィクション『マルボー』の主人公にして美術批評家であるサー・アンドリュー・マルボーに託して、イギリスの風景画家ターナーについて以下のように語らせている。

> 私たちの同時代人の誰とても彼とは比ぶべくもありません。自然の現象が自然自身の言語で彼に話しかけているのです。その言語は彼にしか理解できず、彼はそれを翻訳することなく再現します。それゆえに多くの人もまた彼を理解しないのです★1 [H IV 35]。

マルボーは、ヒルデスハイマーが同一化を試みた人物であるがゆえに、マルボーが残したとされる記述の中にはヒルデスハイマー自身の思想が色濃く反映されていた。引用したターナーに関する記述も、ヒルデスハイマー自身の芸術に関する創作原理の反映であると考えて間違いはないだろう。自然の現象が「自然自身の言語」を所有していると見なす「書物としての自然」という思想が、この表現の根底にある。自然はそれ自身の「言語」で人間に語りかけてくる、あるいは人間が気づかないとしても自然の中に「言語」として書かれているのである。そのような「言語」を読みとることが芸術家の第一の仕事である。そしてその「言語」を「翻訳」することなくキャンヴァスに移すことに成功したのが、マルボーによればターナーなのであった。

しかしターナーの表現した「翻訳」されていない自然自身の「言語」は、やはり一般人には理解できなかったと、当時の画壇におけるターナーに対する無理解に説明が与えられる。逆に言えば、ターナーのように自然の言語そのものを表現できるたぐいまれな天才をのぞけば、芸術家の創作とは、自然界の万有が持つ「言語」、言い換えるなら人間がその存在を決して確認することのできない「原テクスト」を、キャンヴァスの上にであれ、五線譜の上にであれ、人間の「言語」に「翻訳」する試みなのである。ヒルデスハイマー自身も最晩年に、五〇年代のアイヒ詩学に現れていたのと同じように、存在しない「原テクスト」からの「翻訳」により「現実性〔Wirklichkeit〕」を達成しようと試みていたのであった。この創作原理に基づいて、現実世界の中に「現実性」として象嵌されたのが、『マルボー』における主人公マルボーなのであった。

ヒルデスハイマーが創作の晩年に抱いていた、「書物としての自然」を「もうひとつの世界」として「翻訳」を試みるという思想は、アイヒが一九三〇年に発表した『詩集』に含まれる初期の自然詩に見られるものである。当時のアイヒの自然詩に現れる自然への崇敬と信頼との背後には、自然は神の造化であり世界は神のメッセージを伝える書物であるという、『ヨハネによる福音書』を拠り所に彼が抱いていた思想があった。『雨の便り』が出版された五五年頃には、アイヒは自身が「造化を受け入れた[★2]」〔E IV 534〕「自然詩人」〔E IV 534〕であることを認めている。自然を神の造化として受け入れ、自然と合意していたアイヒの思想は、悲惨な捕虜体験をした第二次世界大戦を越えて、詩集『辺地の農場』（一九四八）所収の『アルニムの墓』や詩集『雨の便り』（一九五五）所収の『夏の終わり』にも表れ続けるのである。また様々な形で境界を越えてゆく広い意味での「越境」のモティーフがこれらの初期の自然詩の多くに見られる。これらの詩においては、神の造化である自然を観察し、自然の中に分け入ることによって、経験的現実の彼岸へ、すなわち「もうひとつの世界」への到達を目指す詩的自我を、アイヒは是認していたのである。

アイヒが「もうひとつの世界」への到達を目指す作品を発表していた五〇年代前半に、戦争犯罪裁判の通訳を経験したのち、三四歳になってようやく諷刺と揶揄とともに文壇に登場したヒルデスハイマーは、短編集『愛情のない伝説』（一九五二）、長編小説『詐欺師の楽園』（一九五三）、ラジオドラマ『王女トゥーランドット』（一九五五）で、戦後ドイツ人のあり方、ドイツ人の文化的営み、戦後ドイツの政治権力などを嘲笑してきた。ナチス政権下のドイツを体験することがなかったとはいえ、祖国に戻ってきたヒルデスハイマーにとって、やはり戦後ドイツ社会は居心地のいい場所ではなかった。それゆえ五七年にスイスの町ポスキアーヴォに早々に移住したヒルデスハイマーは、自らの内面に「もうひとつの世界」を育んでいくことになる。

五〇年代後半に入ると、フランスからドイツ語圏に押し寄せてきた「不条理」の波の波頭に立ってヒルデスハイマーは進んで行く。当時大いに議論になったアルベール・カミュの一文「不条理なものは、理性に反して沈黙する世界に問いかける人間を対峙させることから生まれる」に触発されて、ヒルデスハイマーも「象徴的な儀式の場」となるような不条理劇をものするようになるのである。カミュの世界像は「理性世界」と理性の働きかけが無益である「反理性世界」とから成立しており、「反理性世界」に対して不条理感覚を抱いた人間存在が、自らをとりまく世界に対して、理性的に抵抗を試みる図式であった。それに対してヒルデスハイマーは世界全体を「反理性世界」、すなわち「不条理世界」と捉えており、全体が不条理である世界では、理性ある人間が世界を不条理であると感じたとき、疎外された状況から逃避する以外、現状を打開する方策はない。それゆえヒルデスハイマーの不条理劇の主人公たちは、軋轢を避けた「代用世界」として、「もうひとつの世界」へと逃避するのである。この「もうひとつの世界」が、ヒルデスハイマーの後の内省的作品群で実を結ぶこととなる。

ヒルデスハイマーが変貌を遂げ、不条理劇をものするようになった五〇年代後半に、アイヒもまた大きな変容を見せ、不条理劇を次なる創作へのステップとする。アイヒは五〇年代前半には毎年三編から四編のラジオドラマを発表し、多くの傑作が生まれたので、後に彼のこの時期の創作にはラジオドラマ古典時代の名称が冠せられた。それらの傑作のうちでも『ラツェルティスの年』(一九五三)の主人公パウルや『アラーは百の名前を持つ』(一九五八)のハーキムは、彼岸にある「もうひとつの世界」の絶対的認識を言語で表現しようと試みる。しかし彼らが見出すのはいつも個々の体験にすぎない。絶対的認識は「翻訳」された形でしか人間言語の枠内で表現されることはない。これらのラジオドラマの主人公は、此岸の言語と「もうひとつの世界」にある絶対的な認識とのあいだを、架橋できずに挫折するのである。つまり五〇年代前半のいわゆるラジオドラマ古典時代の作品においては、アイヒは「もうひとつの世界」を擬似的にしか体験できないあり方に妥協を示していたのである。

ところがアイヒの「もうひとつの世界」は、五〇年代後半に大きな転機を迎える。ラジオドラマ古典時代も終わりに近づいた一九五六年、アイヒは人間存在の地上における絶対性に疑義を投げかける『フキタンポポの時代(I)』に着手する。そして当時ドイツを襲った不条理の潮流の中で、このラジオドラマを不条理劇『フキタンポポの時代(II)』へと改編しながら、アイヒは擬似的にしか体験できない「もうひとつの世界」を拒絶するのである。

この拒絶の原因は、一九五九年に行なわれたアイヒの「ビュヒナー賞」受賞演説において明らかになる。アイヒのいわゆるラジオドラマ古典時代の詩学の根幹をなす、「原テクスト」からの「翻訳」という企図は、文学作品において「原テクスト」に最も近づいた「現実性［Wirklichkeit］」を達成しても不完全な試みにすぎず、絶対的なものである「原テクスト」は決して見出せないという不条理性を伴うものであった。つまり最高の「現実性」が達成されても、それは本質的に「代用回答」なのである。

アイヒは、詩人が社会に対して「文学の言語」による問いかけや批判を試みる以前に、言語を統制するために権力が真なる回答ではない「代用回答」を呈示していると考えている。世界に対する問いかけに答えを得られないで、不条理を感じている人々に、権力は問いかけを放棄して「代用回答」に甘んじるようにそそのかし、人々を操るのである。したがって詩人の、「原テクスト」からの「翻訳」という図式が生み出す「代用回答」は、権力に利用される危険性を孕んでいる。それゆえアイヒは「原テクスト」からの「翻訳」という図式を放棄する。「原テクスト」は、詩人アイヒの形而上学すなわち「もうひとつの世界」の存在を象徴的に表す概念であったが、ここでこの概念を放棄することは、人間の現実世界の外に「もうひとつの世界」の存在を否認することを意味する重大な転換であった。

五〇年代後半には、アイヒとヒルデスハイマーは、不条理劇を接点に影響関係が顕著になるかに思える。しかしヒルデスハイマーにとって五〇年代は、あくまで諷刺と揶揄の時代であった。確かに五〇年代終盤にヒルデスハイマーは不条理劇を発表しているが、しかしこれらの不条理劇においても完全に社会に対する戯評がなくなっておらず、この時代の二人に強い影響関係が見られるわけではない。しかし不条理劇は彼らが影響関係を示す次の段階への踏み台となる。アイヒが「原テクスト」からの「翻訳」という図式を放棄し、作風の転換を遂げた数年のち、ヒルデスハイマーはアイヒとは逆方向に作風を転換するのである。

六七年の『フランクフルト詩学講義』においてヒルデスハイマーは、五〇年代のアイヒ詩学への接近を表明した。この講義においてヒルデスハイマー自身が述べているように、存在しない「原テクスト」からの「翻訳」による「現実性」の獲得というアイヒの五〇年代の創作原理が、六〇年代に成立した彼の作品を支配している。その中心的な作品は『テュンセット』（一九六五）と、六六年にイタリアのウルビノ近郊にヒルデスハイマーが購入した別荘「カル・マザンテ」の館にちなんだ題名を持つ『マザンテ』（一九七三）である。ヨーロッパ文化の過剰性に苦しみ、何もしない自己のあり方に対する罪責観にさいなまれ、戦後も続くナチスの恐怖に直面している語り手である主人公に対して、世界は不条理にも沈黙しており、何ら回答を与えてくれない。それゆえこの主人公は逃避的行動をとり、逃避的空間を「もうひとつの世界」とする。その中で自らの空想世界を編み上げて、起こらなかった現実としての「もうひとつの世界」を創出することを試みるのである。ヒルデスハイマーは、『テュンセット』、『マザンテ』を核とする内省的作品群を、誰もが不条理であると共感できる世界を描いた「不条理散文」と位置づけ、その中でアイヒが五六年に主張していた「現実性［Wirklichkeit］」の創出にこだわり、フィクションから「現実性」を生み出す可能性を探求したのである。

　しかしさらに『フランクフルト詩学講義』でヒルデスハイマーは、二〇世紀のフィクションにおいて「現実性」が創出されえない原因を、二〇世紀における市民社会の崩壊に伴う「共通の現実《レアリテート》」の喪失に帰している。つまりヒルデスハイマーは現代の世界に創出される「現実性」に限界を認めていたのである。それゆえヒルデスハイマーは二〇世紀以前の人物であるなら、読者の共感を得ることができる「現実性」を創出できると考え、自らの文学的営為の可能性を一八世紀後半と一九世紀前半との人物の伝記に見出そうとする。それが伝記的エッセイ『モーツァルト』（一九七七）であり、架空の人物の伝記『マルボー』（一九八二）であった。これらの作品に描かれる一八世紀後半のモーツァルトという人物像、あるいはマルボーが旅する一九世紀前半のヨーロッパの文化芸術社会は、ヒルデスハイマーにとって最終的に到達した「もうひとつの世界」であった。

一方、アイヒは、一九六七年に「創造による事物にも合意できない」［E IV 510］旨を表明している。自然は神の造化であるという思想を、アイヒはすでに捨てるに至ったのである。神の創造を否定した後にアイヒが目指すものは「アナーキーなもの」［E IV 510］であった。そして『ベルをお鳴らしください』（一九六四）の中では、「統制された言語」と、アナーキーな思想を文学的に表現した「アナーキズムの言語」との対立をアイヒは描く。『ベルをお鳴らしくださ い』の中で語られる「アナーキズムの言語」においては、交尾の最中に雄を食い尽くす雌カマキリを例にとって、自然は神の調和的な意思に支配されているのではないことが主張される。これにより神の造った世界を『聖書』と並ぶ第二の書物であると見なす「書物としての世界」というトポスは否定され、世界は「二次文献」［E III 722］となる。残虐な自然の恣意によって世界が支配されているのなら、真実在の表現である永遠や神は不在であると、アイヒは見なすのである。

この真実在の不在の中でアイヒの用いるのが、「アナーキズムの言語」である。内容上、真実在の世界を否定する「アナーキズムの言語」は、その表現上はそれぞれの言葉そのものが前景に押し出されたかのような訥々とした単語の羅列となる。そしてこの「アナーキズムの言語」世界こそが、「原テクスト」を有する彼岸の世界、人間の現実世界の外に実在する「もうひとつの世界」に代わって、アイヒにとっての「もうひとつの世界」となっていった。

　アイヒとヒルデスハイマーの「もうひとつの世界」への取り組みは「現実性〔Wirklichkeit〕」をめぐって、深く交わり合うことになった。しかし「現実性」を彼岸から得ようとする二人の取り組みには時間的なずれがあり、「現実性」を伴った「もうひとつの世界」をこの世にうち立てることをヒルデスハイマーが目指していたとき、アイヒは「現実性」を生み出すことを目標とする彼の詩学をすでに放棄しており、「アナーキズムの言語」世界が彼の目的地となっていた。このように二人が最終的に到達した「もうひとつの世界」を見れば、ヒルデスハイマーが『マルボー』で達成した「現実性」は妥協的である。「共通の現実《レアリテート》」を確認できる一九世紀社会に、巧みに架空の人物を象嵌して最高の「現実性」を獲得しようとも、やはりその「現実性」はアイヒに言わせれば「代用回答」の域を出ないものであろう。

　しかしその一方で、アイヒの生み出した「アナーキズムの言語」表現が大いに成功を収めたとは言い難く、アナーキーな「もうひとつの世界」は社会とのつながりにおいて著しく後退している。七二年一二月二〇日、アイヒはザルツブルクで六五年の生涯を閉じるが、晩年のアイヒには、三〇年代のようにまたもや、自分を社会から突き放してしまう発言が見られた。「アイヒは自分の楽しみになるものを書くのです」〔E IV 534〕という死の前年のアイヒの言葉には、彼の諦念を見出さざるをえないのである。

とはいえ、二人の「もうひとつの世界」をめぐるこれらの企図が、すべて不毛に終わり、彼らの残したものが、水泡に帰したわけではもちろんない。例えば、アイヒは『戦争失明者のための講演』（一九五三）において、ヒルデスハイマーは『フィクションの終焉』（一九七五）において、テクノロジーの急速な発達に伴い、それらが人類に及ぼす弊害について概嘆している。アイヒの講演から五〇年、ヒルデスハイマーのそれからしても三〇年の時を経た今日、テクノロジーの発展は、彼らの生きていた時代からは想像だにできないものに到達し、さらにその進展はスピードを早めている。

ここ一〇年あまりのあいだを例にとっても、交通手段と通信網との発展とその低コスト化とにより、世界は小さなものとなり、遠くの世界を直に目にしたり、世界中の文物を容易に手にしたりできるようになったことは、実感できる。世界のあらゆる地域で起こっていることが、商業的価値を有する限り、コンピュータを介して情報化され、次々と映像・音声として我々の目に耳に飛び込んでくる。人類史上、未曾有の刺激の洪水が人類の五感を襲っているのである。

しかし、人間の受容する能力が、著しく進展することなどありえない。日々の新たな刺激に反応することに追われる人類は、目に見えるもの、手にするもの、聞こえてきたものといった感覚器官で受容したもの以外を感じようとつとめたり、考察したりするいとまが、ますます奪われていっている。その結果、商業化されたテクノロジーの中で、人間の使用価値に結びつかないものは軽視され、個々の人間までもがこの使用価値体系の中に組み込まれる。この状況は、権力にとってはまことに都合のよいものであり、個々人は尊厳を奪われ、一人一人の人間は体系の中の歯車と見なされるのである。

人間はもう一度、目に見えないもの、五感で感じ取れないものに、思いを馳せて、人間の尊厳を取り戻さなくてはならない。そのためには「もうひとつの世界」の存在が必要なのである。五感で知覚することのできない「もうひとつの世界」に、人間の存在理由が隠されているのだ。それゆえ、たとえ到達できない世界であったとしても、「もうひとつの世界」を求め、限りない接近を目指していたアイヒとヒルデスハイマーという二人の戦後ドイツ作家の試みには、現代の人間がもう一度自らを問い直すきっかけとなる十分な価値が認められるのである。

註／あとがき／参考文献目録

序章　戦後社会におけるアイヒとヒルデスハイマー

★1　Hildesheimer, Wolfgang : *Briefe*. hrsg. von Silvia Hildesheimer u. Dietmar Pleyer. Frankfurt a.M. (Suhrkamp) 1999, S.82.

★2　*ebd.*

★3　アイヒ作品からの引用はEich, Günter: *Gesammelte Werke in vier Bänden. Revidierte Ausgabe*. hrsg. von Karl Karst und Axel Vieregg. Frankfurt a.M. (Suhrkamp)1991.に依拠した。なお引用の直後の括弧内にアイヒを表すEと巻数をローマ数字で、頁数をアラビア数字で表記した。

★4　Hildesheimer, *a.a.O.*, S.82.

★5　*ebd.*

★6　Hildesheimer, *a.a.O.*, S.83.

★7　Hildesheimer, *a.a.O.*, S.82.

★8　Fischer, Ludwig : Die Zeit von 1945 bis 1967 als Phase der Literatur - und Gesellschaftentwicklung. in: *Literatur in der Budesrepublik Deutschland bis 1967*. hrsg. von Ludwig Fischer, München Wien (Carl Hanser) 1986, S.36.

★9　*ebd.*

★10　Enzensberger, Hans Magnus : Gemeinplätze, die Neueste Literatur betreffend. in: *Kursbuch* 15 1968, S.189.

★11　*ebd.*

★12　*ebd.*

★13　Enzensberger, *a.a.O.*, S.190.

★14　*ebd.*

★15　Richter, Hans Werner : *Im Etablissement der Schmetterlinge. Einundzwanzig Portraits aus der Gruppe 47*. München (Carl Hanser) 1986, S.89.

★16　ヒルデスハイマー作品からの引用はHildesheimer, Wolfgang : *Gesammelte Werke in sieben Bänden*, hrsg. von Christiaan Lucas Hart Nibbrig und Volker Jehle. Frankfurt a.M. (Suhrkamp) 1991. に依拠した。なお引用の直後の括弧内にヒルデスハイマーを表すHと巻数をローマ数字で、頁数をアラビア数字で表記した。

★17　Büchmann : *Geflügelte Worte*. München Zürich (Droemersche Verlaganstalt) 1959, S.267.

★18　Büchmann, *a.a.O.*, S.268.

★19　Fischer, *a.a.O.*, S.42.

★20　Fischer, *a.a.O.*, S.43.

★21　Fischer, *a.a.O.*, S.43f.

★22　Fischer, *a.a.O.*, S.37.

★23　*ebd.*

★24　Hildesheimer, Wolfgang / Kesting, Hanjo : »Mozart«

und ›Marbot‹ — Spiegelbücher? in: *Wolfgang Hildesheimer Text+Kritik Zeitschrift für Literatur.* 89/90 Januar 1986, hrsg. von Heinz Ludwig Arnold. München (edition text+kritik). S.85.

I ヴォルフガング・ヒルデスハイマー

1 沈黙する世界（一九五八〜一九七三）

★1 Görner, Rüdiger: *Die Kunst des Absurden: Über ein literarisches Phänomen*, Darmstadt (Wiss. Buchges.) 1996, S.102.

★2 Görner *a.a.O.*, S.105.

★3 Görner *a.a.O.*, S.106.

★4 Blamberger, Günter: Der Rest ist Schweigen. Hildesheimers Literatur des Absurden. in: *Wolfgang Hildesheimer. Text+Kritik Zeitschrift für Literatur*, hrsg. von Heinz Ludwig Arnold. München (text+kritik) 1986, S.33-44.

★5 Hildesheimer, Wolfgang: *Gesammelte Werke in sieben Bänden*, hrsg. von Christiaan Lucas Hart Nibbrig und Volker Jehle. Band VII. Frankfurt a.M. (Suhrkamp) 1991, S.13-26. 尚、以下、同全集からの引用箇所は、巻数をローマ数字で、頁数をアラビア数字で直後の括弧内に示した。ただし巻数が明白な場合にはローマ数字を省略した。

★6 ウジェーヌ・イヨネスコ、『ベスト・オブ・イヨネスコ 授業／犀』、安堂信也・木村光一他訳、白水社、一九九三年、二三四頁。

★7 *Reallexikon der Deutschen Literatur-Wissenschaft*, hrsg. von Klaus Weimar. Berlin (Walter de Gruyter) 1997, Bd. I S.4f.

★8 前掲書、一一頁。

★9 ヒルデスハイマーのカミュからの引用は、以下のドイツ語訳に基づいている。Camus, Albert: *Der Mythos von Sisyphos. Ein Versuch über das Absurde.* übertr. von Hans Georg Brenner und Wolfdietrich Rasch. Hamburg 1959, S.29. ちなみに一九七二年の新潮社のカミュ全集では、同箇所は以下のように訳されている。「不条理という言葉のあてはまるものは、この世界が理性では割り切れず、しかも人間の奥底には明晰を求める死物狂いの願望が激しく鳴りひびいていて、この両者がともに相対峙したままである状態についてなのだ」（清水徹訳）。『カミュ全集2』、入沢康夫他訳、新潮社、一九七二年。

★10 Vgl. Puknus, Heinz: *Wolfgang Hildesheimer*, München (C.H.Beck'sche) 1978, S.47.

★11 Jehle, Volker: *Wolfgang Hildesheimer Werkgeschichte*, Frankfurt a.M. (Suhrkamp) 1990, S.275.

★12　Vgl. Hirsch, Wolfgang: *Zwischen Wirklichkeit und erfundener Biographie, Zum Künstlerbild bei Wolfgang Hildesheimer*. Hamburg (LIT) 1997, S.83.

★13　Vgl. Jehle *a.a.O.*, S.285.

★14　Blamberger, Günter: *Versuch über den deutschen Gegenwartsroman. Krisenbewußtsein und Neubegründung im Zeichen der Melancholie*. Stuttgart (Metzler) 1985, S.77f.

★15　Blamberger, *a.a.O.*, S.78.

★16　Vgl. Hirsch *a.a.O.*, S.67.

★17　Hirsch *a.a.O.*, S.69.

★18　Durzak, Manfred: *Gespräche über den Roman. Formbestimmungen und Analysen*. Frankfurt a.M. (Suhrkamp) 1976, S.300f.

★19　ペーター・ハーネンベルクやフォルカー・イエーレなどほとんどのヒルデスハイマー研究者がこの見解を支持している。現在までのところ積極的な反論者を知らない。ヴァルター・イエンスはこの見解の支持者の中でもいささか極端であり、「ハムレットは『むなしい手記』から『マザンテ』、『テュンセット』から『マルボー』に至るまで通奏低音を奏でている」（*Mythen der Dichter. Modelle und Variationen*. München (Kindler) 1993, S. 109.）と述べている。通常は内省的作品群全体を「ヒルデスハイマーのハムレット小説」と呼ぶのであって、伝記作品『マルボー』にまでハムレットとのつながりを見出す見解はほかにない。またイエンスもそれ以上、論を展開していない。彼一流の大風呂敷か。

★20　Vgl. Hanenberg, Peter: *Geschichte im Werke Wolfgang Hildesheimers*. Frankfurt a.M. (Peter Lang) 1989, S.81.「同時にこの作品はヒルデスハイマーの文学的創作において、転換点あるいは過渡的作品である」。

★21　Koebner, Thomas: Entfremdung und Melancholie. Zu Hildesheimers intellektuellen Helden. in: *Über Wolfgang Hildesheimer*. hrsg. von Dierk Rodewald, Frankfurt a.M. (Suhrkamp) 1971, S.39.

★22　Vgl. Hirsch, *a.a.O.*, S.88.「待望のグリヒトが現れたときには、現実なのか単なる幻想なのかは不明であるが、「教授」のいかがわしい学問上の勝利を証言する証人はいない」。

★23　Vgl. Puknus, *a.a.O.*, S.61.「「鳥の王はよたよた歩いている」。その鳥は押し黙り、羽ばたくだけで舞いはしない。くちばしは「艶のないさえない灰色」で、落ち穂や虫をついばんでいる。「すべては想像していたものと全然違っており」、どう違うかといえば、思ったより小さく、背は低く、凡庸で、哀れを誘うのである。このグリヒトはグリヒトではありえない。それは「教授」がすでに数え切れないほど何度も、自分自身の中に見たものである」。

★24 Vgl. Hirsch, *a.a.O.*, S.89.「ショルツ・バーベルハウスは単に社会的に挫折しただけではない。これには孤立へと身を引くことで反応するのであるが、自己の欲求に対しても、無力をさらけ出す。このことは彼の学問上の空想の産物グリヒトの滑稽な姿に対する彼の失望に現れている。ヒルデスハイマーの考えによると、この状況からの唯一の品位ある出口は死である。それによって教授は彼のこの世での存在から救済される」。

★25 Vgl. Hirsch, *a.a.O.*, S.98.

★26 Koebner, *a.a.O.*, S.41.

★27 Vgl. Koebner, *a.a.O.*, S.34.

★28 *ebd.*

★29 Vgl. Koebner, *a.a.O.*, S.35.「非追従主義者《ノンコンフォルミスト》である主人公の語る一人称小説における疎外の描写は、ヴォルフガング・ヒルデスハイマーが社会戯評の戯曲家からメランコリーの語り手へと発展する時代を特徴づけている」。

★30 Vgl. Hirsch, *a.a.O.*, S.98.「だがハムレットは嫌々ながら廷臣オズリクに従って、父の部屋へと行く。彼は父に距離を置いた関係を保っている。おそらくこれはヒルデスハイマー自身の父に対する関係の様相を移調したものである。父のシオニスト的で民族主義を推進する立場を彼は強く拒絶していた」。

★31 Vgl. GW VII S.160.

★32 Jehle, *a.a.O.*, S.593. 当該の箇所はリーの講演からの引用であり、未刊行である。したがってイエーレにリーが個人的に送った草稿からイエーレは引用しており、原典が存在しないので孫引きした。

★33 Hildesheimer, Wolfgang: *Ich werde nun schweigen.* Göttingen (Lamuv) 1993, S.27.

★34 Hildesheimer, *a.a.O.*, S.29.

★35 拙論「W・ヒルデスハイマーのコーンウォールの「狐狩り」について」、京都府立大学学術報告　人文、第四八号、一九九六年、一九～二九頁。

★36 Hildesheimer, *a.a.O.*, S.47f.

★37 Vgl. Hanenberg, *a.a.O.*, S.91.「ここに再び出生前の無垢に戻りたい、生まれて来たくなかったという願望がある。すべてのものを「遅すぎる」というむなしさで取り巻こうという願望である。そこでは語り手はやはり、自分は責められるところがない、と考えている人物である」。

★38 Jehle, *a.a.O.*, S.88f.「『テュンセット』は誌上での圧倒的な成果を残したヒルデスハイマーの最初の作品であった。この本の出版直後だけでも一三〇以上の、そして賞を受けてからは夥しい数の批評が、ヒルデ・ドミーン、ヘルムート・ハイセンビュッテル、ヴァルター・イエンス、カール・クローロ、ガブリエレ・ヴォーマンといった批評家や仲間たちによって書かれた」。

★39 Baumgart, Reinhard: Vor der Klagemauer. in: *Über Wolfgang Hildesheimer.* hrsg. von Dierk Rodewald, Frankfurt a.M. (Suhrkamp) 1971, S.115.

★40 Jehle, *a.a.O.*, S.594.「刊行前の印刷物の中に『テュンセット』は一九六三年から存在していた。『テュンセット抄』（一九六三）、『鼻と名前』（一九六四）、『ベッドのフーガ』（一九六四）、『テュンセット』（一九六四）である」。

★41 Baumgart, *ebd.*

★42 この挿話では、一五二二年、晩春あるいは初夏の夕暮れ早くに、夏のベッドがかつて置かれていた宿屋に次々と客が寄り集ってくる様が、まるでフーガのように語られていく。一人の憔悴した僧が二階にあるベッドに横になり、それに続いてノーザンバランド公の情婦であったアンも階段を上がり、戸の前には脚を引きずった若い兵士が、それから粉屋の夫婦も近づいて来る。遠くに別の旅人が、さらに遠くに別の一組がいる。僧はベッドにいて、アンは服を脱ぎ、売女の本性を現す。高い月は、宿屋に近づいている夫婦に影を投げかけ、市門から入ってきた床屋医者をも照らし出す。その門の外にいる二人組は、没落したドイツ人の貴族とかわいらしい御小姓である。僧は夢を見てベッドの中に、アンはベッドのそばに、兵士は建物の中に、女将は兵士のそばに、粉屋の夫婦は戸の前に、床屋医者は月明かりの中にいる。月は傾き始め、僧とアンと兵士とがいるベッドに順番に人が上がってくる。粉屋の主人はアンに目を付け、妻はドイツ人の連れている小姓を誘う。僧を襲ったアンは、次に兵士に手を伸ばす。階下では床屋医者が、女将に取り入っている。兵士の荒い息が途絶え、彼は絶命する。粉屋は突然、疲れを感じ熱に襲われる。ベッドの上にいる者たちも、次々に同じ熱と寒気に襲われる。ペストである。この病は、この部屋から町へ国へと広がっていく。

★43 Baumgart, *a.a.O.*, S.117.

★44 *ebd.*

★45 *ebd.*

★46 Vgl. Puknus, *a.a.O.*, S.85.「疎遠になっていく世界の中でたとえ所々で表層に現れているにすぎないにしても、ヒルデスハイマーが、『テュンセット』の中心的テーマと呼んでいた「恐怖」は、事実、第一に政治的な様相を帯びている」。

★47 Vgl. GW II S.385.「中心的テーマは、街灯、カバスタ、ランプの傘、「ウィーン出身またはヴェーザーラント出身であった」殺人者たち、食堂車の向かいに座った人物によって具体的に示されている恐怖であるが、キラリと現れるだけで、詳述されることはなく、副次的テーマの短いきっかけであるにすぎない。様々な物語、思い出、カットバックである副次的テーマが、それらに断続する」。

★48 Koebner, Thomas: Wolfgang Hildesheimer. in: *Deutsche Literatur seit 1945 in Einzeldarstellungen.* hrsg. von Dietrich Weber. 2.überarbeitete und erweiterte Auflage, Stuttgart (Alfred Kröner) 1970, S.218.

★49 Koebner, Thomas: Entfremdung und Melancholie. S.45.

★50 Vgl. Neumann, Peter Horst: Hamlet will schlafen. in: *Wolfgang Hildesheimer.* hrsg. von Volker Jehle. Frankfurt a.M. (Suhrkamp) 1989, S.209.「この相続人の記憶は、二つの運命をお互い罪と贖いのように結びつけている、そしてこの男を、もう一度ここでハムレットたれ、という義務から解き放つのである」。

★51 Hanenberg, Peter: *a.a.O*, S.113f.

★52 Hanenberg, *a.a.O.*, S.116f.「パトリシア・ハース・スタンレーの『ヴォルフガング・ヒルデスハイマーの抒情的モダニズムの分析』においては時代関係は同様にもっと大きな関連の中へ取り込まれている。すなわち「野蛮のモティーフ」の中へである。そしてこのモティーフや他のモティーフよりも上位に、もっぱら「疎外」と呼ばれているわけではない包括的なテーマが置かれる」。

★53 Morriën, Adriaan: Die Satire kehrt in die Deutsche Literatur zurück. in: *Über Wolfgang Hildesheimer.* hrsg. von Dierk Rodewald, Frankfurt a.M. (Suhrkamp) 1971, S.83.

★54 A・&M・ミッチャーリッヒ、『喪われた悲哀　ファシズムの精神構造』、林峻一郎・馬場謙一訳、河出書房新社、一九八四年、三九頁。

★55 Koebner: Entfremdung und Melancholie. S.40.

★56 Jehle, *a.a.O.*, S.93.「この本の始まりにおいてテュンセットは何かでありえた。思考はテュンセットに引っかかり、この名前の響きを呼び寄せようとし、イプシロン（y）のまわりを巡る、［……］テュンセットは謎めいており、旅の可能な目的地として確かに存在している、しかし次第に遠ざかっていくのだ」。

★57 深見茂、「ヒルデスハイマー『ヴァルザー氏のカラスども』」、大阪市立大学人文研究、第二一巻、第一〇分冊、一九七〇年。深見茂氏は上記の論文の中で以下のように書いている。「しかし、文学作品にとって、人間文化の抹殺の最も正攻法的な、そして最も徹底的な方法、それはやはり、言葉自身による、そして言葉そのものの終焉の告知であろう」。

★58 Eich, Günter: *Gesammelte Werke in vier Bänden*. hrsg. von Axel Vieregg. Frankfurt a.M. (Suhrkamp) 1991, Band IV S.613.

2 現実性の創出（一九七五〜一九八一）

★1 Hildesheimer, Wolfgang: *Gesammelte Werke in sieben Bänden*. hrsg. von Christiaan Lucas Hart Nibbrig und Volker Jehle. Frankfurt a.M. (Suhrkamp) 1991. 以下、W・ヒルデスハイマーの作品からの引用は本全集から行い、引用の箇所はその巻の略号と頁数を直後の括弧内に示した。

★2 Hildesheimer, Wolfgang / Kesting, Hanjo: »Mozart« und »Marbot«— Spiegelbücher?. in: *Wolfgang Hildesheimer. Text+Kritik Zeitschrift für Literatur*. 89/90, hrsg. von Heinz Ludwig Arnold, München (edition text+kritik). Januar 1986, S.89.

★3 *ebd.*

★4 *ebd.*

★5 Raddatz, Fritz J.: Die Prosa Wolfgang Hildesheimers. in: *Neue Rundschau* 93/4 (1982) S.58.

★6 Jehle, Volker: *Wolfgang Hildesheimer Werkgeschichte*. Frankfurt a.M. (Suhrkamp) 1990, S.610.

★7 *Merkur* 35/2 (1981) S.227.

★8 Hildesheimer, Wolfgang: Marbot bei Goethe. in: *Neue Rundschau* 92/2 (1981) S.14.

★9 パウル・クレーの絵の題名にちなんで付けられた彼の長編小説 Paradies der falschen Vögel（邦訳題名『詐欺師の楽園』一九五三）も作品の中心的な主題として贋作絵画を扱っている。ここに登場する主人公の叔父ローベルト・ギスカールは偽絵師であるのだが、美術品の価値を創出するシステムを逆手にとって、国家的規模において贋作の体系を作り出す。数世紀前の時代に生きた架空の画家アヤクス・マズュルカをでっちあげ、民族の英雄をモティーフに数多くの作品を残したことにして、国民的画家に祭り上げる。さらにはマズュルカの作品群はある修道院において発見されたことにする。マズュルカの名前はやがて百科事典にまで掲載されるようになり、作品が発見されたとされる修道院は観光名所となる。これらの過程を経て小説中の架空の国プロセゴヴィナの美術館はマズュルカの「傑作」で満たされ、それらが観光の目玉となり、作品を世界各地の美術館に売却することによって国庫は潤い、贋作画家は文部大臣にまでのぼりつめる。自らの小説の登場人物が贋作を用いて一人の人間を捏造したのと同じように、ヒルデスハイマーは既存の肖像画を借用することによってマルボーに信憑性を与えるのである。

★10　Hildesheimer / Kesting, *a.a.O.*, S.85.

★11　Reinhold, Ursula: Wolfgang Hildesheimer. Marbot. in: *Weimarer Beiträge* 30 / II (1984) S.1910.

★12　GW IV S.257.

★13　Hildesheimer / Kesting, *a.a.O.*, S.89.

★14　Neumann, Peter Horst: Über »Marbot« und die Folgerichtigkeit des Gesamtwerks. in: *Wolfgang Hildesheimer. Text+Kritik Zeitschrift für Literatur*. 89/90, S.25.

★15　Hildesheimer / Kesting, *a.a.O.*, S.86.

★16　Vgl. Jehle, Volker: Vita Wolfgang Hildesheimer. in: *Wolfgang Hildesheimer. Text+Kritik Zeitschrift für Literatur*. 89/90, S.118.

★17　Neumann, *a.a.O.*, S.20f.

★18　Neumann, *a.a.O.*, S.21.

★19　Hildesheimer / Kesting, *a.a.O.*, S.85.

★20　Hildesheimer / Kesting, *a.a.O.*, S.83f.

II　ギュンター・アイヒ

3　自然との合意（一九三〇～一九四八）

★1　アイヒ作品からの引用は Eich, Günter: *Gesammelte Werke in vier Bänden*. Revidierte Ausgabe. hrsg. von Karl Karst u. Axel Vieregg. Frankfurt a.M. (Suhrkamp) 1991. に拠った。以下、同全集からの引用は本文中に巻数をローマ数字で、頁数をアラビア数字で示す。

★2　Krispyn, Egbert: Günter Eich und die Romantik. In: Schmitt, Albert (Hrsg.), *Festschrift für Detlef W. Schumann zum 70. Geburtstag*, München 1970, S.360.

★3　Michel, Karl Markus: Ein Kranz für die Literatur. In: *Kursbuch*, 15, (1968) S.169-186.

★4　Hölderlin, Friedrich: *Sämtliche Werke*, hrsg. von Friedrich Beissner. Stuttgart (W.Kohlhammer) 1951, Bd. 2,1, S.188f.

★5　Schafroth, Heinz F.: *Günter Eich Autorenbücher ; 1.* München (C.H.Beck'sche) 1976, S.52.

★6　Neumann, Peter Horst: *Die Rettung der Poesie im Unsinn. Der Anarchist Günter Eich*. Stuttgart (Klett-Cotta) 1981, S.53.

★7　*ebd.*

★8　*ebd.*

★9　Neumann, *a.a.O.*, S.51.

★10　Schafroth, *a.a.O.*, S.52.

★11　Schafroth, *a.a.O.*, S.51.

★12　*ebd.*

★13　Pfemfert, Franz: *Die Aktionslyrik, Bd.2.: Jüngste Tschechische Lyrik*, Berlin-Wilmersdorf (DIE AKTION) 1916, S.113f.

★14　Neumann, *a.a.O.*, S.62.

★15　*ebd.*

★16　Vgl. Neumann, *a.a.O.*, S.65.

★17　*ebd.*

★18　*ebd.*

★19　Vgl. Neumann, *a.a.O.*, S.65f.

★20　Neumann, *a.a.O.*, S.66.

★21　Grimm, Jakob u. Wilhelm: *Deutsches Wörterbuch.* München (dtv) 1984, Bd. 32.

★22　Neumann, *a.a.O.*, S.37.

★23　*ebd.*

★24　詩人は「現実性」を積み重ねることによって、彼岸の「現実性」の王国への到達を完遂しようとする。しかしこのように「現実性」を少しずつ獲得しても、「絶対」に近づくことが可能になることはない。このようなユートピア的「現実性」の王国は、詩人には近似的接近しか許さないのである。この必然的挫折も、晩年のアイヒが『もぐら』のようなナンセンスな作品へと向かう一因となる。

★25　Neumann, *a.a.O.*, S.38.

★26　Hofmannsthal, Hugo von: *Sämtliche Werke.* hrsg. von Ellen Ritter. Frankfurt a.M. (S.Fischer) 1991, Band I S.31.

★27　Porter, Michael: Elements of Hofmannsthal's Lyric Style. "Erlebnis" and "Vor Tag". in: *Modern Austrian Literature*, Vol. 7, No. 3/4, 1974, p.89.

★28　『もうひとりのわたし』(II 595-636)において、カミーラの最初の夫ジョバンニは、漁船［Boot］のエンジン音とともに岸を離れて、帰らぬ人となる。二度目の夫カルロはカミーラにジョバンニ殺害を告白した後、「僕は漁船［Boot］で眠るよ」［622］という言葉を残して、翌朝縊死体で発見される。脱走兵として実家に立ち寄った長男アントニオは、「僕は漁船［Boot］で着替えをして、戻ってくるよ」［628］と言って姿を消す。後日、アントニオの子を連れたマリアという女性が、パルチザンとしての彼の死を告げる。末子ウンベルトに関して言えば、「彼の潜水艦［sein Boot］は東地中海へ航海に出たきり、戻ってこなかった」［629］のである。この作品においてもアイヒは、このようにBootという語を死への渡し船のメタファーとして用いている。

★29　Neumann, *a.a.O.*, S.42.

★30　Neumann, Peter Horst: Dichtung als Verweigerung. Versuch über Günter Eich. in: *Merkur.* 28/8, 1974, S.747.

★31　*ebd.*

★32　Krispyn, *a.a.O.*, S.363.

★33　Schäfer, Bernhard: *Mystisches Erleben im Werk Günter Eichs*. Frankfurt a.M. (Peter Lang) 1990, S.113f.

★34　E・R・クルツィウス、『ヨーロッパ文学とラテン中世』、南大路振一・岸本通夫・中村善也訳、みすず書房、一九七一年、四六七頁。

★35　Krispyn, *a.a.O.*, S.363.

★36　クルツィウス、前掲書、四六八頁。

★37　Eichendorff, Joseph von: *Werke in sechs Bänden.* Band 2. Frankfurt a.M. (Deutscher Klassiker Verlag) 1985, S.545.

★38　Krispyn, *a.a.O.*, S.364.

★39　Böhme, Jacob: *Sämtliche Schriften Faksimile-Neudruck der Ausgabe von 1730 in elf Bänden.* hrsg. von Will-Erich Peuckert, Stuttgart (frommann-holzboog) 1986, Sechster Band, XIV S.96.

★40　Böhme, *a.a.O.*, S.6.

★41　Böhme, *a.a.O.*, S.7.

★42　*ebd.*

★43　Böhme, *a.a.O.*, Einleitung S. [16].

★44　Böhme, *a.a.O.*, S.7.

4　神秘の言葉を求めて（一九五〇～一九五八）

★1　Ziolkowski, Theodore: James Joyces Epiphanie und die Überwindung der empirischen Welt in der modernen deutschen Prosa. In: *Deutsche Vierteljahrsschrift für Literaturwissenschaft und Geistesgeschichte,* 35/4 (1961), S.594.

★2　Ziolkowski, *a.a.O.*, S.598.

★3　Ziolkowski, *a.a.O.*, S.599.

★4　Joyce, James: *Stephen Hero.* Edited with an introduction by Theodore Spencer. London (Jonathan Cape) 1975, p.216.

★5　Vgl. Wiedemann-Wolf, Barbara: "Es war ein jähes, großes Entzücken"- Die Epiphanie-Augenblicke in Günter Eichs Hörspielen. In: *Sinnlichkeit in Bild und Klang.* hrsg. von Hansgeld Delbruck. Stuttgart 1987, S.491.

★6　*ebd.*

★7　Vgl. Wiedemann-Wolf, *a.a.O.*, S.495.「特に最初の段階におけるエピファニーをより精緻に考察すると、それらがさしあたっての定義の指標以外の共通点を持っていることに気が付く。すなわちそれらの共通点は、言語と（または）現実性（Wirklichkeit）との問題の中で作用している」。

★8 アイヒ作品からの引用は Eich, Günter: *Gesammelte Werke in vier Bänden. Revidierte Ausgabe.* hrsg. von Karl Karst. Frankfurt a.M. (Suhrkamp) 1991. に拠った。以下、同全集からの引用は本文中に巻数をローマ数字で、頁数をアラビア数字で示す。ただし、煩雑さを避けるため、『ザベト』からの引用はⅡ巻の、『ラツェルティスの年』、『アラーは百の名前を持つ』からの引用はⅢ巻のそれぞれ頁数のみを示す。

★9 Vgl. Wiedemann-Wolf, *a.a.O.*, S.496.

★10 Hofmannsthal, Hugo von: *Sämtliche Werke.* hrsg. von Ellen Ritter. Frankfurt a.M. (S.Fischer) 1991, Band XXXI.以下、この作品からの引用は頁数のみを括弧内に示す。

★11 Novalis: *Schriften, Die Werke Friedrich von Hardenbergs*, 1.Band. hrsg. von Paul Kluckhorn u. Richard Samuel. Stuttgart (Kohlhammer) 1977, S.195.

★12 Hofmannsthal, *a.a.O.*, 1984, Band I, S.43.

★13 Hofmannsthal, Hugo von: *Gesammelte Werke.* hrsg. von Herbert Steiner. Frankfurt a.M. (S. Fischer) 1959, Aufzeichnungen. S.216.

★14 Vgl. Abrecht, Claudia: Hofmannsthals »Weltgeheimnis« und »Die Lehrlinge zu Sais« des Novalis. In: *Hofmannsthals-Blätter* Heft 16 Frankfurt a.M. (Johannes Weisbecker) 1975, S.203. 「「知」の沈黙と伝達不要性が、この原言語の根本条件である。だが今日の言語が成立するやいなや、全体を統べる原言語は、バビロンの言語混乱の中に解消し、今日の言語の中にかろうじて感じられうるだけである」。

★15 Vgl. Abrecht, *a.a.O.*, S.205. 「ホフマンスタールの詩と『（ザイスの）弟子たち』においては、言語欠如、狂気、子供の純真さ、愛のエクスタシー、夢体験によって、まだ認識が可能である。通常の意識は排除されており、それによってまた外界との日常的なコミュニケーションも排除されている」。

★16 Vgl. Abrecht, *a.a.O.*, S.207. 「ホフマンスタールは『世界の秘密』において精神文化的発展の目的地を指し示すわけではなく、超越や神秘へと誘うわけでもなく、かつての超越的な知の喪失を、明らかな諦念とともに確認するのである。それに対してノヴァーリスは『ザイスの弟子たち』において三位一体の人間発展の枠内で、超越的な訓練道を記述している。［……］この差異に一九世紀の精神的痕跡が見て取れる。ホフマンスタールはドイツ観念論の終焉を、逆行させることができなかった。彼はノヴァーリスの思想世界を、自分の時代の理念と結びつけて、実り多い統合をもたらすに至らなかった」。

★17 Wiedemann-Wolf, *a.a.O.*, S.496.

★18 Wiedemann-Wolf, *a.a.O.*, S.498.

★19 *ebd.*

★20 Wiese, Benno von: *Die deutsche Novelle von Goethe bis Kafka*. Düsseldorf (August Bagel) 1959, S.302.

★21 Alewyn, Richard: *Über Hugo von Hofmannsthal*. Göttingen (Vandenhoeck & Ruprecht) 1976, S.79.

★22 Hofmannsthal, Hugo von: *Sämtliche Werke*. hrsg. von Ellen Ritter. Frankfurt a.M. (S. Fischer) 1975, Band XXVIII S.211.

★23 Vgl. Stern, Martin: Die verschwiegene Hälfte von Hofmannsthals »Reitergeschichte«. in: Karl Pestalozzi, Martin Stern ; *Basler Hofmannsthal Beiträge*. Würzburg (Königshausen und Neumann) 1991, S.111.

★24 Vgl. Durr, Volker O.: Der Tod des Wachtmeisters Anton Lerch und die Revolution von 1848: Zu Hofmannsthals Reitergeschichte. in: *The German Quarterly* 45, 1972, S.38f.
Vgl. Rider, Jacques le: *Hugo von Hofmannsthal, Historismus und Moderne in der Literatur der Jahrhundertwende*. Wien (Böhlau) 1995, S.94.

★25 Vgl. Alewyn, *a.a.O.*, S.86.

★26 Hofmannsthal, *a.a.O.*, S.47. 以下『騎兵物語』からの引用は頁数のみを括弧内に示す。

★27 Stern, *a.a.O.*, S.112.

★28 *ebd.*

★29 Tarot, Rolf: *Hugo von Hofmannsthal. Daseinsformen und dichterische Struktur*. Tübingen (Max Niemeyer) 1970, S.336.

★30 Alewyn, *a.a.O.*, S.84.

★31 Tarot, *a.a.O.*, S.342.

★32 Mauser, Wolfram: *Hugo von Hofmannsthal. Konfliktbewältigung und Werkstruktur, Eine psychosoziologische Interpretation*. München (Wilhelm Fink) 1977, S.109.

★33 Wunberg, Gotthart: *Der frühe Hofmannsthal. Schizophrenie als dichterische Struktur*. Stuttgart (Kohlhammer) 1965, S.66.

★34 Durr, *a.a.O.*, S.43.

★35 Joyce, *a.a.O.*, p.217.

★36 Joyce, *a.a.O.*, p.218.

★37 *ebd.*

★38 *ebd.*

★39 *ebd.*

★40 *ebd.*

★41 Ziolkowski, *a.a.O.*, S.602.

★42 *ebd.*

★43 Ziolkowski, *a.a.O.*, S.603.

★44 *ebd.*

★45 Wunberg, *a.a.O.*, S.66.

★46 Vgl. Märki, Peter: *Günter Eichs Hörspielkunst.* Frankfurt a.M. (Akademische Verlagsgesellschaft) 1974, S.87.

★47 Vgl. Yamane, Keiko: *Asiatische Einflüsse auf Günter Eich. Vom Chinesischen zum Japanischen.* Frankfurt a.M. (Peter Lang) 1983, S.85. 山根恵子氏は「もの言う鳥」という点で、『ザベト』と『捜神記』における『毛衣女』の類似を指摘している。

★48 Schulte, Susanne: *Standpunkt Ohnmacht. Studien zur Melancholie bei Günter Eich.* Münster (LIT) 1993, S.238.

★49 Schäfer, Bernhard: *Mystisches Erleben im Werk Günter Eichs.* Frankfurt a.M. (Peter Lang) 1990, S.101.

★50 Schäfer, *a.a.O.*, S.108.

★51 Vgl. Schäfer, *a.a.O.*, S.109.

★52 『プロティノス全集第二巻』、田中美知太郎・水地宗明他訳、中央公論社、一九八七年、三七三頁。

★53 Schäfer, *a.a.O.*, S.109.

★54 Schäfer, *a.a.O.*, S.110f.

★55 前掲書、第二巻、二一二頁。

★56 Vgl. Märki, *a.a.O.*, S.46.

★57 Vgl. Schäfer, *a.a.O.*, S.165.

★58 Vgl. Schulte, *a.a.O.*, S.237.

★59 Vgl. Märki, *a.a.O.*, S.64.

★60 Vgl. Schäfer, *a.a.O.*, S.120.「「世界を言語であると見なす」ことと［……］作家活動を「神学への接近」と解釈することと［……］二つの陳述をお互いに関連付けると、そこに「世界あるいは自然は神の言語である」というロマン主義的な常套句を見出すことは困難ではない」。

★61 Novalis, *a.a.O.* S.79.

★62 Hofmannsthal, *Sämtliche Werke.* Band XXXI S.169f. ゴッホの絵に描かれた「どの木も、黄や緑の畑の畝のどの一条も、どの生け垣も、石山に刻み込まれたどの凹道も、そして錫の壷、陶製の鉢、テーブル、不格好な椅子」といったこれら一つ一つの形象は、にもかかわらず言語に擬せられている。「どうやってぼくは君に半分だけでも理解してもらえるだろうか、この言語がぼくの魂にいかに語りかけたかを、［……］」。

★63 Vgl. Schäfer, *a.a.O.*, S.118.「ネオプラトニズムと同じように、アイヒはロマン主義とも密接な関係にあるが、その関係は本質的にはベーメと、ネオプラトニズムの所産を伴うベーメによって影響を受けたドイツ観念論の哲学とを通じて知られる」。

★64 Schäfer, *a.a.O.*, S.81.

★65 Schäfer, *a.a.O.*, S.82.

★66 Schäfer, *a.a.O.*, S.82, Anm. 2.

★67 *ebd.*

★68 Lieberherr-Kübler, Ruth: *Von der Wortmystik zur Sprachskepsis: zu Günter Eichs Hörspielen.* Bonn (Bouvier), 1977, S.75.

★69 Krispyn, Egbert: Günter Eich und die Romantik. In: Schmit, Albert (Hrsg.), *Festschrift für Detlef W. Schumann zum 70. Geburtstag*, München 1970, S.362.

★70 Krispyn, *a.a.O.*, S.363.

★71 Böhme, Jacob: *Sämtliche Schriften Faksimile-Neudruck der Ausgabe von 1730 in elf Bänden.* hrsg. von Will-Erich Peuckert, Stuttgart (frommann-holzboog) 1986, Erster Band, S.296.

★72 Vgl. Schäfer, *a.a.O.*, S.76. この矛盾する表現が、アイヒの『ザベト』に関する言及と類似していることは、シェファーの指摘するところである。「そのような生物が存在しないことを、私ははっきりとわかっています。だが私は彼らの存在を露も疑ってはおりません」[IV 489]。「全知の知」を有するザベトは、アダムでもあるといえるかもしれない。

★73 「自然言語すなわちアダムの言語」でないことは、筆者も理解するところではあるが、アイヒに見られるベーメの影響は「アダムの言語」の側面のみに限定されているので、便宜上このような記述となった。

★74 Kayser, Wolfgang: Böhmes Natursprachenlehre und ihren Grundlagen. In: *Euphorion, Zeitschrift für Literaturgeschichte*, Jg. 31 (1930), S.524.

★75 デュポンは靴屋という職業のため、靴屋の哲学者ヤーコプ・ベーメを連想させる。

★76 Vgl. Schäfer, *a.a.O.*, S.183. 「神秘家が自分の体験の自らにとっては証明しうる事象内容《レアリテート》を、客観的に説得力のある、他人にとっても理解しうる情報に言い換えたり翻訳したりすることができないというアポリアの状況が、そのものずばりアイヒのテーマである」。

5 アナーキズムの言語へ（一九五八〜一九七一）

★1 Vgl. Vieregg, Axel: Günter Eich. in: *Deutsche Dichter. Leben und Werke deutschsprachiger Autoren vom Mittelalter bis zur Gegenwart.* hrsg. von Gunter E. Grimm und Frank Rainer Max. 2.Auflage, Darmstadt (Wiss. Buchges.) 1995, S.735.

★2 Vgl. Neumann, Peter Horst: *Die Rettung der Poesie im*

Unsinn. *Der Anarchist Günter Eich*. Stuttgart (Klett-Cotta) 1981. S.36f.

★3　Novalis: *Schriften, Die Werke Friedrich von Hardenbergs,* 1.Band. hrsg. von Paul Kluckhorn u. Richard Samuel. Stuttgart (Kohlhammer) 1977, S.279.

★4　アイヒ作品からの引用は Eich, Günter: *Gesammelte Werke in vier Bänden. Revidierte Ausgabe*. hrsg. von Karl Karst und Axel Vieregg. Frankfurt a.M.(Suhrkamp)1991. に拠った。以下、同全集からの引用は本文中に巻数をローマ数字で、頁数をアラビア数字で示す。ただし、煩雑さを避けるため、Ⅲ巻からの引用は頁数のみを示す。

★5　Novalis, *a.a.O.*, 2.Band ; hrsg. von Richard Samuel. Stuttgart (Kohlhammer) 1960, S.413.

★6　Vgl. Lieberherr-Kübler, Ruth: *Von der Wortmystik zur Sprachskepsis: zu Günter Eichs Hörspielen*. Bonn (Bouvier), 1977, S.96.

★7　Vgl. Wittmann, Livia Z.: Ein Überblick über Günter Eichs literatur-und sprachtheoretische Äußerungen 1930-1971. in: *Deutsche Vierteljahrsschrift für Literaturwissenschaft und Geistesgeschichte*, 48/3 (1974) S.568.

★8　Wittmann, *a.a.O.*, S.575.

★9　Vgl. Krispyn, Egbert: Günter Eich und die Romantik. In: Schmitt, Albert (Hrsg.), *Festschrift für Detlef W. Schumann zum 70. Geburtstag*, München 1970, S.363f.

★10　Hamann, Johann Georg: *Sämtliche Werke, Schriften über Philosophie / Philologie / Kritik 1758-1763*. hrsg. von Josef Nadler, Wien (Herder) 1950, Bd II, S.199.

★11　Camus, Albert: *Der Mythos von Sisyphos. Ein Versuch über das Absurde*. übertr. von Hans Georg Brenner und Wolfdietrich Rasch, Hamburg, 1959, S.29.

★12　Hildesheimer, Wolfgang: *Gesammelte Werke in sieben Bänden*. hrsg. von Christiaan Lucas Hart Nibbrig und Volker Jehle. Bd. VI, Frankfurt a.M.(Suhrkamp) 1991, S.856.

★13　Schafroth, Heinz F.: *Günter Eich (Autorenbücher ; 1.)* München (C.H.Beck'sche) 1976, S.87.

★14　Hildesheimer, *a.a.O.*, Bd. VII, S.13. 以下、同巻からの引用は頁数のみを本文中に示す。

★15　Lieberherr-Kübler, *a.a.O.*, S.148.

★16　Schafroth, *a.a.O.*, S.99f.

★17　Lieberherr-Kübler, *a.a.O.*, S.186.

★18　Martini, Fritz: *Deutsche Literaturgeschichte*. 18. Auflage. Stuttgart (Kröner) 1984, S.614.

★19　Lieberherr-Kübler, *a.a.O.*, S.205.

★20　Klose, Werner: Chiffren der Wirklichkeit im Hörspiel

Günter Eichs. in: *Der Deutschunterricht*, Jg.18 (1966) S.76.

★21 Schulte, Susanne: *Standpunkt Ohnmacht. Studien zur Melancholie bei Günter Eich*. Münster (LIT) 1993, S.209.

★22 Neumann, *a.a.O.*, S.161f.

★23 Neumann, *a.a.O.*, S.168.

★24 Schulte, *a.a.O.*, S.210.

★25 Schulte, *a.a.O.*, S.211.

★26 Vgl. Neumann, *a.a.O.*, S.163.

★27 Vgl. Schulte, *a.a.O.*, S.254.

★28 Schäfer, Bernhard: *Mystisches Erleben im Werk Günter Eichs*. Frankfurt a.M. (Peter Lang) 1990, S.126.

★29 Novalis, *a.a.O.*, 1.Band. S.153.

★30 Novalis, *a.a.O.*, 1.Band. S.155.

★31 Novalis, *a.a.O.*, 1.Band. S.157.

★32 Schulte, *a.a.O.*, S.247.

★33 Vgl. Schulte, *a.a.O.*, S.213.

★34 Vgl. Schulte, *a.a.O.*, S.255.

終章　「もうひとつの世界」をめぐって

★1　ヒルデスハイマー作品からの引用は Hildesheimer, Wolfgang : *Gesammelte Werke in sieben Bänden*, hrsg. von Christiaan Lucas Hart Nibbrig und Volker Jehle. Frankfurt a.M.(Suhrkamp) 1991. に依拠した。なお、引用の直後の括弧内にヒルデスハイマーを表すHと巻数をローマ数字で、頁数をアラビア数字で表記した。

★2　アイヒ作品からの引用は Eich, Günter: *Gesammelte Werke in vier Bänden*. Revidierte Ausgabe. hrsg. von Karl Karst und Axel Vieregg. Frankfurt a.M.(Suhrkamp)1991. に依拠した。なお、引用の直後の括弧内にアイヒを表すEと巻数をローマ数字で、頁数をアラビア数字で表記した。

あとがき

浄土真宗の寺院に生まれて、縁があってドイツ文学の研究をすることになった。教壇に立ってドイツ文学を教えるようになって、もうすぐ一一年になる。この一〇年あまりの成果を残したいという気持ちが、本書の成立の動因である。

学部の時代から幾多の先生方に出会い、ご教示を賜った。それぞれの先生から頂いた貴重なお言葉が、今も私の心に残っている。また仕事に就いてからは多くの先輩・同僚の助力と励ましに恵まれた。お名前を列挙するべきかもしれないが、遺漏があるといけないので控えさせていただく。ただ、京都大学名誉教授の山口知三先生にだけは、この場を借りてお礼を申し上げたい。先生のご指導があってこそ、私が研究者の末席に名を連ねることができたのである。

なお、本書の各章は、左記の初出稿を再構成し、加筆、修正したものである。

「I　ヴォルフガング・ヒルデスハイマー」

「京都府立大学学術報告　人文」(一九九四)

「京都府立大学学術報告　人文・社会」(一九九七、二〇〇〇、二〇〇一)

「II　ギュンター・アイヒ」

「京都府立大学学術報告　人文・社会」(二〇〇二、二〇〇三)

「Germanistik Kyoto」（二〇〇三、二〇〇四）
「ドイツ文学　一一〇号」（二〇〇二）
「希土」（二〇〇三）
「序章」及び「終章」
「京都府立大学学術報告　人文・社会」（二〇〇四）

これらの原稿のおよそ半分は、京都府立大学の「ドイツ文学研究」や「ドイツ文学講義」における講義の内容である。ゆえに講義を静聴してくださった学部学生や大学院生のみなさんに、大いに感謝している。ありがとう。また、本書の原稿をまっ先に読み、批評してくれた妻理恵にも感謝の言葉を添えておく。

佛祖の加護と衆生の恩恵を忘れず、今後も研鑽にはげみたい。

合掌

参考文献目録

Abrecht, Claudia: Hofmannsthals »Weltgeheimnis« und »Die Lehrlinge zu Sais« des Novalis. In: *Hofmannsthals-Blätter* Heft 16 Frankfurt a.M. (Johannes Weisbecker) 1975.

Alewyn, Richard: *Über Hugo von Hofmannsthal*. Göttingen (Vandenhoeck & Ruprecht) 1976.

Baumgart, Reinhard: Vor der Klagemauer in: *Über Wolfgang Hildesheimer.* hrsg. von Dierk Rodewald, Frankfurt a.M. (Suhrkamp) 1971.

Beierwaltes, Werner: *Selbsterkenntnis und Erfahrung der Einheit*. Frankfurt a.M. (Klostermann), 1991.

Blamberger, Günter: Der Rest ist Schweigen. Hildesheimers Literatur des Absurden. in : *Wolfgang Hildesheimer. Text+Kritik Zeitschrift für Literatur*. hrsg. von Heinz Ludwig Arnold. München (text+kritik) 1986.

——: *Versuch über den deutschen Gegenwartsroman. Krisenbewußtsein und Neubegründung im Zeichen der Melancholie.* Stuttgart (Metzler) 1985.

Böhme, Jacob: *Sämtliche Schriften Faksimile-Neudruck der Ausgabe von 1730 in elf Bänden.* hrsg. von Will-Erich Peuckert, Stuttgart (frommann-holzboog) 1986.

Büchmann: *Geflügelte Worte.* München Zürich (Droemersche Verlaganstalt) 1959.

Camus, Albert: *Der Mythos von Sisyphos. Ein Versuch über das Absurde.* übertr. von Hans Georg Brenner und Wolfdietrich Rasch. Hamburg 1959.

Durr, Volker O.: Der Tod des Wachtmeisters Anton Lerch und die Revolution von 1848: Zu Hofmannsthals Reitergeschichte. in: *The German Quarterly* 45, 1972.

Durzak, Manfred: *Gespräche über den Roman. Formbestimmungen und Analysen.* Frankfurt a.M. (Suhrkamp)1976.

Eich, Günter: *Gesammelte Werke in vier Bänden. Revidierte Ausgabe*. hrsg. von Karl Karst u. Axel Vieregg. Frankfurt a.M. (Suhrkamp)1991.

——: *Gesammelte Werke*. hrsg. von Suhrkamp Verlag. Frankfurt a.M. (Suhrkamp)1973.

Eichendorff, Joseph von: *Werke in sechs Bänden*. Band 2. Frankfurt a.M. (Deutscher Klassiker Verlag) 1985.

Enzensberger, Hans Magnus: Gemeinplätze, die Neueste Literatur betreffend. in: *Kursbuch* 15, 1968.

Fischer, Ludwig: Die Zeit von 1945 bis 1967 als Phase der Literatur- und Gesellschaftentwicklung. in: *Literatur in der Budesrepublik Deutschland bis 1967*. hrsg. von Ludwig Fischer, München Wien (Carl Hanser) 1986.

Görner, Rüdiger: *Die Kunst des Absurden: Über ein literarisches Phänomen*. Darmstadt (Wiss. Buchges.) 1996.

Grimm, Jakob u. Wilhelm: *Deutsches Wörterbuch*. München (dtv) 1984.

Hamann, Johann Georg: *Sämtliche Werke, Schriften über Philosophie / Philologie / Kritik 1758-1763*. hrsg. von Josef Nadler, Wien (Herder) 1950, Bd Ⅱ .

Hanenberg, Peter: *Geschichte im Werke Wolfgang Hildesheimers*. Frankfurt a.M. (Peter Lang) 1989.

Hildesheimer, Wolfgang / Kesting, Hanjo: »Mozart« und »Marbot« — Spiegelbücher? in: *Wolfgang Hildesheimer. Text+Kritik Zeitschrift für Literatur*. 89/90. Januar 1986, München (edition text+kritik).

Hildesheimer, Wolfgang: *Briefe*. hrsg. von Silvia Hildesheimer u. Dietmar Pleyer. Frankfurt a.M. (Suhrkamp) 1999.

——: *Gesammelte Werke in sieben Bänden*. hrsg. von Christiaan Lucas Hart Nibbrig und Volker Jehle. Frankfurt a.M. (Suhrkamp) 1991.

——: *Ich werde nun schweigen*. Göttingen (Lamuv) 1993.

——: Marbot bei Goethe. in: *Neue Rundschau* 92/2 （1981).

Hirsch, Wolfgang: *Zwischen Wirklichkeit und erfundener Biographie. Zum Künstlerbild bei Wolfgang Hildesheimer*. Hamburg (LIT)1997.

Hofmannsthal, Hugo von: *Gesammelte Werke*. hrsg. von Herbert Steiner. Aufzeichnungen. Frankfurt a.M. (S. Fischer) 1959.

——: *Sämtliche Werke*. hrsg. von Ellen Ritter. Frankfurt a.M. (S.Fischer) 1975, Band XXVIII.

——: *Sämtliche Werke*. hrsg. von Ellen Ritter. Frankfurt a.M. (S.Fischer) 1991, Band I.

——: *Sämtliche Werke*. hrsg. von Ellen Ritter. Frankfurt a.M. (S.Fischer) 1991, Band XXXI.

Hölderlin, Friedrich: *Sämtliche Werke*, hrsg. von Friedrich Beissner. Stuttgart (W.Kohlhammer) 1951, Bd. 2,1.

Jehle, Volker: *Wolfgang Hildesheimer Werkgeschichte*. Frankfurt a.M. (Suhrkamp)1990.

——:Vita Wolfgang Hildesheimer. in: *Wolfgang Hildesheimer. Text+Kritik Zeitschrift für Literatur.* 89/90. Januar 1986, München (edition text + kritik)

Joyce, James: *Stephen Hero*. Edited with an introduction by Theodore Spencer. London (Jonathan Cape) 1975.

Kayser, Wolfgang: Böhmes Natursprachenlehre und ihren Grundlagen. In: *Euphorion, Zeitschrift für Literaturgeschichte*, Jg. 31 (1930).

Klose, Werner: Chiffren der Wirklichkeit im Hörspiel Günter Eichs. in: *Der Deutschunterricht,* Jg.18 (1966).

Koebner, Thomas: Entfremdung und Melancholie. Zu Hildesheimers intellektuellen Helden. in : *Über Wolfgang Hildesheimer.* hrsg. von Dierk Rodewald. Frankfurt a.M. (Suhrkamp)1971.

——: Wolfgang Hildesheimer. in: *Deutsche Literatur seit 1945 in Einzeldarstellungen.* hrsg. von Dietrich Weber 2. überarbeitete und erweiterte Auflage, Stuttgart (Alfred Kröner) 1970.

Krispyn, Egbert: Günter Eich und die Romantik. In: Schmitt, Albert (Hrsg.), *Festschrift für Detlef W. Schumann zum 70. Geburtstag,* München 1970.

Lieberherr-Kübler, Ruth: *Von der Wortmystik zur Sprachskepsis: zu Günter Eichs Hörspielen*. Bonn (Bouvier), 1977.

Märki, Peter: *Günter Eichs Hörspielkunst*. Frankfurt a.M. (Akademische Verlagsgesellschaft) 1974.

Martini, Fritz: *Deutsche Literaturgeschichte*. 18. Auflage. Stuttgart (Kröner) 1984.

Mauser, Wolfram: *Hugo von Hofmannsthal, Konfliktbewältigung und Werkstruktur, Eine psychosoziologische Interpretation*. München (Wilhelm Fink) 1977.

Michel, Karl Markus: Ein Kranz für die Literatur. In: *Kursbuch*, 15, (1968).

Morriën, Adriaan : Die Satire kehrt in die Deutsche Literatur zurück. in: *Über Wolfgang Hildesheimer*. hrsg. von Dierk Rodewald, Frankfurt a.M.(Suhrkamp)1971.

Müller-Hanpft, Susanne (Hrsg.): *Über Günter Eich*. Frankfurt a.M. (Suhrkamp) 1970.

Neumann, Peter Horst: Dichtung als Verweigerung. Versuch über Günter Eich. in : *Merkur*. 28/8, 1974.

—— : *Die Rettung der Poesie im Unsinn. Der Anarchist Günter Eich*. Stuttgart (Klett-Cotta) 1981.

—— : Über »Marbot« und die Folgerichtigkeit des Gesamtwerks. in:*Wolfgang Hildesheimer. Text+Kritik Zeitschrift für Literatur.* 89/90. Januar 1986, München (edition text + kritik).

Novalis: *Schriften, Die Werke Friedrich von Hardenbergs,* 1.Band. hrsg. von Paul Kluckhorn u. Richard Samuel. Stuttgart (Kohlhammer) 1977.

—— : *Schriften, Die Werke Friedrich von Hardenbergs,* 2.Band. hrsg. von Richard Samuel. Stuttgart (Kohlhammer)1960.

Pfemfert, Franz: *Die Aktionslyrik, Bd.2 : Jüngste Tschechische Lyrik*. Berlin-Wilmersdorf (DIE AKTION) 1916.

Porter, Michael: Elements of Hofmannsthal's Lyric Style. "Erlebnis" and "Vor Tag". in : *Modern Austrian Literature*, Vol. 7, No. 3/4, 1974.

Plotin: *Über Ewigkeit und Zeit.* übersetzt, eingeleitet und kommentiert von Werner Beierwaltes. Frankfurt a.M. (Klostermann) 1995.

Puknus, Heinz: *Wolfgang Hildesheimer*. München (C.H.Beck'sche) 1978.

Raddatz, Fritz J.: Die Prosa Wolfgang Hildesheimers. in : *Neue Rundschau* 93/4, 1982.

Reallexikon der Deutschen Literatur-Wissenschaft. hrsg. von Klaus Weimar.

Berlin (Walter de Gruyter)1997. Bd1.

Reinhold, Ursula: Wolfgang Hildesheimer. Marbot. in: *Weimarer Beiträge* 30/ II, 1984.

Richter, Hans Werner: *Im Etablissement der Schmetterlinge. Einundzwanzig Portraits aus der Gruppe 47*. München (Carl Hanser) 1986.

Rider, Jacques le: *Hugo von Hofmannsthal, Historismus und Moderne in der Literatur der Jahrhundertwende*. Wien (Böhlau) 1995.

Schäfer, Bernhard: *Mystisches Erleben im Werk Günter Eichs*. Frankfurt a.M. (Peter Lang) 1990.

Schafroth, Heinz F.: *Günter Eich (Autorenbücher;1.)* München (C.H.Beck'sche) 1976.

Schulte, Susanne: *Standpunkt Ohnmacht. Studien zur Melancholie bei Günter Eich*. Münster (LIT) 1993.

Stern, Martin: Die verschwiegene Hälfte von Hofmannsthals »Reitergeschichte«. in: Karl Pestalozzi; Martin Stern: *Basler Hofmannsthal Beiträge*. Würzburg (Königshausen und Neumann) 1991.

Tarot, Rolf: *Hugo von Hofmannsthal, Daseinsformen und dichterische Struktur*. Tübingen (Max Niemeyer) 1970.

Unseld, Siegfried (Hrsg.) : *Günter Eich zum Gedächtnis*. Frankfurt a.M. (Suhrkamp) 1973.

Vieregg, Axel: Günter Eich in: *Deutsche Dichter. Leben und Werke deutschsprachiger Autoren vom Mittelalter bis zur Gegenwart*. hrsg. von Gunter E. Grimm und Frank Rainer Max. 2.Auflage, Darmstadt (Wiss. Buchges.) 1995.

Vieregg, Axel (Hrsg.) : *„Unsere Sünden sind Maulwürfe“ Die Günter-Eich-Debatte*. Amsterdam - Atlanta (Rodopi) 1996.

Walter Jens: *Mythen der Dichter. Modelle und Variationen*. München (Kindler) 1993.

Wiedemann-Wolf, Barbara: „Es war ein jähes, großes Entzücken“ — Die Epiphanie-Augenblicke in Günter Eichs Hörspielen. In: *Sinnlichkeit in*

Bild und Klang. hrsg. von Hansgeld Delbruck. Stuttgart 1987.

Walter, Peter: *Günter Eich 1907-1972 Nach dem Ende der Biographie*. Berlin (Lukas) 2000.

Wiese, Benno von: *Die deutsche Novelle von Goethe bis Kafka*. Düsseldorf (August Bagel) 1959.

Wittmann, Livia Z.: Ein Überblick über Günter Eichs literatur- und sprachtheoretische Äußerungen 1930-1971. in: *Deutsche Vierteljahrsschrift für Literaturwissenschaft und Geistesgeschichte*. 48/3 (1974).

Wunberg, Gotthart: *Der frühe Hofmannsthal, Schizophrenie als dichterische Struktur*. Stuttgart (Kohlhammer) 1965.

Yamane, Keiko: *Asiatische Einflüsse auf Günter Eich. Vom Chinesischen zum Japanischen*. Frankfurt a.M. (Peter Lang) 1983.

Ziolkowski, Theodore: James Joyces Epiphanie und die Überwindung der empirischen Welt in der modernen deutschen Prosa. In: *Deutsche Vierteljahrsschrift für Literaturwissenschaft und Geistesgeschichte*. 35/4 (1961).

アイヒ（ギュンター）『もうひとりのわたし――ギュンター・アイヒ放送劇集』，竹中克英・新津嗣郎訳，松籟社，1997 年.

――『流れ　運命と時について――ギュンター・アイヒ放送劇集Ⅱ』，竹中克英・新津嗣郎訳，松籟社，2000 年.

イヨネスコ（ウジェーヌ）『ベスト・オブ・イヨネスコ　授業／犀』，安堂信也・木村光一他訳，白水社，1993 年.

カミュ（アルベール）『カミュ全集 2　異邦人・シーシュポスの神話』，入沢康夫他訳，新潮社，1972 年.

クルツィウス（Ｅ・Ｒ・）『ヨーロッパ文学とラテン中世』，南大路振一・岸本通夫・中村善也訳，みすず書房，1971 年.

新プラトン主義協会編, 水地宗明監修『新プラトン主義の影響史』, 昭和堂, 1998 年 .

内藤道雄『詩的自我のドイツ的系譜』，同学社，1996 年.

ヒルデスハイマー（ヴォルフガング）『詐欺師の楽園』，小島衛訳，新潮社，1968 年.

――『モーツァルト』，渡辺健訳，白水社，1979 年.

――『モーツァルトは誰だったのか』，丸山匠訳，白水社，1985 年.

深見茂「ヒルデスハイマー『ヴァルザー氏のカラスども』」，大阪市立大学人文研究，第二一巻，第一〇分冊，1970 年.

プラトン『国家』，藤澤令夫訳，『プラトン全集 11』所収，岩波書店，1976 年.

プロティノス『エネアデス』，田中美知太郎・水地宗明他訳，『プロティノス全集』所収，中央公論社，1987 年.

松浪信三郎『実存主義』，岩波書店，1962 年.

三島憲一編・訳『戦後ドイツを生きて』，岩波書店，1994 年.

ミッチャーリッヒ（A. & M.）『喪われた悲哀　ファシズムの精神構造』，林峻一郎・馬場謙一訳，河出書房新社，1984 年.

著者紹介
青地 伯水（あおじ・はくすい）AOJI Hakusui
1963年、京都市生まれ。京都大学大学院文学研究科博士課程研究指導認定。現在、京都府立大学文学部文学科西洋文学専攻ドイツ語ドイツ文学講座助教授（h_aoji@kpu.ac.jp）。主要論文に「アイヒ詩学の転換――その政治的発言との関連」（「Germanistik Kyoto 5」）、「アナーキズムの言語――アイヒの晩年のラジオドラマ『ベルをお鳴らしください』」（「希土」 第二十九号）などがある。

もうひとつの世界《せかい》――アイヒとヒルデスハイマー

2005年4月20日

定価はカバーに
表示しています

著　者　青地 伯水
発行者　相坂　一
編集人　夏目 裕介

〒612-0801　京都市伏見区深草正覚町1－34
発行所　(株) **松　籟　社**
SHORAISHA（しょうらいしゃ）

電話　075-531-2878
FAX　075-532-2309
振替　01040-3-13030

印刷・製本（株）シナノ

Printed in Japan

 ISBN 4-87984-230-3 C0098